胡學文／著

飛翔的女人
／胡學文中篇小說選

認識大陸作家系列

目次

飛翔的女人

七月中旬，營盤鎮一年一度的牲畜物質交流會開始了。這是莊稼人的節日，荷子家從犁杖、套繩等農具，到日常用的毛巾、香皂，一年四季的衣服布料鞋襪手套，針頭線腦，包括衛生紙，都要在交流會上買。這個時候，貨的品種全，價格相對便宜，核算下來能省不少錢。年年離交流會還遠，荷子和石二杆就一項一項拉好了採購計畫。原本打算鋤完地，兩人一塊兒去，可星期天早上起來，荷子突然想先去逛一趟。石二杆不同意，兩人還拌了幾句嘴。荷子執意要去，她想領小紅去。小紅九歲了，還沒趕過會呢。往年趕會，荷子都不領小紅，會上人多，也太亂。但今年不同，小紅大了，荷子不但要領小紅去，還要給小紅買兩身衣服。

　　那天的天氣出奇得好，從家裏出來根本沒風。陽光展悠悠地鋪下來，踩上去，一路清脆的響聲。荷子先領著小紅去服裝、布攤上轉了一圈，把準備買的衣服、鞋襪看好。荷子在這方面是有經驗的，知道上午的東西價格貴，下午要便宜一些。

　　會場很大，吆喝聲此起彼伏。路過雜貨攤，人們正搶著買洗衣盆。又大又好看的盆子，才要八塊錢。賣盆的小後生舉著喇叭喊，還有最後十個，要買往前擠啊。荷子讓小紅站在那兒，她擠進去買了一個。

　　荷子一手抓著小紅，一隻胳膊夾著盆繼續閒逛。轉到一個歌舞棚前，棚外擠滿了人。小紅沒看過這種熱鬧，拽著荷子的衣襟不走，非要看看歌舞。賣票的人在喊五塊錢一張票，還剩最後五個座。小紅嚷著要去，荷子問了問，知道小孩不要票，就領著小紅買了票。進去之後才發現棚內僅坐了一少半人，在一個簡易臺上，一個分不清男女的歌手吼著：大姑娘美，大姑娘浪，大姑娘走進青紗帳……這首歌荷子兩年前聽過，可歌手唱著唱著歌詞就變了，那些詞讓人臉紅。荷子連忙捂了小紅的耳朵。歌手唱完，出來八個袒胸露乳的姑娘，說是舞蹈，其實只是來回地扭，有時還故意叉開腿。荷子知道上了當，拉著小紅就走。

　　荷子囑咐小紅，回了家千萬別說看歌舞的事。小紅見荷子嚴肅的樣子，很鄭重地點了點頭，隨即提出要吃雪糕。荷子知道小紅的小心

眼兒，給小紅買了兩支。中午時分，荷子領著小紅在飯棚內吃了兩碗蕎粉，半斤油條。蕎粉放了不少辣椒，小紅吸溜著嘴，鼻尖上滲出清幽幽幾滴汗。

從飯棚出來，荷子發現起風了。風不大，可在這樣一個日子，惹人討厭。依然不是買東西的最好時機，荷子領著小紅慢慢逛著。直到荷子覺得差不多了，才朝衣服棚走去。荷子擅長砍價，她先把價錢壓到最低，再一元一元地增加。經過一番討價還價，終於敲定。就在荷子交錢時，突然卷過一陣風，嗆得人睜不開眼。荷子想喊一聲小紅，可是嘴剛一張，一股塵土就封住了她的嘴。她捂著嘴，本能地用手去抓身邊的小紅，但撲了空。等她劃了一陣，慢慢睜開眼睛，狠狠吐了幾口塵土後，才開始找小紅。她記得小紅剛才就在身邊，這孩子就是喜歡亂跑。荷子一邊向四處張望，一邊喊小紅的名字。荷子心想，這孩子是不是跟她捉迷藏，或者是剛才大風刮來的時候，去避風了，也許就在這個衣服棚的旮旯兒裏躲著，也許在棚外。於是荷子又喊了兩聲小紅。但是都沒人應。她又去旁邊的一個衣服棚內去找，這個棚裏人很多，她扒開人群，也沒發現小紅的身影。

小紅——荷子有點慌了，就這麼幾分鐘時間，孩子就沒影兒了。荷子看見大風又從地上卷過來，帶著一股強烈的塵土味兒，正在朝棚裏湧。荷子驚恐地喊叫著，手腳並用地四外亂撲。

旋風轉眼即過，荷子的喊叫卻血淋淋地在街上淌著。

石二杆是第二天清早在鎮外的樹林裏找到荷子的。荷子蜷縮在一棵樹下，頭髮零亂，臉色蒼白，目光呆滯。看見石二杆，荷子搖搖晃晃站起來。石二杆一臉怒氣，可荷子卻想撲進石二杆懷裏。荷子像是在大海裏漂泊了太久，快要窒息了，她實在是想抓住點兒什麼。荷子的臉挨近石二杆時，石二杆一把揪住荷子的領子，狠狠摑了兩巴掌。石二杆紅著眼質問，小紅呢，小紅哪裡去了？癱軟的荷子一下被石二杆打直了，頓時清醒了許多，她哇地哭出聲，小紅……丟了！

入秋時節，荷子和石二杆到了另一座城市。兩人是乘一列運煤車去的。荷子爬車的動作很利索，倒是石二杆笨手笨腳的。別看個子大，看見奔跑的火車老是犯怵。每次爬車荷子都讓石二杆先爬，她怕甩掉石二杆。荷子爬車一般在站點，運煤車即使不停，速度也會放慢，中途爬車就很危險。

　　兩人都疲倦萬分，剛上車眼皮子就粘住了，到終點後仍睡得死死的。這是一家鋼廠，卸煤的工人正要打開車箱的底蓋，忽然看見煤車上躺著兩個黑乎乎的東西，湊前一看，嚇了一跳，急猴猴地喊，車上有死人！荷子倏一下醒了。她看見許多人朝這邊奔過來，忙搋了石二杆一把。石二杆迷迷糊糊不知道發生了什麼事，荷子跳下去，他依然在車上發怔。荷子跺著腳說，到站了，還愣著幹嗎？石二杆才滑下來。

　　兩人衝出鋼廠。門衛攔了一下，差點被荷子撞倒。荷子明白，這樣大的廠子都有保衛科，若被逮住會有不少麻煩。荷子不怕罰款，她僅有的幾個錢藏在相當隱秘的地方，他們絕對搜不出。荷子也不怕挨打，荷子是被人打出來的，她的「皮」厚得很。荷子最擔心遣送回老家。她和石二杆已被遣送過兩回了。

　　直到覺得門衛不會再追來了，兩人才站住。石二杆靈白著臉，扶住一棵樹嘔吐。荷子一邊喘一邊給石二杆捶背。石二杆體力不行了，路人投過好奇的目光。荷子說，走吧。石二杆說，再歇歇。荷子說，都看咱們呢。石二杆說，反正也這麼著了。石二杆已經破罐子破摔，什麼都不在乎了。荷子挺擔心，她怕石二杆就這麼垮下去。

　　第二天，荷子和石二杆分頭行動。荷子去公安局，石二杆去街頭張貼尋人啟示。兩人一直是這樣分工的，印了多少份尋人啟示，荷子記不清了。每印一次，荷子的眼裏都會生長出密密匝匝的希望。貼一份，荷子就覺得離小紅近一步。

　　到公安局掛號是石二杆的一個遠房親戚告訴她的，荷子先前並不懂得。遠房親戚說，公安局有人販子的犯罪檔案，有解救回來的婦女兒童。在公安局備了案，希望就大得多了。有文化的人主意就是多。每到

一個地方，荷子都是這麼做的。事實證明，遠房親戚的話說得沒錯，荷子雖然沒有從各地公安局那兒得到小紅的消息，但她看到了公安局解救回來的婦女兒童。荷子的信心原本就足，這樣一來，都硬得當當響了。

荷子找到公安局時，快中午了。荷子要進去，門衛攔著不讓。荷子知道公家有手續，進門得填進門證。荷子向門衛解釋，可那個長著一臉粉刺疙瘩的門衛沒聽完，便不耐煩地擺擺手，讓荷子離開。荷子沒有惱，她知道公家人吃皇糧，脾氣都大。那個門衛看樣子比荷子歲數大，衝那一臉疙瘩就知道不受媳婦待見，心裏沒準正窩著火呢。荷子小心翼翼地陪著笑，說是找局長說幾句話就出來。門衛哧地冒了半臉冷笑——確確實實是半臉，你以為局長是誰，誰想見就見？趁早走開！各地公安局的大門荷子沒少進，還沒遇見疙瘩臉這麼粗暴的。他不讓進，荷子就纏著他，軟磨硬泡的。門衛火了，他推著荷子說，走走走。

這時，許多人從大樓裏走出來。荷子就勢往地上一躺，門衛沒防住荷子這一手，慌了。他要拽荷子起來，可沒想到荷子竟然長在了地上。

一輛轎車駛到門口，停住了。

荷子大聲喊，誰是局長，我要見局長。

有人過來拉荷子，荷子大聲說，我要報案。拉他的人說，報案去街道派出所。

一個中年男人從車上下來，問荷子報什麼案。

荷子說，我女兒丟了。

中年男人噢了一聲，說你起來說吧。

中年男人囑咐旁邊一個人領荷子進去。那人領荷子二樓，把荷子交給一位老員警。荷子看到老員警慈善的樣子，放心了。果然老員警耐心地聽完了荷子的敘述。他聽到荷子為尋找女兒，長年奔波在外，很是驚訝。老員警勸荷子回家等待，有消息他可以通知她。荷子說，找不著小紅，我絕不回去。

從公安局出來，荷子沿街尋找讀報欄。讀報已成了荷子的一項任務，她專撿有關打擊人販子的消息讀。荷子記性並不好，可在讀這方

面的消息時，卻表現出驚人的記憶力。讀上兩三遍，她就能一字不拉地背下來。某年某月某日，人販子張三李四如何拐賣怎麼判刑，記得清清楚楚。荷子的腦袋像一個巨大的倉庫，裝滿了人販子的消息。記這些事，對荷子已成為享受。她的心常常跳起來，擊出一段悅耳的聲音。

荷子找了好些讀報欄，但沒有她要找的內容。荷子不死心，沿著大街一直找下去。直到清早，荷子才回到火車站。石二杆正睡在長椅上鼾聲如雷，他周圍沒有旅客，想必是被他嚇跑了。荷子搖醒了石二杆，問他貼出去沒有。石二杆迷迷登登地說貼出十五份。荷子歇了一會兒，見清潔工正清掃垃圾箱，便走了過去，垃圾箱裏常有人們扔的各種廢報紙，有時候從上面也能得到一些消息。清潔工正把廢紙往袋裏裝，荷子忽然大叫一聲你等等。她走過去，扒拉著那堆廢紙，她不敢相信自己的眼睛，廢紙裏竟然有好些尋找小紅的尋人啟示。這狗東西，荷子罵了一句。好狠的石二杆，竟然把自己的親生閨女扔進了垃圾箱。荷子小心地撿起來，吹去紙上的灰塵，輕輕用手指彈了彈，用袖袖擦拭了一遍，方揣進包裏。

荷子走回去，石二杆還在躺著。他說，我餓了。

荷子青著臉說，你等著吃屎吧。

石二杆猛地坐起來，咋了？

荷子說，你把小紅扔進垃圾箱了？

石二杆稍稍慌了一下，馬上顯出一副不在乎的樣子，他說，貼不貼有啥用？我早死心了。

荷子猛地撲到石二杆身上，抓著，撕著，咬著。荷子沒這麼兇過，沒這麼瘋過，荷子想咬開石二杆的皮，剝出他的良心。石二杆抵擋了兩下，很快就將荷子壓到身底。石二杆摑了荷子兩巴掌，這一摑把憋了兩年的怒氣全抖了出來，紛紛揚揚，滿世界都是。石二杆再也控制不住了，拳頭雨點樣落下去。石二杆罵，媽的，你嚷啥，落到這個地步，全是你害的。

候車室裏頓時喧鬧起來，荷子和石二杆被帶到車站派出所。一問，方知道兩口子吵架。那個員警批評石二杆野蠻。荷子怕石二杆受不住，小聲說，我不怪他，是我的錯。員警用異樣的目光掃了荷子一眼。

　　從派出所出來，荷子說，你歇著吧，我去貼。荷子的臉和鼻子都腫著，說話聲音囊囊的。

　　石二杆突然說，咱倆離婚吧。

　　荷子怔住了，你說啥？

　　石二杆說，我實在熬不下去了。

　　荷子轉身就走，她走得很快，風吹著一樣。石二杆喊了兩句，追上來，一把拽住她。石二杆望著前方，說，咱們回家吧，趁年輕，再生一個。

　　荷子比風甩臉還難受，她冷冷地說，你的意思是不找了？

　　石二杆說，認命吧。

　　荷子嗖一下跳起來，她的頭髮高高揚起，兩條胳膊有力卻沒有規則地揮舞著，像是正往深海中下沉。她的胸內積著多少話要說，可沒衝出來便被咬碎了，末了只蹦出幾個硬梆梆的石塊來：你個狗尿苔！

　　那幾天，荷子一天往派出所跑兩趟，上午一趟，下午一趟。荷子的眼窩深陷下去，嘴唇卻高高地撅起來。數不清的泡在嘴上撂著，一張嘴便擠碎了，可不一會兒又密密麻麻竄出來。派出所先前還安慰荷子，後來便開始躲避荷子了。他們害怕荷子的目光，荷子的目光像在血裏泡了一樣，紅得可怕，極度的絕望與極度的期待交織在一起，分不清哪個更多一些。他們知道荷子已陷於崩潰的邊緣，稍有不慎，精神便會錯亂。這種情況，他們遇過不止一次了。有一句話，派出所一直不敢對荷子說，如果小紅是偶然走失的，還有尋找的可能，若是被人販子拐走的，尋找的可能性就太小了。那陣兒，人販子非法拐賣活動十分猖獗，小紅十有八成是被人販子拐走了。沒有線索，派出所也沒辦法。

除了報案，荷子還在報上登了尋人啟示。啟示太小，也就拇指寬一條，荷子不滿意，又託人去縣裏印了許多份尋人啟示，荷子和石二杆分頭去張貼，車站、商場、牆角、電杆，凡是能貼的地方，都貼了。

辦法用絕了，依然沒有小紅的任何消息。尋找小紅的花銷卻大得驚人，錢像水一樣流走。荷子和石二杆先是賣掉了兩頭牛、一匹馬，之後又賣了二十一隻羊，十六隻雞。家中的活物，除了荷子和石二杆，全賣了。接下來開始賣電視、自行車、櫃、衣鏡、木柵門，甚至賣了兩床被子。荷子借遍了所有的親戚，直借得親戚們與荷子斷絕了往來。

荷子瘦成了一棵稻草。如果乾的活兒與尋找小紅有關係，稻草就彈直了，兩天兩夜不合眼也不知疲倦。稍有空閒，稻草便迅速枯萎了，哪怕一陣小風也會將她刮走。

半年後，荷子突然收到一封信。長這麼大，還從沒人給她寫過信，荷子拆信時手抖得控制不住。石二杆要拆，荷子不讓，彷彿石二杆一粘手，信的內容就會飛掉。寫信人稱有小紅的消息，讓荷子帶一千塊錢前往。荷子盯著小紅兩個字，目光嘩啦嘩啦地響著，抖出滿臉的激奮與喜悅。石二杆狐疑地說，他怎麼會有小紅的消息，不會是假的吧。荷子不說話，將信折了，寶貝似的放好，瞪了石二杆一眼，說，假的我也去。

兩人面對面坐著，琢磨去哪兒弄這一千塊錢，家裏連一分錢也抖不出來了。荷子讓石二杆想想，他還有哪些親戚。石二杆搜腸刮肚地想了半天，慢慢搖搖頭。荷子怪怪地盯著石二杆，爾後突然叫，有了。石二杆說，你不是要把我賣掉吧。荷子興奮地說，不用借了，錢在自個兒身上長著。石二杆疑疑惑惑地盯著荷子，擔心荷子瘋了。

荷子說，現在就走，明兒一早就能趕到縣醫院。

石二杆茫然不解，去醫院幹啥？

荷子說，賣血呀。

石二杆遲疑著，犯不著吧。

荷子說，人家還賣器官呢，咱賣血有啥稀奇的？你不去我去。

石二杆不大情願，可他說服不了荷子，便硬著頭皮和荷子連夜去了醫院。荷子以為賣血和賣菜一樣容易，沒料還得在醫院等，什麼時候有人需要輸血才行。等了五六天，才等見一個需要輸血的，可是一化驗，只能抽石二杆的，荷子的血型不符。荷子急得都快哭了，罵自己咋就長不出一管子好血。又等了兩天，荷子才算遇上。荷子老是讓醫生多抽，醫生沒好氣地說，不要命了？這又不是水。

　　總算湊夠了錢。石二杆不放心，要和荷子同去。荷子不同意，兩個人去花銷太大。荷子說她一個人也能把小紅領回來。

　　寫信的人在河南某縣。荷子按照地址，費了不少周折，好容易才找到了那個人。那是個細皮嫩肉的後生，一說話眼皮子直眨。後生說，本地有戶人家領養了一個女孩，像是尋人啟示上說的小紅，他願意領荷子去看，但怎麼往回弄孩子他不管。後生說，我在縣裏還要活呢。荷子急著要去，後生讓荷子先付錢。荷子說，那不行，萬一不是小紅呢？後生說，你怕我騙，我還怕你騙呢，到時候你認出了孩子不付錢，我能拿你怎麼辦？荷子留了個心眼兒，先付給後生一半，說是見了小紅再付那一半。後生雖然勉強答應了，卻是一臉不高興。

　　後生領著荷子去那戶人家。中途，後生說去趟廁所，之後再沒出來。荷子去廁所找他，哪還有影兒？荷子知道上當了。這世上怎麼到處都是騙子？荷子坐在廁所外，號啕大哭。

　　荷子白白被人騙走了五百塊錢，當時氣得滿臉生銹，可事後竟有些感激那個後生。就是那一次，荷子產生了自己去尋找小紅的念頭。

　　於是，荷子踏上了尋找女兒的漫漫征途。

　　二杆，趕緊起吧，都啥時候了。

　　沒有動靜。

　　荷子推了石二杆一下，她的手閃空了，感覺整個身子栽進了懸崖裏。荷子清醒過來，太陽已升得很高了，她的臉被陽光塗抹得亂七八糟。

　　石二杆和荷子離婚了，可荷子老有一種虛幻的感覺，好像石二杆始終陪著她。荷子怎麼也想不明白，石二杆堂堂一條漢子怎麼說

垮就垮了。荷子是不願意離婚的，畢竟和石二杆生活了這麼多年，她捨不得他。可石二杆提出，不離婚荷子必須和他過安穩日子，還說他的遠房親戚答應從鎮民政所弄一千塊錢安家費。找不到小紅，要家做啥？荷子選擇了離婚。在路上，荷子還存著一絲僥倖，希望管離婚的幹部勸阻或者勸說一下，可那位幹部眼皮子都沒抬，便將手續辦了。荷子和石二杆沒有任何財產，簡單極了。接過離婚證，荷子的眼淚就下來了，她怕石二杆看見，幾乎是小跑著出來的，淚珠被風甩著，四處飛濺。片刻，荷子就把眼睛清抹乾淨了。剛才她有些恨石二杆，此時竟有了一絲內疚，石二杆是她拖垮的。甫說離婚，石二杆就是剝她的皮，也該。只是，走路睡覺，石二杆的影子依然纏著她，她擺不脫。

荷子從大樓裏走出來，一個戴紅袖箍的老漢看見她，斥道，誰讓你進去的，不要命了？荷子昨夜住宿的這座樓是將要拆遷的危樓。荷子看見了禁止進入的牌子，可她還沒有二十塊磚重呢，她不相信二十塊磚能把樓壓塌。荷子裝著害怕的樣子，躲過老頭，臉上卻露出一種惡作劇般的壞笑。

荷子此次的行程是中原某省的一個城市。荷子的尋找不是束一頭、西一頭的亂尋，而是拉網式的。北方窮，拐賣婦女的多，南方有錢，拐賣兒童的多。荷子是從南方的省份開始尋找的，現在輪著這個省了。

荷子等了兩天，沒等見煤車，也沒等見貨車，她決定偷乘客運列車。荷子偷乘過幾次，可心驚膽顫的，沒有扒煤車來得實在。荷子身上還有幾百塊錢，她捨不得花，那是小紅的救命錢。荷子沒有直接從終點上車，她先步行到一個小站點，小站點沒有賣票的，一般是上車補票。荷子在這方面可謂經驗老到。

車上很擁擠，荷子上車後便在車廂介面處站著。介面處的地上坐著一個老頭，一個後生，看樣子是父子倆。父子倆是鄉下人，荷子能從他倆身上聞見風沙的味道。荷子對面，靠在門邊的是一個幹部模樣的人，他一直看報紙。老頭不住地打量荷子，荷子便衝老頭笑笑。老

頭問荷子去什麼地方，荷子說終點。老頭說遠著呢，你怎麼不坐。荷子說，不累，將包抱緊了。

車廂裏列車員喊查票，荷子身子縮了一下，迅速站到廁所門口。旁邊已站了一個人，荷子緊張地拍著門，那人說裏面有人呢。荷子說我憋不住了，同時慌慌張張往車廂裏掃了一眼。廁所的門剛拉開個縫兒，荷子就擠了進去。荷子的心咚咚直跳，有時列車員還會檢查廁所的。二十分鐘後，荷子確信票已查完，方從廁所裏出來。

老頭說，把包墊那兒，坐一會兒吧。荷子搖搖頭。老頭說，包怕壓？荷子說，小紅在包裹呢。老頭疑問，小紅？荷子說，我女兒。老頭像是沒聽明白，驚愕地又問了一句，你女兒在包裹？荷子點點頭。老頭的表情僵住了，他大約覺得荷子的神經有毛病。

荷子拿出一張尋人啟示，指著啟示上小紅的頭像說，這就是小紅。老頭看了一會兒，問，你去尋找女兒？荷子點點頭，問老頭見過沒有。老頭說沒有，又問荷子什麼時候走丟的，荷子說四年前，我找了四年了。老頭吃驚地問，四年？就這麼到處跑？荷子點點頭。當初荷子不顧一切尋找小紅時，村裏人都說荷子碰幾次頭也就死心了，可荷子一直沒有回頭，執著得讓人感到不可思議。老頭臉上的驚奇荷子看慣了。荷子不明白，尋找自己的女兒本來是很正常的事，別人為什麼老是用這種眼神看她？

一天一夜之後的一個黎明，火車到達了終點。荷子剛迷糊著，一個員警正告訴她小紅的下落，他的話還沒說完，她便被驚醒。火車到的真不是時候，荷子還想回憶員警的模樣，可腦子裏一片模糊。

荷子被人流裏著穿過地下通道，來到車站廣場。兩個公安便衣模樣的人出現在她面前，他們讓她出示身份證。荷子把包緊緊地抱在胸前，問看身份證幹啥？我又不是壞人。那兩個便衣問，你上哪兒？荷子說，我出來找孩子。一個男人說，你把身份證拿出來給我們看看，如果你沒有，就跟我們走一趟。荷子問，你們是幹什麼的？兩個男人不說話，拽住她的胳膊就走。荷子看見許多人目光冷

漠地望著她，荷子大叫，放開我，我不是壞人。兩人將荷子帶到一輛麵包車前，車上寫著××收容所的字樣。荷子知道這下壞了，又被收容了，被遣送回原籍，又得耽誤多少時間。荷子不偷，不搶，可城裏人還是把她看作垃圾。荷子知道自己灰乎乎的樣子惹了麻煩，想辯解，可沒人聽她的。荷子被粗暴地推到車上，她想下去，可車門口擋著一個禿頂男人。禿頂在荷子的胸上摜了一把。荷子往後一仰，倒了下去，可馬上爬起來往外衝。禿頂推著荷子，說，你嚷嚷啥？不是壞人你嚷嚷啥？禿頂的邏輯把荷子弄糊塗了，荷子發愣時，禿頂砰地把門關了。

麵包車開出車站，走了很久，最後駛進一個大門。荷子和另外一位婦女被帶到走廊西頭的一間屋子。禿頂要檢查，那位婦女把包遞了過去，禿頂翻了翻，丟到一邊。禿頂要檢查荷子的，荷子不讓。禿頂便從荷子懷裏奪，可包已經成了荷子身上的一塊肉，禿頂鼻樑冒了汗也沒搶出來。禿頂砸了荷子一拳，罵罵咧咧走了。

荷子攏攏頭髮，坐下來。那位婦女欽佩地說，姐，你真行。荷子笑笑。婦女說，這些傢伙都是收容所雇的臨時工，掙著公家的錢，啥壞事也幹。婦女白白淨淨，比荷子有姿色，荷子暗自想，怎麼這樣的人也被收容。婦女看出了荷子的疑惑，說凡是三無的都要收容，然後送回老家。荷子問什麼是三無，婦女說就是無身份證，無臨時居住證，又無單位證明的。荷子的臉暗了下來，她的身份證在去年就弄丟了。可荷子很快輕鬆了，就算她沒身份證，可她不是壞人。

荷子和婦女很快就慣了。婦女的遭遇也很不幸，她原本在農村老家開著雜貨店，日子過得蠻好。她的妹妹在南方打工，拍電報回來，說是為她找了一份好工作。她腦裏一熱，變賣了雜貨店，去了南方。交了五千元的保證金後，她才知道所謂的工作就是給單位介紹人。她竟然被她的妹妹傳銷了。婦女逃離了「單位」，流落到這個城市。她想掙點兒錢再回去，不然沒臉見家人。婦女說，我妹妹原先很老實的一個人，誰能想到她學會了騙人？婦女臉上沒了氣憤，只剩下無奈了。

荷子也講了自己的事，婦女邊聽邊流淚。共同的遭遇迅速把兩人的關係拉近了，婦女問荷子的包裹是不是裝著值錢的東西，荷子說，我女兒在包裹呢。她拿出尋人啟示讓婦女看。

幾天後，荷子被押上一輛大客車。荷子知道這是要往回送了。荷子衣冠不整，神情倦怠，可荷子的目光卻鐵鈎似的，四下鈎著，想鈎住點兒什麼東西，把她拽下來。

車上擠滿了人，男的女的老的少的，每張臉都哭喪著。荷子一直巡視著逃跑的機會，可押送人員看得很緊，中途吃飯都有人守著。

太陽落山了，天漸漸黑了下來，堵得人心慌。荷子鼓足勇氣喊停車，她說要下去小解。荷子下了車，一個年青的押解人員跟了下來。押解人員讓荷子在車旁撒尿，荷子白了他一眼，走進路邊的林帶。荷子磨磨蹭蹭地蹲下去，押解人員背轉過身。荷子突然站起來，向林帶深處跑去。身後響起喊叫聲時，荷子已經跑出二十多米。荷子跑得極快，她彈跳著，如一隻野鹿。

荷子在路邊的溝渠過了一夜。她怕迷失了方向，不敢連夜走。春寒如針，在骨縫裏不停地遊走。荷子怕凍壞，坐一會兒，跳一會兒，她不敢得病，從哪方面她都不敢。過去有點頭疼腦熱的小毛病，石二杆就讓她在炕上躺著，他侍候她。現在想起來，那是一種實實在在的享受。可惜，她不可能再有那種享受了。

天亮後，荷子竟然睡著了。直到陽光刺疼了眼皮，她才醒來。荷子面前站了一個漢子，正怪怪地瞧著她。荷子連忙站起來，看看包還在，鬆了口氣。

漢子驚異地問，你就在這兒睡了一夜？

荷子說自己迷路了，問他這是什麼地方。

漢子告訴了她，然後說，兩口子打架了？你男人也不找找你。

荷子說，我是尋找女兒的。荷子沒必要隱瞞，看樣子中年漢子還算和善。

漢子說，噢，女兒跑了。

荷子有些生氣，她說，我女兒怎麼會跑呢，她讓人拐了。荷子拿出一張尋人啟示給漢子看，又問他到縣城的公共汽車怎麼坐。漢子說，還沒吃飯吧，吃了再走吧。荷子早就餓了，她沒有遲疑，跟著漢子進了村。荷子過夜的溝渠離村莊也就一里多地。

漢子家是三間磚瓦房，兩個十歲左右的女孩正在地上搶著一個什麼玩具。見中年漢子領了荷子進來，便好奇地盯著荷子，看得出，小姐妹是雙胞胎。荷子突然覺得眼熱，小紅丟那年，也就這麼大。荷子蹲下來，將小姐妹緊緊摟住，小姐妹幾乎喘不上氣了。漢子緊張地盯著荷子。荷子在小姐妹臉上各親一口，慢慢把胳膊鬆開。

吃飯時，荷子很隨意地問，孩子她媽呢？

漢子傷感地說，去年出了車禍……今天，我原本是給她上墳的。

荷子吃不下去了，她再次將兩個小女孩摟在懷裏，眼睛無聲地流著。

漢子聽了荷子尋找小紅的過程，很是同情。他讓荷子留一張尋人啟示，他給貼到村頭。還沒有人這麼幫過她，荷子感動得幾乎噎住。

漢子送荷子走時，囁囁嚅嚅老是想要說什麼。荷子問，大哥是不是有什麼話？

漢子終於吐出來，他問荷子願不願意留下來，他看出荷子喜歡孩子，他的女兒跟著她不會受委屈，又說他在村裏是中等人家，她受不了罪。

荷子沒想到漢子說出這樣一番話來，她怔了怔，決然地搖搖頭。荷子說，小紅還等著我呢。

荷子坐車來到縣城，在車站大廳尋找行走路線圖時，她看見有一個讀報欄，忙走了過去。荷子的目光一下就逮住了她想要的內容。她怕那是幻覺，閉了會兒眼睛，再看，依然實實在在的，她知道是真的了。報上說，Ｓ省某市公安局營救出三個被拐賣的兒童，現正尋找他們的父母。荷子把這個消息吃進肚裏，她的整個身子脹起來。荷子當即決定去Ｓ省。

這個意外的消息撞著荷子，她怎麼也平靜不下來。她覺得冥冥之中有誰在幫她，先是遣送她，然後遇見那個漢子，坐上了這趟客車，讓她

看到了這張報紙。荷子不敢得意，不敢放肆流露，她使勁地摁著自己的喜悅，生怕一不小心它從她的懷裏飛走，然後在空中炸掉。

六天後，荷子到了那座中等城市，見到了三個被解救的兒童。沒有她的小紅。兩個女孩都八九歲大，有一個與小紅年齡相仿的，是個男孩兒。荷子有些失望，可是看著三個孩子怯生生的樣子，荷子的眼淚刷地流下來。荷子說了聲我的娃，將三個孩子摟在懷裏，像是一隻老母雞護著三隻雞雛，一副防備老鷹撲食的架式。

陪同的公安人員提醒荷子，荷子即使認出自己的孩子，也必須有相關的證明。

荷子抹抹眼淚，說不是她的孩子，她只是難受。

公安人員同情地歎了口氣。

三個孩子怯生生的樣子纏在荷子腦袋裏，她怎麼也擺不脫。荷子覺得該為三個孩子幹點什麼，不然睡覺都不得安生。荷子有一種不屈不撓的念頭：她疼別人的孩子，別人才會疼她的小紅。

荷子在商店裏轉了大半天，最後選准了三套衣服。掏錢時，荷子的手有些抖，可是她還是把它們從懷裏拽出來。荷子捨不得花，它們在她懷裏捂了一年多了。它們一個個委屈地叫喚著，讓荷子別丟棄了它們。荷子說，走吧，走吧，那三個孩娃比你們可憐呢。

荷子把衣服送給三個孩子，在每人臉上親了一口，顫顫地走出來。荷子想起了石二杆，石二杆讓荷子死了這條心，他真是個混帳東西。別人的孩子能找見，她的孩子為什麼找不見？荷子的信心更足了，她甚至想，等找見小紅，狠狠差石二杆一番。

荷子硬是把三個孩子甩在腦後，開始了她幾年不變的工作：在醒目的地方張貼尋人啟示。荷子很專注，她沒有注意一個人一直跟在她身後。

荷子在火車站的出口處貼完尋人啟示，一個中年漢子湊上來，問，你是小紅什麼人？

「小紅」這兩字太敏感了，荷子的眼睛一下瞪大了。她看著他，脫口說，我是小紅她媽。

中年漢子唔了一聲，說，看來我找對了，我知道小紅的下落。

荷子說不清那是一種什麼樣的感覺。先是暈眩了一下，覺得一列火車呼嘯著從腦裏穿過去，然後又被甩進冰窟，寒冷襲過來，她哆嗦得沒法控制。荷子好半天才站穩，那個中年男人依然在面前站著。荷子突地抓住中年漢子的衣服，急切地說，小紅在哪兒？快告訴我！中年漢子似乎被荷子嚇著了，粗澀的臉上掠過一片驚慌。他狠狠地甩著荷子，荷子輕飄飄的，可是他沒有把荷子甩掉。中年漢子低聲喝道，放開！荷子意識到自己的失態，忙鬆了手，連聲說，對不起，我是高興的。荷子張著細瘦的胳膊，彷彿怕中年漢子從她身邊跑掉。中年漢子沉著臉說，高興也不能這樣，別人以為咱倆咋回事呢。荷子顧不得看漢子的臉色，著急地說，小紅在哪兒，你倒是快說呀，我都找她好幾年了。中年漢子往四周瞅瞅，說，這兒說話不方便，咱們換個地方。

中年漢子領著荷子來到一條僻靜的街道，在石凳上坐下來。荷子沒坐，她站在中年漢子前面，急著問，小紅在哪兒？

中年漢子沒有回答，而是從兜裏掏出一支煙，點了。中年漢子的臉坑坑窪窪的，黑色的底子隱隱透著一層黃，被煙燻了一樣。

荷子的身子前傾著，細細碎碎的火星從眼裏撒出來，落在漢子滿臉的坑窪裏。

中年漢子似乎被燙疼了，他往後仰了仰，才說，我說不準她是不是你女兒，看照片，倒是像。

荷子說，你領我去看看，我都快急死了。

中年漢子滋出一股笑，說，心急吃不了熱豆腐，你急個啥？離這兒遠著呢。中年漢子的話金貴得很，他不一次說完，而是一句一句往出擠。

荷子恨不得咬他一口，咬爛他的肚子，把那些話全掏出來。

中年漢子吊夠了荷子，才說小紅在下面的一個什麼縣，那個縣是他的老家。他在這座城市打工，年底回家去親戚家串門兒，在街上看到一個女孩。正值數九天，可是女孩衣著單薄，小臉凍得青溜溜的。親戚告訴他，那個女孩是村裏一戶人家撿的，準備給他家的傻兒子當

媳婦。他覺得女孩蠻可憐，就多看了兩眼，因此把她的容貌記住了。這幾天，他見荷子貼尋人啟示，他無意中掃了一眼，覺得照片上的女孩和他見過的特別像。

中年漢子的話像一根繩子把荷子的心死死地勒住了。荷子淚流滿面，幾乎將瘦小的身子淹沒。

荷子哽咽著說，大哥，你領我去吧。

中年漢子歎了口氣，不說吧，我心裏難受，說出來，也是昧良心，我這是拆散姻緣呢。

荷子說，大哥，我虧不了你，你怎麼也得領我去一趟。中年漢子說，你讓我想想。中年漢子很為難地搓著手，然後說，你先坐著，我去吃口飯。

荷子忙說，我也沒吃飯呢，我請你吧。中年漢子嘴上說著不好意思，已起身往大街上走去。荷子緊緊咬在中年漢子身後，生怕他跑掉。

中年漢子領著荷子走進一家飯館。荷子問中年漢子吃什麼，中年漢子連聲說簡單點簡單點，魚呀蝦呀的就甭要了。中年漢子越這樣說，荷子越怕虧了他，她咬咬牙要了魚，點了蝦，又加上幾樣別的菜。

荷子說，大哥，你怎麼稱呼呢？

中年漢子說，他們都叫我大爪，你也這麼叫吧。

荷子的目光落在「大爪」手上，他的手並不大，倒是手背上長了幾個大瘊子。荷子不明白人們為啥叫他大爪。荷子等大爪問她姓名，等了半天，大爪也沒問，荷子只好自報家門。大爪唔了一聲，對荷子怎麼稱呼並不感興趣。

上了酒菜，大爪就狠狠吃起來。荷子想和他說話，可見大爪埋著頭，吃得很專注，便忍住了。她抓著酒瓶，大爪喝一杯，她倒一杯。大爪特會吃，他輕輕一捵，蝦的腦袋和尾巴便脫掉了，露出粉乎乎的蝦肉。他吃魚不摘刺，左嘴角攔魚肉，魚刺撲撲地從右嘴角吐出來，整個一個吃魚機器。荷子看了一會兒，就把頭扭到一邊。大爪吃得不是魚，而是她的心。他吃一下，她的心就疼一下。過了一會兒，大爪

才問荷子為什麼不吃，荷子說其實她剛吃了飯，不餓。兩瓶啤酒很快就喝光了，大爪起身去衛生間，荷子緊張得心都快迸出來了。她想跟過去，又怕撞見大爪，她來回挪動著，如坐針氈。大爪終於出來了，荷子長舒了口氣。大爪衝荷子笑笑，說現在的啤酒質量差，兩瓶酒一泡尿就完了。荷子讓服務員再來一瓶，她剛喊出個「再」字，大爪便打斷她，別要多了，有兩瓶就行了。

酒足飯飽，大爪脖子以上的部位全是紅的。臉上的坑窪越發明顯了，隱隱地透著亮，像是揉了一把玻璃碴子。他一邊剔著牙縫，一邊說，不是我不領你去，來來回回得七八天，我怕老闆不准假。

荷子忙說，我去跟你老闆說。

大爪嘿嘿笑著，你沒有那麼大面子，現在的老闆都黑心，只顧掙錢，才不管別人的窮閒事呢。

荷子急了，她說，這怎麼是窮閒事？

大爪說，我跟你走一趟吧，老闆那兒，我再想辦法。不過⋯⋯大爪沒了下文。

荷子明白他的意思，問，多少錢？

大爪說，你也夠可憐的，給一千吧。

荷子倏地一驚，臉就抽起來。乖乖，一千塊錢可不是個小數字。荷子陪著小心問能不能再少些，大爪說，現在的錢，一千塊算個啥，說實話，我領你去是冒著風險呢，被人家發現，沒准腿就斷了。荷子咬咬牙，答應給一千。荷子想起幾次被騙的經歷，提出到了那兒見到小紅她才給錢。大爪說，你人蠻精的，就依你。大爪說為了趕時間，明天就上路。荷子面露難色，說她現在沒有一千塊錢。大爪幾乎要跳起來，若不是荷子出手快，拽住他，大爪就跳到桌子上了。大爪生氣地說，說了半天，你要我呀。荷子說她一定湊夠一千塊錢，不會少他一個子兒。大爪說路上的花銷由荷子出，荷子一口答應。最後商定，三天後兩人在火車站碰面。大爪給了荷子一個呼機號，如果荷子弄上錢，可以提前呼他。

大爪一走，荷子就急急忙忙數起錢來。其實身上有多少錢，她清楚得很，她原先有四百一十六元八角，為那三個孩子買衣服花去一百一，現在還剩三百零六元八角。荷子數了一遍，一分不多，一分不少，一個子兒都沒給她生。服務員催荷子結帳，荷子聽得一百二十元，吃了一驚。兩個人怎麼能吃掉一百二十塊錢？她讓服務員再算一遍，依然那麼多。荷子讓服務員再少些，說了半天，服務員只答應少算五塊。荷子盤算了一遍，除去飯錢，她還剩二百零一塊八角。荷子幾乎心疼死了，她咬著牙，從懷裏牽出一百一十五塊錢。服務員要收拾餐具，荷子喊了聲等等。服務員嚇了一跳。荷子說，我還沒吃呢。她沒看服務員的臉色，一屁股坐下，吃相比大爪還兇。魚蝦已經被大爪吃光了，可還有半盤油光鮮亮的魚湯。荷子吃得乾乾淨淨，就差舔盤子了。荷子往外走時，看見了服務員怪異的神色。荷子不怕，她吃的是自己的心，別人管不著。

荷子走進這座城市的一家醫院。荷子沒有別的掙錢辦法，只能從自己身上宰。她和石二杆在流浪生涯中，不止一次賣過血。再說，三天湊一千塊錢，只有這種法子。上次荷子賣血時，醫生曾警告過她，再抽血可能要出事。荷子不在乎，多喝幾缸子水，血就長出來了。再說，找回小紅，割肉也值。荷子不怕大爪騙她，見不到小紅荷子決不會給他錢。大爪總不能從她身上搶吧。搶她也不給，除非把她吃掉。

頭一天荷子沒等上，第二天夜裏一位婦女產後出血，荷子算是逮住了機會。荷子和婦女血型一樣，可化驗後，醫生告訴荷子，她的血不能抽。荷子急了，抓著醫生的袖子說，不可能，我過去輸過。醫生板著臉讓荷子放開，荷子放開了，可依然攔著醫生不讓走，她問醫生為什麼她的血不能輸，難道她血裏有毒？醫生說她的血裏什麼東西高，荷子沒聽清，她想再問，婦女家屬攔住了荷子。荷子幾乎絕望了，沒想到她僅有的一條財路就這樣掐斷了。荷子沒有離開醫院，她還要等下去。荷子不明白高有啥不好，這和炒菜多放肉不是一個道理嗎？就算不是肉，多放了鹹鹽，多放了醬油，鹹是鹹點，可不至於不能吃。這家醫院的醫生太挑剔了。

荷子又找了一家醫院，可是一直沒有賣血的機會。

三天後，憔悴的荷子出現在火車站。像小紅剛走失那陣子一樣，荷子嘴角又長滿了蘑菇樣的泡。

大爪看出來了，問，沒弄到錢？

荷子說，再給我幾天時間，我肯定能弄到。

大爪沒說話，他的目光漫過荷子的頭頂，像是考慮該不該答應荷子。荷子怕大爪生氣，大爪是唯一的知情人，她絕不能讓大爪生氣。荷子說你還沒吃飯吧，我先請你吃飯。大爪很費勁地將目光收回來，他說不是我心狠，我也要養活老婆孩子。荷子雞啄米似地點頭。大爪歎口氣，說十天以後咱倆再碰面，記著，就十天時間。荷子感激得就差給大爪磕頭了。荷子覺得大爪要錢是該著的，說明他心裏沒鬼，若他一他錢不要，那才有鬼呢。

荷子只順暢了一會兒，心窩便堵住了。尋不到路子，一百天也掏不出一分錢來。除了賣血，荷子還能幹什麼？

荷子漫無目的地在大街上走著。陽光敲在荷子臉上，擊起幾朵藍色的火苗。荷子不斷地抹著臉，彷彿一不小心，她整個人就點著了。這時，一個二十左右的女郎迎面走過來，她穿著窄小的衣服，大半個乳房在外面露著，紅豔的嘴唇，青色的眼皮，一看便知是做那種生意的小姐。這種人，荷子見得多了。村裏王老三的閨女就在城裏搞這種生意，雖然大把大把往回寄錢，可是沒人看得起王老三家。荷子見了這類人，目光沒有任何內容，輕輕一擦便閃過去了。自己的事還忙不過來呢，哪有心思窺探別人的隱密。可是今天荷子沒管住自己的眼睛，她不知自己怎麼回事。與小姐擦肩而過後，一個讓人臉紅的念頭從荷子心底浮起。荷子的腿顫了一下，便邁不動了。她罵自己，你個鬼，要羞死先人呢。隨即覺得臉上挨了耳光。荷子想看看是誰在打她，四外望望，並沒有誰靠近她。荷子的心抽緊了。她本意是掐滅自己的念頭，沒料手一動，它乾脆蹦出來。如一條鮮活的魚，跳了她一臉水。到了這個時候，她還顧忌什麼？什麼都沒有小紅重要。

荷子下了決心，卻不知這種生意是怎麼做成的。沒見過哪位小姐大聲吆喝過，可她們的生意紅火得很。不然，哪來大把大把的錢？荷子遲疑間，那位小姐又溜達過來了。她懶懶散散，幾百年沒睡醒過似的。可是忽然間，她的眼睛閃亮了，像是見了耗子的貓。荷子望去，一個挎包的男人正走過來。荷子明白了，小姐不是散步，是尋找目標呢。

　　青眼皮小姐走近男人，和他說著什麼。兩人嘀咕了一陣，似在討價還價。荷子靠近他們時，青眼皮已與男人談妥了。青眼皮前面走，男人在後面跟著，前後相距十來步地。荷子決定追上去討個明白。一路上，荷子遇見好幾個小姐，她知道這道街是人們說的紅燈區了。

　　青眼皮走進一條巷子，那條巷子裏全是私人旅店。門面不大，牌子卻嚇人。青眼皮走進北方賓館。荷子追進去時，青眼皮已沒了蹤影。荷子發現北方賓館不過是一個小院。荷子慌慌四顧，一個老闆模樣的人出來問荷子找誰。荷子不知道該怎麼說，臉先燃燒起來。老闆上下打量了荷子一遍，很不客氣地說，這是旅店，沒事走開。荷子知道老闆明白她的來意，也知道老闆沒相中她。荷子覺得委屈，她難道連做皮肉生意的資格也沒有了？老闆見荷子不動，要推荷子。荷子既然來了，就不能讓老闆這麼打發走。荷子說，我急等著用錢呢，我不走。老闆沒料瘦小的荷子有如此大的力氣，他推了兩下，荷子竟紋絲不動。荷子說，老闆，你就行行好，留下我吧，我有經驗呢。老闆遲疑了一下，荷子馬上說，她們給你多少錢我就給你多少。老闆說，她們給的不多，可客人多，留下你，我不賠死了？荷子說，我和你對半分，你朵拉個客給我。

　　老闆猶豫了半天，答應留下荷子試試。

　　說話間，那個男人已經出來了。荷子想看看男人是什麼表情。男人不紅不臊，和大街上的男人毫無區別，彷彿他不是搞小姐，而是抽了一支煙。

　　老闆把荷子領進一個房間。房間裏有兩張單人床，中間隔著布簾。青眼皮正在床上吸煙，老闆說來了個伴兒，青眼皮小姐輕輕翻了翻眼皮，目光在荷子身上跳了幾跳便溜開了。青眼皮沒有驚訝，沒有

意外，沒有輕蔑，總之什麼也沒有。彷彿荷子不是一個人，而是一塊每天見慣了的石板。老闆走到布簾的另一面，對荷子說，先住小黃這兒吧。荷子局促不安，和青眼皮住一個屋，多難堪呀。

荷子在床上定神的功夫，老闆喊，小李，來客人了。原來青眼皮姓李。荷子想躲出去，可是已經來不及了。那個男人已走到門口，荷子忙縮回來。荷子的心咚咚跳起來，似乎光天化日之下被人脫光了衣服，躁得不行。

青眼皮和男人開始了生意。

男人走後，荷子聽得青眼皮洗什麼。荷子想出去，可她不敢見青眼皮，直到聽得青眼皮出去了，荷子方做了賊似地溜出來。

荷子羞答答地在巷子裏溜著。就像一個犯人，被拉上刑場了，卻沒做好死的準備。死是肯定的，並不害怕，擔心的是熬不過死前的寂寞。這種生意吃的是男人飯，可每有男人走過來，荷子馬上低下頭。男人的目光都是鋸子，見到女人就想鋸開，但荷子很快發現，沒有一個男人看她，有時碰她一下，僅僅是她身後跟著濃裝豔抹的小姐。

三天了，荷子依然沒有拉到客人，她著急了。小紅淒惶惶的樣子一直在她腦裏定著。荷子罵自己沒用，她要豁出去了。那天，恰有一個老漢進來。本來老闆是給荷子介紹的，可老漢看見青眼皮，立刻定住了。老漢肯定是有孫子的人了，他還幹這種下作事，幹就罷了，竟然只喜歡能當他孫女的小姐。

荷子突然就哭起來，她一下傷心透了。是一種難以描述的哭，放肆、任性、絕望，荷子無論怎麼努力都收不住，索性主不收了，硬把它關進肚子裏，她會憋瘋的。荷子覺出青眼皮進來了，她的眼被粘稠的淚糊著，前面只是一個影子，但她知道那個影子是青眼皮。青眼皮什麼也沒說，站了一會兒便出去了。

第二天，一個男人找青眼皮時，青眼皮把這個男人推到荷子這邊。青眼皮像是對男人又像是對荷子說，我出去買點東西，我把門帶了啊。荷子知道青眼皮是讓給她的，很是意外。荷子看著面前的男

人，不由一陣噁心。男人一臉疙瘩，他和大爪站在一塊兒倒是般配，他是凸起的，大爪是凹下去的。除了石二杆，還沒有哪個男人看過她的身子。雖然和石二杆離了婚，她依然覺得對不住石二杆。男人還沒碰她，荷子的身子就抖成一團，慢慢地，竟縮成一個疙瘩。男人想掰開荷子，他不滿地說，你怎麼回事？荷子不知道怎麼回事，她不是故意的，男人一碰她，她就成了這樣。男人罵，媽的，給老子退錢。男人罵了一句便頓住了。他看到白白的疙瘩此時罩了一層青色。男人大概害怕了，沒再要錢，穿上衣服匆匆走了。

青眼皮進來時，荷子還沒有完全展開。她蜷縮著，像一隻受了驚嚇還沒醒過神的貓。青眼皮肯定聽到了什麼，她的眼神有些怪，作為感激，荷子衝她笑笑。

青眼皮歎了口氣。

荷子突然說，妹子，下次來人還讓給我，行不行？

青眼皮稍一怔，說，這事也不是誰想幹就能幹的，你想不開，遭罪。

荷子說，沒辦法呀，妹子，小紅還等著我救呢。

青眼皮聽到荷子掙錢是為了救自己的女兒時，眼圈紅了。她轉身出去，進來時手裏抓了一遝票子，說，這是一千五，你拿去救女兒吧。

荷子呆住了，半晌才說，不……我不能拿你的錢。

青眼皮說，要是嫌髒你就別拿。

荷子說，我不是那個意思，你……來得不容易。

青眼皮說，救人要緊，錢算什麼？反正幹的是無本生意，今天走，明天就來了。

荷子一直以為當小姐的人都厚顏無恥，沒有人味，包括青眼皮在內。荷子沒料青眼皮不僅善良，而且如此大方。接過錢，荷子叫聲親妹子，眼淚成串地飛出來。

坐上車後，大爪依然追問荷子短短幾天怎麼就湊夠了錢。大爪鑽在錢眼裏了，怕荷子騙了他。荷子不認為大爪訛她，他給她報信，要錢

沒什麼不對，只是婆婆媽媽的樣子惹人討厭。荷子不耐煩了，沒好氣地說，給不了錢，你把我賣了。大爪馬上不吱聲了。荷子瞄了瞄大爪，見大爪板著臉，知道他不高興了。錢在她的肚皮上長著，她是不能給他看的。荷子不敢惹惱大爪，小紅就在他手裏攥著呢。路過一個鎮時，荷子下去給大爪買了兩盒煙。大爪吸著煙，臉色方轉過來。

荷子在車上搖了兩天多，第三天才在一個小鎮下了車。風挺大，荷子下車時險些被風摜倒，她不由抽了一下，風吹在臉上，卻疼在心裏。小鎮很荒涼，店鋪稀稀拉拉。荷子問這是什麼地方，大爪說旗杆鎮，離咱們去的地方還有一截路呢。

這時，一個三十幾歲的漢子趕著馬車過來，和大爪打招呼。漢子一張嘴，露出兩排七長八短的黃牙。大爪給荷子介紹，說黃牙是接他的，問荷子先跟他回家，還是先去看那個女孩。荷子說，當然是先去看小紅。大爪讓黃牙送一程，黃牙的目光在荷子身上繞了一圈，顯出不情願的樣子。大爪說，她挺可憐的，送一送吧。荷子也說，哥，是急事哩。黃牙嘟嘟囔囔的，可還是讓大爪和荷子上了車。

到了那個村已經黑透了。黑暗擠過來，一抓一把。荷子不知村子有多大，灰灰的燈像亂甩的泥點子。大爪領著荷子走進一戶人家，這戶人家只有一個老婆婆和一個漢子，大爪說這就是他的親戚。老婆婆和漢子都很熱情，當下就要做飯。荷子肚子早就咕咕叫了，可她沒心思吃飯，提出馬上去見那個女孩。漢子不解，問哪裡還有女孩。大爪忙衝荷子使眼色，漢子還要問，大爪和黃牙把他叫出去了。屋裏只剩下老婆婆和荷子，老婆婆端水給荷子，說，喝吧，閨女，放了紅糖的。老婆婆一張魚網臉，說話時笑意便從網裏露出來。

大爪進來，老婆婆知趣地退出去了。大爪說他事先沒和楊子打招呼，聽說荷子要接那個女孩很不高興，怕鄰居知道了在村裏沒法待。荷子問，你的親戚叫楊子？他不會報信兒吧？大爪說，我想到了這一層，好說歹說，他答應不去報信兒，但提出要五百塊錢。荷子的心一沉，她說，我帶的錢不夠。大爪想了想說，我少要五百，你把另外

五百給了楊子吧，現在給他，先堵住他的嘴。事情到了這份上，荷子只能聽大爪的了，她轉過身子，從懷裏拽出五百塊錢。大爪讓荷子稍等一會兒，馬上領她走。

大爪一出去，楊子就進來了。他看著荷子，見荷子也看他，臉竟然紅了。荷子恨恨地想，他白白賺了五百塊錢，模樣老實，心蠻黑。楊子和荷子的個頭差不多，可腰杆子極粗，怎麼看怎麼像個木樁子。畢竟是在人家家裏，荷子不敢惱，甚至衝楊子笑了笑。楊子受寵若驚，他抓起茶缸讓荷子喝水，說，今兒晌午才買的紅糖，我娘都沒捨得喝。荷子從楊子殷勤的舉止上嗅出些不對勁，忙問，大爪呢？楊子愣了一下，誰是大爪？荷子說，領我來的那個，不是你家親戚嗎？楊子說鬼才是他親戚呢。荷子的身子已中電一樣麻了，但她還是努力地要問清楚，他去了哪裡？楊子說，他和黃牙早走了。像是忽然遭了雷擊，荷子的腦袋炸了。

楊子驚叫，妹子，妹子，你這是咋啦？

荷子撲向門口。門從外面反鎖著，荷子砸了半天，門板哼都沒哼。荷子轉過身子，衝楊子吼，放我出去。楊子一臉驚懼，他說，你不能走，我花了三千塊錢呢。荷子呸了一聲，說，不放我走，我就碰死。楊子猛就抱了荷子，說，我不讓你走，也不讓你碰死。荷子狠狠一甩，楊子彈出去，磕在桌角上。楊子疼得齜牙咧嘴，可馬上撲過來，抱住荷子的腿。荷子掙扎了一會兒，終於累了，靠在那兒大喘。楊子端起茶缸，說，喝口水吧。

荷子猛地將茶缸打翻在地。她怒視著楊子，說，出去！

楊子往後退了一步，生怕荷子抓到他臉上。楊子說，你咋這麼兇？

荷子說，出去！

楊子說，我是你男人，遲早要過日子的。

荷子說我看你出去不出去。荷子抓起東西往地上摔去，抓著什麼摔什麼。屋內稀哩嘩啦響成一片。楊子驚叫，別砸，別砸，我出去。荷子住了手，楊子邊撿邊心疼地說，這都是錢啊，咋就砸了。

楊子退出去，重新頂住門。荷子沒推開，她跳到炕上，想從窗戶出去。這時，她看見玻璃上貼著雙喜字，雖然不大，卻端端正正的。原來早就拴好了套子，單等她鑽呢。荷子越發生氣了，她想弄開窗戶，可窗戶早已釘死。窗戶格不大，連頭都伸不進去。荷子發瘋地撕著那幾個字，嘴裏叫著，讓你喜，讓你喜，我讓你喜個鬼。喜字已鑽進玻璃，荷子的手摳出了血，它依然笑嘻嘻的。窗戶是出不去了，荷子四外望瞭望，瞄準了頂棚。就是扒房，荷子也要出去。頂棚是紙糊的，荷子一拽便下來了。灰塵撲到炕上，屋子頓時被煙霧罩住。房頂也不可能扒開。荷子癱在那兒。

　　荷子感到了疼痛。那是一種由裏往外的疼痛。一種細細碎碎、無法言說的疼痛。一種寒冷而絕望的疼痛。像是在她心裏，又像不在心裏，她說不清疼痛來自什麼地方，它無處不在。她被疼痛融化了，沸沸揚揚的灰塵是她，呼呼作響的風聲是她。

　　荷子滿世界尋找女兒，女兒沒找到，自己卻被拐賣了。可恨的大爪，賣了她，還要騙她五百塊錢。荷子一直不知道人販子是什麼模樣，在她的想像中，他們態度蠻恨，滿臉兇殘，現在她明白了，人販子和別人一樣，一個嘴巴兩隻眼。他們的臉上抹著蜜一樣的笑，他們毒在心裏，狠在手上。他們臉上沒寫記號，沒人辨識出來，難怪那麼多人受騙。

　　第二天，荷子還在睡著，楊子就進來了。荷子睡得很淺，她不敢也不能走進夢裏，輕輕一點兒聲音就醒了。荷子假裝睡著，她想看看楊子能耍出什麼手段。楊子只在她面前站了一會兒，便開始收拾狼藉的地面。楊子輕輕的，生怕驚醒了她。

　　楊子出去不久，老婆婆就進來了。老婆婆畢竟比楊子有經驗，她一眼看出荷子在裝睡，說，起來吃飯吧，閨女，這麼躺著會憋出病的。荷子沒理她，老婆婆用手在荷子額頭試了試，歎口氣。

　　老婆婆說，我知你委屈，這事兒，放到誰頭上也不好受。

　　老婆婆說，想開點，人活一輩子，金山銀山不如有個疼你的男人。

老婆婆說，楊子是個老實人，懂得疼人。

老婆婆說，這個家由你來當，你說朝東楊子不敢朝西，你說朝西楊子不敢朝東。

老婆婆說，這地界苦了點，可人實在，村裏村外沒人欺侮你。我也是楊子他爹從外面弄來的，也沒少哭鬧，現在我還不捨得離開呢。

荷子一言不發，但已經睜開了眼睛。老婆婆的話荷子聽得明明白白，荷子不是被老婆婆說動了，而是從老婆婆的話裏琢磨老婆婆這個人。荷子已經從絕望中掙扎出來，她把疼痛從骨縫裏摳出來，甩到牆壁上。她決定逃出去，小紅還等著她，她不會給人當媳婦的。荷子看出來，老婆婆和楊子都是老實人，都不難對付。

老婆婆勸了一會兒，說，起來吃吧，一會兒就涼了。老婆婆走後，荷子瞄了瞄那碗飯。荷子早已饑腸轆轆，可荷子明白現在還不能吃飯，她必須裝出傷心的樣子，才能哄過老婆婆和楊子。

中午，楊子端進一碗熱飯，換走那碗涼飯。

晚上，楊子又端來飯，荷子撐不住了，樣子要裝，但不能把身子搞垮。身子垮了，讓她逃也逃不走了。荷子正要坐起來，楊子勸，妹子，你可不能尋死。荷子心一動，說，這世上的女人多的是，你再買一個。荷子開口了，儘管話不好聽，但已經不是生氣，而是鬥氣了。荷子就是要給楊子這樣的感覺。楊子頓了頓，像是為了打動荷子，說，三千塊錢全花在你身上了。

這麼說，大爪從她身上掙了三千五呢。

狗日的大爪，心太黑了。

荷子歎口氣，慢慢爬起來。楊子忙扶住她，荷子本想甩開，抽了抽膀子還是忍住了。荷子身子發虛，眼睛泛紅。紅是揉出來的，虛是實實在在的。荷子暗罵自己，你個熊貨，咋就經不起折騰呢。

荷子吃飯時，楊子在一旁站著。荷子吃飯，他則在吃荷子。若荷子看他，他馬上紅了臉。荷子看出楊子沒沾過女人。荷子有些可憐

他，又有些害怕。這種老實巴交的男人不敢輕易動她，可一旦發了瘋，她是擋不住的。

荷子突然說，你這人不老實。

楊子懵了，半晌才訥訥道，我……咋……不……老實？

荷子說，你怎麼能花三千？

楊子明白了荷子說的是什麼，賭誓地說，騙你不是人，娶一個媳婦要經好幾道手呢。他竟然用的是「娶」。

荷子說，我不信。

楊子說，黃牙只是個二道販子，他全是從別人手裏搗過來的。

荷子沒料自己隨意謅了個外號竟然說中了，「黃牙」竟真叫黃牙。

荷子問，你為啥只讓黃牙弄呢？

楊子說，他們有規矩哩，這一帶人娶媳婦只能找黃牙，再說，黃牙是本地人，守信用，不用擔心騙走定金。

荷子的態度使楊子有些興奮，他一說便收不住了。可突然間，楊子警覺地問，你老問這些幹嗎？

荷子說，誰知道你人咋樣？讓人賣了我就夠傷心的了，再賣給個黑了心的，我還有活頭？

楊子說，只要你安心和我過日子，天天打我耳光都行。

晚上，楊子遲遲疑疑不肯走。荷子想，壞了，楊子這種人都是死心眼，給個棒錘就要認針。荷子故意問，你怎麼還不走？楊子囁嚅道，你是我女人，我要和你一個屋子睡。荷子板了臉說，你想強迫我？楊子忙說，不，我疼你呢。荷子說，那你就出去，我還沒適應過來呢。楊子極不情願地退出去。

這樣過了幾天。有一天晚上楊子又提出留下過夜，荷子不同意。楊子沒有像往常那樣走開，一副豁出去的樣子。見荷子態度強硬，他的臉才鬆弛下來。可是，他還是沒離開，他開始央求荷子。他說別人娶媳婦，頭天就用繩子綁了過夜，他最窩囊了；他說他不和媳婦睡一個屋子，村裏人笑話，他娘也難受；他說他不動荷子，他只讓別人相

信，他已經和媳婦睡了，不然，他抬不起頭。說到最後，楊子竟然委屈得哭了起來。楊子的話，湯湯水水的，荷子的心被泡軟了，答應了楊子。自己被拐賣，禍根是大爪，與這個可憐兮兮的男人沒有關係。沒有他，大爪還會把她賣給別人。說起來，荷子應該感激楊子，換了別的男人，她早就被揉碎了。

楊子果然規規矩矩的。他試探著碰了碰荷子，荷子踹了他一下，他馬上縮了回去。可就是這樣，第二日楊子一改往日的蔫樣，出來進去滿臉紅光。老婆婆的魚網臉又露出笑容。那一刻，荷子竟有些內疚。

荷子覺得是尋找機會的時候了。她開始走出家門，上街轉悠，熟悉這個村子。荷子懶懶散散，隨隨意意，沒有任何目的的樣子。荷子的眼神明顯地告訴楊子和老婆婆，她死心了，踏實了，她沒有別的選擇了。可是，荷子很快就明白，就算她整日在村裏轉悠，也沒有機會逃走。每次出來，楊子都不離她左右，他就像影子，她甩不掉他，就連上廁所，楊子也要在牆外守著。荷子明白，她不把身子交給他，他永遠也不會相信她。楊子不相信她，她就沒有逃走的機會。

入夜，荷子脫了衣服，鑽進被窩。自進入楊子家，這是荷子第一次脫衣服睡覺，楊子沒有領悟到荷子的暗示，他只是用電一樣的目光射著荷子，幾乎把荷子瘦小的身子射穿。荷子拉滅燈，楊子依然那麼躺著，只是喘氣粗了些。

荷子實施的是自己的計畫，做得有條不紊。她已經不存在了，現在躺在那兒的是另外一個女人，說得再狠點兒，是一截木頭。荷子的魂已飛了出去，她站在屋頂上，看著已經不是荷子的那個人。那個人說，你過來吧。

楊子抖抖擻擻爬過來，爾後便瘋狂了。

荷子冷酷地注視著楊子和那截木頭，可是楊子一碰木頭，荷子便撐不住了，她抖了一下，從屋頂飄落。荷子又是荷子了，恐懼再次襲捲了全身。荷子明明是想攤開自己的，可是稍一動便縮了回去。像是彈簧，拉得越開，縮得越緊。

十多日後，荷子提出去鎮上買點兒婦女用的東西，楊子想也沒想就答應了。老婆婆知道荷子想去鎮上，就說，讓楊子在家幹活，我給你從村裏找個伴兒。老婆婆確實比楊子心眼兒多，她是試探荷子呢。荷子說，人生地不熟的，我怕走丟了，讓楊子跟我去吧。老婆婆馬上說，那也好。

　　路上，荷子一邊和楊子拉呱著，一邊暗暗地記著地形、路況。她知道一旦逃不成，恐怕以後就沒有第二次機會了。買了東西，兩人往回返時，楊子的心情格外好。去的時候他畢竟擔心著，現在用不著了。楊子告訴荷子，幾年前，村裏有人從外面買了個媳婦，那媳婦跑過兩次，男人為防她再次逃跑，竟然將她的腿打斷了。荷子馬上變了臉，你拿這個嚇唬我？楊子忙說，沒有，我是隨便說說的，過日子哪能那樣呢。荷子依然繃著臉，楊子說了許多道歉的話。荷子趁機套問黃牙的事，楊子為了巴結荷子，實說了黃牙住在哪個村，黃牙的官名稱呼。荷子問大爪的情況，楊子說只聽見黃牙喊他老秦，別的他也不清楚。荷子性急了些，楊子狐疑道，你老問他幹什麼？荷子生氣地說，我問問又咋了？我都和你睡了你還不相信？楊子漲紅了臉，說他真不知道。荷子說鬼才信呢。

　　這天晚上，荷子緊緊裹著被子不讓楊子靠近，楊子橫抱豎抱都不行，無論楊子說什麼，荷子一言不發。

　　第二天晚上，楊子鄭重地告訴荷子，說老秦官名叫秦天國，家住白石鎮。爾後又強調，我是聽別人說的，以前真不知道。荷子說，其實，我就是試試你，誰知你是真疼我，還是假疼我。楊子就笨嘴拙舌地發誓。

　　楊子的神態擊了荷子一下。皮筋樣的荷子心並不堅硬，而是軟軟的，一戳一個洞。她想，如果自己逃走，這個男人就白扔了三千塊錢，也冤了點兒。楊子爬過來時，荷子突然對他說，你去找一根繩子來。楊子不解，問她找繩子幹什麼。荷子不答，楊子沒有再問，出去找了一根繩子。荷子讓他捆住她的手，綁住她的腳。楊子驚愕，你要幹嗎？荷子說，讓你幹你就幹。楊子依照荷子的吩咐做了。

荷子被綁住了。

楊子不知所措地望著荷子。荷子閉了眼說，你上來吧。

楊子終於明白了荷子的用意，感動得快哭了。他竟有些畏懼，彷彿他面對的不是女人的身體，而是一團火。

就在楊子挨近荷子時，荷子突然叫了一聲，別！

楊子怔在那兒。

荷子想坐起來，可她馬上意識到自己已不能動彈。荷子閉了眼說，來吧。

荷子又抽了起來，她的四肢被綁死了，不能再動，抽搐的是她的心。她的心原本晃噠晃當的，可一下就抽成一團了，若是能捆，她願意把心也綁住。

荷子幾年沒讓男人如此挨她了。

尖銳的疼痛在全身彌漫開，荷子幾乎要把舌頭咬破。荷子死死地閉著眼，可是眼淚依然狂湧不止。

荷子終於逃了出來。望見縣城的燈火，她甚至有一種飛翔的感覺。

那一夜，折騰得精疲力竭的楊子睡熟後，荷子便悄悄爬起來。荷子幾乎被楊子碾碎，可她自始至終沒吭一聲，任臉憋成紫色。荷子咬著牙，把四零五碎的身子拾掇到一塊兒。她不能錯過這個機會。荷子把自己交給楊子，不僅僅是善意的同情，也是為自己創造逃走的機會。這兩個原因是糾纏在一塊兒的，她分不清哪個更多一些。荷子走到門口時，鬼使神差地把燈拉著，最後看了楊子一眼。楊子打著鼾，一臉滿足。她已經不欠這個男人了。她吐了口氣，拉滅燈。

荷子憑著記憶，順著來路跑到鎮上。已是黎明時分，鎮子模模糊糊浮現出來。荷子的嗓子乾渴著，一張嘴似有火苗噴出來。她想找個地方喝口水，可很快打消了這個念頭。這陣兒，楊子肯定醒了，荷子沒敢順著公路跑，她離開公路，在樹林裏穿行。但她沒有離公路太遠，身子隱在暗處，眼睛卻牽著公路。

荷子走了整整四天。

荷子找了個旅店住下了。她打算住一夜，第二天就坐車離開，可往那兒一躺便癱軟了。剛才在路上，她還硬梆梆的，如果有車，連夜走也不成問題，可現在軟得幾乎要從床上流下來。荷子罵自己鬆包，不就是走了四天路嗎？無論怎麼罵，她的姿勢就是沒變，身子已經不聽她的了。荷子在小店睡了兩天，除了起來填填肚子，一直昏睡著。

第三天，荷子走出小店。荷子褪了一層皮，身子又瘦了一圈，可體力已經恢復，她又成了拽不爛、撕不開、扯不斷的膠皮了。想到小紅，荷子就彈性十足了。被拐賣的經歷只當是做了一場夢。荷子不擔心楊子追來，就是追來，他也不能把她咋的。只要出了那個村子，她就不怕他了。可是路過地攤，荷子還是買了一把彈簧刀。揣著刀子，畢竟踏實些。

在車站門口，荷子看見一個熟悉的身影。她幾乎不敢相信自己的眼睛，她拉長目光，將他死死粘住。沒錯，儘管是背影，荷子還是認出了大爪。荷子對大爪的印象太深了，就是燒成灰，荷子也能看清灰裏有幾個坑。大爪沒看見荷子，他正對一位婦女說著什麼。荷子的心一動，悄悄靠了過去。可大爪離開了，他領著婦女走進車站對面的飯館裏。婦女在穿過馬路時回了一下頭，她的眼神遊弋不定，像是丟了東西。婦女白白淨淨，比荷子豐滿，也比荷子俊巧，可荷子一眼斷定她是農村婦女。荷子具體說不上來，她憑的是感覺。荷子對大爪和婦女的關係已經猜得八九不離十了。沒想到，幾十天的工夫，大爪又騙了一位婦女。荷子的體內響起脆木折斷的嘎吧聲。向楊子套問大爪的情況時，荷子更多的是出於對大爪的仇恨，想著有朝一日找他算帳。現在，她看見大爪，那個念頭當唧一下跳出來，荷子決定告發大爪，現在就告，讓公安把這個禍星抓起來，她不能「有朝一日」了。不然，他還會害人。這世上有大爪這樣的人，找見小紅也不會安穩，沒准還是大爪拐賣的呢，想到這兒，荷子恨不得剝了大爪的皮。

荷子盯著飯館門口，一個多小時過去了，大爪和婦女沒有露面。荷子不放心，正要進，大爪和婦女出來了。大爪紅光滿坑，邊走邊剔著牙

縫。婦女塞給大爪一盒煙，不是放在大爪手裏，而是塞到他的兜裏。荷子知道這頓飯是婦女請的，就像她當初一樣，被賣了還幫著人家數錢呢。不知大爪給婦女灌了什麼迷魂湯。荷子跟在後面，想看看大爪耍什麼把戲。

大爪領著婦女走進一家叫北國春的旅店，離荷子才住過的小店沒多遠。看樣子，兩人住下了。荷子等了一會兒，大爪一個人出來了。大爪和過往的路人沒什麼兩樣，可誰能想到這傢伙竟是一個殘忍的人販子。大爪走遠，荷子迅速走進旅店，問清了婦女的房間。

敲開門，婦女問荷子找誰，荷子二話沒說，擠進去。荷子動作生硬，婦女趔趄了一下，生氣地說，你幹嗎呀？荷子說，我來救你。荷子問，剛才那個男人，你認識他多久了？婦女反問，你問這幹嗎？婦女起了疑心。荷子急道，你說實話。婦女說，早就認識了。婦女竟然充滿敵意。荷子說，不對，你和他認識沒多久。婦女默認了，問荷子，你是誰？問這幹嗎？荷子說，那個男人是人販子，他要拐賣你。婦女說，你怎麼知道？不可能！可婦女已露出了慌意。荷子說，這兒說話不方便，咱們出去說話。婦女想走，又遲遲疑疑。荷子跺著腳說，我一個女人，能吃了你？婦女這才說，咱們別走遠。

兩人來到僻靜處，荷子先講了自己被拐賣的經過，爾後問，他是怎麼哄你的？婦女說，他說家裏辦了個廠子，缺工人。荷子說，你不想想，他家能辦多大的廠，跑大老遠來招人？婦女害怕了，問，這可咋辦？婦女本來臉白，這下更白了。荷子說，甭怕，做賊的都心虛，這兒是縣城，借給他個膽子也不敢在這兒綁你。婦女快急哭了，說自己連回家的路費也沒了。荷子稍稍猶豫了一下，從身上拽出一百塊錢。婦女急著要走，荷子拽住她，讓婦女跟她一塊兒去派出所報案。婦女說，不跟他去不就行了，報什麼案？荷子說，這種人是禍星，他不除，沒準兒哪天又把你賣了。婦女不情願，可才拿了荷子一百塊錢，不好意思回絕，就跟著荷子來到派出所。

荷子向民警講了自己被拐賣的經過，又指著婦女說，她也是讓人販子騙來的。民警轉向婦女，沒料婦女說，他只說介紹工作，沒說拐

賣我。荷子叫，你怎麼這麼糊塗！可婦女已跑出派出所。荷子追上去，生氣地說，你怎麼回事？婦女說，人生地不熟的，告也白告，還是別找麻煩了。荷子說，天底下都一個理兒，壞人沒有好下場。可婦女執意放棄。荷子說，算了，我不連累你。荷子本打算再回派出所，婦女可憐巴巴地問荷子能不能送她去車站。荷子發狠說，不能！婦女揉了一下眼睛，眼淚就下來了。荷子歎口氣說，要走趕緊走。

兩人剛到車站，便撞見了大爪。大爪身後還跟著一個男人。大爪生氣地說婦女，你去哪來，讓我好找……大爪突然看見了荷子。他抖了一下，馬上擠出滿坑的笑，是荷子呀，逛縣城了？

荷子罵了一句，突然就撲了上去。荷子抓著、撓著、咬著，大爪退了幾步，狠狠地砸了荷子一拳。可荷子沒鬆手，她嗷嗷叫罵著，你個死販子，臭販子，爛販子，缺德的販子，不得好死的販子。瘦弱的荷子將高大粗實的大爪撲倒在地上，人們圍上來，像瞧什麼稀罕物。

荷子喘息時，被人拖開。荷子見拽她的竟然是那位婦女，狠得不知說什麼好了。荷子說，你怎麼還不走？婦女方反應過來。這時，有一輛車駛出車站，婦女跑了過去。大爪要攔擋，荷子忽然摸出彈簧刀，她怒視著大爪，你敢動一步，我就拽出你的狗腸子。荷子渾身亂抖，一方面生氣，另一方面她初次玩刀，有些慌亂。荷子盼著有人報警，員警一來，她就把大爪扭到派出所。可是，沒人去報警。

大爪哼了一聲，說了句好男不跟女鬥，掉頭走開。荷子逮住了他的眼神，大爪樣子兇，心裏膽怯了。

荷子咬住他，大爪去哪兒，她就跟到哪兒。大爪想甩開荷子，可試了幾次都失敗了。荷子變成了他的影子，他不能把自己的影子斷開。大爪走著走著，猛地頓住，他盯著荷子，惱怒地問，你是不是不想活了？荷子說，你說對了，我就是拉你墊背的。大爪冷笑著說，你別後悔。荷子說，我不後悔，我後悔什麼？大爪沒能把荷子嚇唬住，繼續往前走。過了一會兒，大爪又站住了，他惡狠狠地問，你想怎樣？荷子說，和我去派出所。大爪說，派出所全是我的熟人。荷子

說，那你怕啥？你倒是去呀。大爪罵了句媽的，不再往快走了。他慢慢悠悠地轉著，像是要把荷子拖垮。荷子粘住他，她才不怕呢，她走了大半個中國，早摔打出來了。

路過一個廁所，大爪走進去。荷子原想在門口等，又怕大爪從後面跑了，便執著地跟進去。廁所內，除了大爪，還蹲著三個男人，見荷子闖進廁所，全大便不暢的表情。荷子衝大爪說，你就是變成蛆，我也要摳出你。大爪吃驚不小，他絕對沒料到荷子竟敢跟到廁所。大爪呆了呆，斥道，有話回家說，來男廁所丟人現眼！荷子說，你個缺德的人販子，滿嘴噴糞。荷子看清了廁所的結構，大爪是逃不走的，她轉身出來。

等了一會兒，大爪沒出來，荷子便坐在地上。她恨恨地想，看你臭到什麼時候。

大爪終於出來了。他背著手，哼著小曲。

荷子咬在他後面，大聲說，你個死人販子，臭人販子，缺德的人販子，不得好死的人販子。剛才在廁所內，荷子罵他人販子時，見他的臉明顯地抖了一下，知道他心裏有鬼，怵頭這幾個字。

人們莫名其妙地看著大爪和荷子。荷子要的就是這種效果。這比去大爪臉上咬一口還解恨。

大爪徑直來到一家澡堂門口。他一臉壞笑地對荷子說，怎麼？和我一塊兒洗澡？荷子罵，你能扒個地縫鑽進去？大爪進男澡堂，荷子也跟進去。一個工作人員要攔荷子，荷子突然撲過去，抱住大爪。

大爪惱羞成怒，他先是抓了荷子一下，然後背著荷子繞起來。他沒甩掉荷子，但把荷子甩直了。荷子的身體碰在牆上，噴噴亂響，大爪想把荷子摔成肉餅。荷子不鬆手，他就狠狠摔她。荷子自始至終沒放手，她變成了一張皮，緊緊貼住大爪，除非大爪用刀子剎。大爪轉得頭暈了，終於摔到地上。荷子跟著跌倒了。

從澡堂出來，大爪已顯出了沮喪。

一輛客車駛過來，大爪揚了揚手，荷子跟在大爪後面，上了車。

剛才，荷子被摔木了，沒覺出疼痛。這陣，疼痛全活了過來，它們在她的肉上、骨頭上狠狠咬著。荷子全身火辣辣的，幾乎散架。她緊咬著牙，不讓大爪看出來。

走了約一個小時後，荷子方看出，這輛客車是發往她被賣的那個鎮子的。荷子有點兒緊張，大爪要幹什麼？難道要把她領回楊子那兒嗎？荷子後悔沒有先報案。可他跑了，報案有什麼用？

荷子心跳加快了。現在下車還來得及，可現在下車她就輸給了大爪。她怎麼能輸給一個人販子？他販賣了她，販賣了小紅……荷子已認定是大爪拐走了小紅。荷子摸摸刀，決定不下車。荷子豁出去了，大爪去哪兒她跟到哪兒。

在鎮上下車後，大爪走進一個飯館。荷子看出大爪和老闆很熟。他要了兩個菜，要了一瓶酒，自斟自飲起來。荷子坐在他的鄰桌，盯著他。服務員問荷子吃什麼飯，荷子便要了碗雞蛋湯。大爪喊過服務員，不知大爪耳語了什麼，服務員出去了。荷子猜測大爪讓人通知楊子了，他要讓楊子抓回她。荷子想，如果楊子和她把大爪扭到派出所，她就跟他回。楊子要是站在大爪一邊，她寧可死在這兒。

大爪起身往裡間走去，荷子忙站起來。

不知什麼地方冒出三個男人，攔住荷子，用奇奇怪怪的目光敲打著荷子。荷子知道衝不過去，嗖一下拽出刀。

荷子說，走開！

荷子的聲調使三個男人愣了一下，他們沒想到瘦小的荷子有如此大的爆發力。一個男人說，操，還挺利害。另一個說，她這模樣，咱們犯不著。

三個男人對荷子沒興趣。他們閃開，荷子衝進廚房。窗戶開著，大爪早沒了影兒。

荷子跑到街上，大喊，大爪，有種的出來。沒人理她，荷子只灌了一肚子西風。

白石鎮是個大鎮，與荷子逃出來的地方分屬兩個縣界。通往白石鎮的車很多，荷子沒費什麼事便尋到了那兒。街上人來人往，鬧哄哄的。荷子一進鎮，便有一清瘦的老頭攔住荷子，要給荷子算卦。荷子從來不信這玩藝，可老頭纏住荷子不放，荷子只好說自己沒錢。老頭說他算卦只為解悶，從不要錢。荷子無奈，答應讓老頭算。老頭讓荷子寫一個字，荷子想了想，寫了一個「荷」字。老頭連連驚歎，你頭頂貴草，心裝金口，是大富大貴之人，你男人財運兩旺，全是沾你的光。荷子呸地吐了一口，說你胡謅什麼。老頭僵在那兒，他靠說好話混飯，還沒碰見荷子這種聽不得好話的人。荷子確實生氣了，她連男人都沒有，他竟然說她男人財運兩旺，他竟然說她男人財運兩旺。老頭是故意搧她耳光呢。荷子想，怎麼白石鎮的人都喜歡幹這種騙人的勾當？

　　荷子無緣無故被算卦老頭揚了一臉灰，她雖然生氣，可這件事使她多了個心眼。她沒敢冒冒失失地去聽大爪，而是在街上轉了兩圈，最後才在一個釘鞋匠跟前蹲下來。別的鞋匠都有活兒，而這個只有一隻胳膊的老鞋匠自荷子看見他，也沒見有人找他釘鞋。老鞋匠一點兒也沒顯出失落，一直是一種不變的表情。老頭這種表情讓荷子感動，她憑感覺斷定老頭可信。荷子脫下鞋遞給老鞋匠，老鞋匠並不顯得熱情，平平淡淡的。可他看到荷子的鞋底子，卻愣了一下。荷子的鞋底已補過三四次，滿臉蒼桑。老鞋匠看著荷子，問，全補？荷子說全補。老鞋匠把荷子的舊鞋底取下來，換了一塊厚厚的膠胎。荷子證實了自己的觀察。她很隨意地問老鞋匠知不知道大爪這個人。老鞋匠反問，大爪？荷子忙說，就是秦天國。荷子老是改不過口。老鞋匠狐疑地盯著荷子，你打聽他幹啥？荷子說，他借了我的錢，我找他討帳。老鞋匠說，還讓你撞著了，他才回來沒幾天。老鞋匠低下頭幹活，然後淡淡地說，這種人，最好少跟他打交道。看似隨意，落地卻叮噹有聲。荷子感激地點點頭。

　　荷子在鎮的東北角找見了大爪家。那是五間堂堂正正的紅瓦房，高牆深院，很霸道的樣子。這肯定是大爪販賣人口掙的錢，磚縫裏都

長出頭髮了。門墩上蹲著兩個石獅子，它們瞪著荷子，似乎荷子再往前走就把她掉。狗日的，吃人肉都吃出癮了。

荷子沒敢久待，她圍著大爪家轉了一圈，便去派出所報案。

派出所在鎮子的西南，也是磚房，但遠沒有大爪家的房屋氣派，門口的牌子已有些年頭了，似乎一碰就會掉下來。荷子的心疼了一下，她對派出所尊敬到近乎虔誠的地步，派出所不該這個樣子，至少要比大爪家氣派些。門開著，卻沒人，荷子正納悶，裏屋傳來嘩啦嘩啦的磕碰聲。荷子知道正打麻將，便喊了幾聲所長。一個小夥子伸出頭，問荷子有什麼事。荷子說報案。小夥子說所長不在，便將頭縮回去。荷子急了，錯過這個機會，再逮大爪怕就麻煩了。荷子說誰是派出所的，我有急事。那個小夥子說馬所長上廁所了，你稍等一會兒，另外三人都沒吱聲。荷子便站在門口。她的後背似乎竄上了螞蟻，奇癢無比，可她怎麼也挖不著，只好靠著門框狠狠搓著。等了半天，沒見馬所長回來，荷子的心幾乎要著火了。是不是馬所長喝醉酒栽進廁所了？這樣想著，荷子便到了後院。荷子畢竟沒有追大爪那樣的勇氣，她站在男廁所門口喊馬所長。喊了半天沒人應，荷子硬著頭皮探進去，廁所裏空空蕩蕩，根本沒人。荷子想肯定是那個小夥子騙她，她返回來，打麻將的已經散場，一個清清瘦瘦的男人正坐在辦公桌前抽煙，荷子認出他是剛才打麻將裏的一個。荷子問馬所長哪兒去了，那人問荷子有什麼事？荷子正要說，可忽然想到了什麼，警覺道，我要找馬所長。男人說我就是馬所長。荷子說不可能吧，在她的想像中，馬所長應是一臉威嚴，可面前的這個男人形容疲倦，抽了大麻似的。男人說那你就等馬所長吧。荷子的心裏直敲小鼓，她問你真是馬所長。男人不耐煩地說，你不信就算了。荷子確信了男人就是馬所長，忽然生氣了。她快急死了，可剛才他竟然吭都沒吭。荷子咬住嘴唇，生生將怨怒憋進肚裏。馬所長總歸是所長，荷子不敢讓她的氣跑出來。荷子急惶惶地說，馬所長，我要報案。馬所長問她報什麼案，荷子說人販子拐賣我，隨後講了大爪如何騙她，她又如何逃了出來。末了，荷子說，他正在家呢，馬所長快把他抓起來吧。

馬所長盯了荷子一會兒，說，不可能吧，老秦不會幹這種事。

荷子賭誓，我說的全是實話，騙你一句我不得好死。

馬所長沉了臉，你以為這是什麼地方？辦案靠的是證據。

荷子說，我就是證據。

馬所長剛才攤著本，現在竟然合上了。他說，我怎麼能相信你的話呢？你說你被拐賣過，那就得拿出被拐賣的證據。

荷子糊塗了，被拐賣就是被拐賣了，要什麼證據？她原來以為只要她一告，派出所就會把大爪抓起來，沒想到派出所辦案這麼囉唆。

荷子說，你把秦天國抓來，我和他對質。

馬所長說，你真是法盲，你以為派出所有多大權力，能隨隨便便抓人？

荷子說，那就把他……荷子費心想了半天，才想出一個「叫」字。派出所不敢抓人，總能叫人吧？

馬所長沉吟道，這倒可以，你可以和他對質。

荷子說，咱們現在就走，去晚他就跑了。

馬所長說，如果他確實犯了罪，跑了也能把他抓回來，如果沒有犯罪，他跑什麼？

荷子覺得馬所長的話彆扭，可又說不上哪兒不地道。荷子的目光伸得長長的，恨不得在他臉上戳幾個洞，她還沒見過這麼婆婆媽媽的男人。

馬所長終於出了派出所，荷子吐了口氣。馬所長的腳底像是有磁石，每走一步都要費力地把腳抬起來。荷子撐不住了，她甩下馬所長，幾乎是小跑著到了大爪家。

大門緊閉，那兩隻獅子依然兇巴巴的。荷子罵，狗仗人勢，有能耐你跳下來。說著，衝一隻獅子臉上吐了一口。

媽的，來這兒撒什麼野？荷子身後陡地響起一聲暴喝。

荷子回頭，粘粘稠稠的目光便揪住了那張坑坑窪窪的臉。大爪也沒想到是荷子，他愣了一下，忽然陰兮兮笑起來，你真行啊，追

到家了。荷子說，你就是鑽進地縫，我也能把你挖出來。大爪說，咱倆算是老朋友了，進家坐坐？荷子想反正馬所長快要來了，進就進。荷子一進，大爪咣地將大門插上了。荷子哆嗦了一下，她見大爪冷笑，反倒不害怕了，馬所長不是要證據嗎？那就讓他瞧瞧吧。

　　出乎意料的是大爪沒有把荷子怎樣，他刮掉臉上的陰冷，擺出滿坑髒兮兮的笑。他讓荷子坐，讓荷子喝水。荷子沒坐，也沒喝水。荷子怎麼會坐人販子家的凳子、喝人販子家的水呢？荷子就是站斷腿、渴死，也不會。她的仇恨已經撐圓肚，一碰就會爆炸。

　　大爪說，喝吧，我沒放毒藥，毒死你，我還得償命。

　　荷子一動，一個念頭若隱若現浮上來。要是告不倒大爪，她就喝毒藥，死在他家，讓大爪償命。

　　大爪說，我還沒碰見過你這種女人，你挺缺錢是吧？我把那五百塊錢還給你。

　　荷子心說，大爪要和談了，這傢伙到底害怕了。荷子有些得意，但沒表露出來。荷子說，你吃了我的飯呢？也吐出來？

　　大爪說，多少錢，我掏。

　　荷子說，你自己算吧，然後她一一列出來，幾瓶酒，幾條魚，多少只蝦，清清楚楚，分毫不差。

　　大爪吃驚地說，你記得這麼清楚？好好，我一塊兒給你。

　　荷子說，楊子那三千呢？

　　大爪說，你管他幹嗎？他還沒把你折騰夠？

　　荷子的臉隱隱紅了，她說，禍根是你。

　　大爪說，你看他可憐吧？我也就是給他介紹個媳婦，這年頭哪有不收費的？

　　荷子罵，你放屁也放不出聲來。

　　大爪說，我不和你一般見識了。楊子的錢，我給……用不用我給你扣點兒？荷子呸了一聲，說，你拐賣的那些婦女呢？還有小紅？你把她們送回老家，我就不告了。

大爪的臉繃緊了，那些坑一個個凹下去，幾乎成了一個個深洞。一絡絡藍煙從洞口冒出來，大爪的面容便顯得猙獰了。他罵，媽的，給你臉你倒不要臉了，這是什麼地方，有你撒野的份，你個狗操的！沒等荷子反應，便揪住荷子的頭髮往牆上撞。荷子奮力反抗著，可還是被大爪磕出一地的金星。荷子早忘了自己還揣著一把刀，兩人抽扯間，那把刀滑出來。大爪愣神的工夫，荷子抓起刀，逼住大爪。大爪稍一慌，便鎮定了。他說，剛才你私闖民宅，現在又多了條罪名：持刀搶劫。大爪一說，荷子這才想起馬所長早該到了。她下意識地往門口望了一眼，恨恨道，那就再添一條罪名吧，持刀殺人。荷子的眼睛綠了，大爪突然間變成一片麥子。荷子幾年沒割麥子了，手早就癢癢了。

　　荷子逼近大爪時，大爪瞪著死魚眼，慌慌地說，你一死，你的小紅永遠甭想回來。

　　荷子哆嗦了一下，那片麥子便消逝得無影無蹤。她的胳膊無力地垂下來。

　　這時，馬所長出現在門口。他喝道，你們這是幹什麼？

　　大爪搶先說，這個女人行兇呢。

　　荷子的心被大爪咬了一口，牙印清晰可辨。荷子竟然說不出話來。

　　荷子和大爪被馬所長帶到派出所。馬所長沒有讓荷子和大爪對質，大爪關一屋，荷子關一屋。

　　馬所長要單獨審訊。

　　輪到審訊荷子時，荷子問，秦天國呢？

　　馬所長說，他回去了。

　　荷子差點跳起來，她失聲道，你怎麼把他放了？

　　馬所長說，他把你告了，告你私闖民宅，持刀行兇，有這兩條罪名，你甭想回去了。

　　荷子說，我沒有，是他先打的我。

馬所長嚴肅地說，甭說誰先動手，可動刀的是你，又是在他家裏。

荷子的眉毛都要脫了，她急道，你都看見了，我怎麼會行兇？

馬所長說，我沒看見倒好，可我偏偏看見了你拿著刀在比劃。

荷子沒料到出現這種結果，她有些懵。

馬所長說，你告他，他告你，告來告去誰也沒有好結果，我看這件事就這麼扯平吧。你不缺胳膊不少腿，他身上沒傷臉上沒疤，誰也不欠誰的。

荷子大叫，不行！我不和他扯平，我不過嚇唬嚇唬他，可他害了多少人！不治他，他肯定還要造孽，他的心已經黑透了。

馬所長皺了一下眉，似乎覺得荷子拎不清。他說，你比他罪名重，秦天國那點事不算什麼。

荷子說，怎麼不算什麼？凡是人販子都要判刑的，隨後舉例，山西陽高縣的陳××因拐賣婦女，被判三年零六個月，河北康保縣的李××因拐賣兒童被判五年有期徒刑，河南鞏義縣的范××因拐賣婦女被判四年零六個月。這些例子都是真的，是荷子從報紙上讀到的。荷子記得太多了，一拽一把。

馬所長被摑了一巴掌似的，神情有點兒尷尬。他說，就算他拐賣過你，有證據才能判他的刑，可你拿不出證據。據秦天國講，他是征得你的同意才給你介紹對象的，不存在拐賣問題。

荷子幾乎抖成了團，她的嘴唇沒有血色，像是塗了一層漆。她說，這是胡說，馬所長怎麼相信他的鬼話？

馬所長歎口氣，也許你說的是真的，我很同情你，只是這件事沒那麼簡單，你告他沒證據，他告你卻有目擊證人。

荷子固執地說，反正我不和他扯平，他告我就讓他告吧，判我刑我也認，可是我告在先，他告在後，你先判他，後判我。

馬所長吃受不住荷子的執拗，他說，調解不成只好立案了。馬所長看了看表，說今天就到這兒，明天開始調查。

荷子提出現在就和大爪對質。

馬所長說，我已通知了秦天國，結案前不准他離開白石鎮，你放心好了，他跑不了。我放他回，自然也放你走。你先住下，明天八點準時到派出所。

馬所長說一句，荷子的心被撕一塊，都快撕成爛棉絮了，可荷子畢竟不能牽著馬所長的耳朵讓他現在辦案，馬所長說明天也好明天了。

荷子找了家車馬店住下。荷子鬱鬱不樂，她看出來馬所長有意偏袒大爪。可荷子很快振作起來，誰叫她是外鄉人，而大爪是本地人呢？就算馬所長袒護大爪，她也不怕，袒護是袒護，馬所長斷不至於把白的說成黑的，把黑的說成白的。這樣一想，荷子的氣總算順了一些。

荷子躺了一會兒，忽然想，要是大爪不聽馬所長的，他連夜跑了怎麼辦？這樣一想，她好像看見了大爪逃跑時鬼祟的樣子。荷子再也躺不住了，她決定去大爪家門口守著，無論如何不能讓大爪逃了。

當天夜裏，荷子就守在大爪家門口，她眼睛睜得大大的，不敢有半點鬆懈。半夜裏，先是刮了一陣風，然後就下起了雨。荷子濕了身子遭了寒，天未亮她就感覺身上燙了。回到車馬店，本想換身乾爽衣服再去派出所，可身子一沾床，她的腿就癱軟了。這一病，就整整在車馬店昏睡了一個星期。七天後，當荷子出現在馬所長面前時，正在喝茶的馬所長驚得險些將水噴出來。他說，你怎麼……成了這樣？荷子形容枯槁，骨瘦如柴，若不是劈劈啪啪冒著電光的眼睛，難以相信這是一個活人。荷子不知道自己成了哪樣，她成哪樣不關馬所長的事。荷子用目光揪住馬所長，問，秦天國呢？抓起來沒有？馬所長醒過神，噢了一聲，說還是為這事呀。馬所長的語氣透著明顯的不耐煩。荷子挺生氣，不抓秦天國，這事就沒完。馬所長說，我以為你回老家了，那天我一直等你和秦天國對質呢，可等到中午也沒等見。荷子說，秦天國不坐牢，我回老家幹啥？我病了，便簡短地講了經過。馬所長說，你去監視秦天國了？馬所長像是吞了堅硬的東西，喉頭蠕動了好幾下。荷子說，我怕他跑了，秦天國販賣婦女，傷天害理。馬所長的表情有些怪，他慢慢點了一支煙，然後說，秦天國的事已經立

案了，正調查呢。荷子緊緊追問她得等多長時間，馬所長說這個說不準，除了荷子，目前還沒有別的婦女告發秦天國，沒有線索，取證有困難。荷子不明白馬所長要什麼樣的證據，難道讓大爪拐到一百個才治他的罪？馬所長嫌荷子囉唆，其實囉唆的恰恰是他。放屁脫褲子，犯不著嘛。荷子讓馬所長說個期限，馬所長沉下臉，你以為這是擺家家，這是辦案！荷子胸內的氣一團一團往外頂，身子鼓鼓囊囊的，可無論她怎麼惱火，也不敢在臉上顯現出來，她的臉上除了固執，什麼也沒有。荷子堅持讓馬所長答覆，馬所長說我沒有理由答覆你，我還要辦公呢，你先走吧。荷子不走，馬所長就推荷子。荷子沒有以前的力氣了，她掙扎了一下，還是被馬所長推出門外。砰的一聲，荷子的身子僵了。這比挨耳光還難受。

荷子細細長長地喊了一句，馬所長，我給你跪下了。

馬所長頓了頓，拉開門。看見地上窩著的荷子，馬所長歎了口氣，連聲說，起來，起來，快起來，你威脅我呀。荷子說我不敢，我就是想讓你抓秦天國。馬所長被荷子糾纏不過，答應只要秦天國一回來，他就把秦天國弄到派出所，這回他非審出個子丑寅卯來。這麼說秦天國真的跑了？荷子心裏更來氣了，但不敢對馬所長發火。荷子問秦天國什麼時候回來，馬所長兩手一攤，這個問題，我真回答不上來。答不上就答不上吧，不過總算從馬所長嘴裏掏出一點兒東西。

荷子辭了馬所長，便往大爪家來。大爪在不在家，荷子要親眼證實一下。那對石獅看見荷子，跳了幾跳，終是沒落下來。荷子衝它們身上吐了一口，又覺不解恨，掃了掃四周，撿起一根樹枝，朝石獅的腦袋抽去。這一抽，剛才在派出所憋在肚裏的那團氣砰地噴出來。荷子邊揮胳膊邊罵，讓你兇！讓你兇！！

大鐵門咣地開了，一個肥碩的女人出現在門口，她看看荷子，又看看大門，詫異地問，你這是幹啥呢？

荷子剎住自己，打量著女人。荷子沒見過如此肥壯的女人，她足有三個荷子寬，堵在門口，如一口缸。荷子想，肯定是人肉吃多了。

女人又問，你幹啥呢？

荷子說，我找大爪……不，找秦天國。

女人越發疑惑了，她不明白荷子為啥找人不叫門，卻在牆上猛抽。她問，你是誰？

荷子反問，你是誰？

女人笑起來，我是秦天國女人呀。女人竟然長了一對小巧的虎牙。

荷子說，叫秦天國出來。

女人收住笑，他不在。

荷子想知道秦天國在什麼地方禍害人，她套問女人，女人搖搖頭，我不知道他去了哪裡，他的生意沒有固定地方，哪行情好他去哪兒。

乖乖，她竟然說這是做生意。荷子恨不得把她的肉拽下一塊，餵了那對兇獅。可荷子忍住了，她不能讓大爪再逮住把柄，反咬一口。

女人見荷子表情怪異，又問荷子，你認識他？

荷子說，我和他一塊兒做生意呢。

女人有些吃驚，你和他一塊兒販牛販馬？

輪到荷子吃驚了，她問，誰販牛販馬了？

女人又笑起來，我知道你瞎說來著，他是牛馬販子，那活計你幹不了。

荷子問，他說他是牛馬販子？

女人縮回了笑容，說，是呀，自家男人還會騙我？

荷子盯了女人一會兒，確信女人沒有瞎說。大爪這個畜生，他竟然把被拐賣的婦女看成是牛馬。他不但哄別的女人，還哄自己的女人。荷子罵了大爪幾句，一腔怒氣都撒到女人頭上。天底下竟有這樣的女人，男人坑蒙拐騙，她卻說男人做生意。她的腦袋怕是讓肥肉堵死了。

荷子冷笑道，你男人販賣人口呢。

女人叫，不可能，他從來不對我說瞎話。

荷子說，等你守了寡，就相信了。

女人讓荷子進屋說清楚，荷子說我怕髒了腳。離開大爪家，荷子又有些後悔。她不該對女人說那些話，大爪若知道她來過，不定又耍啥鬼花招呢。可片刻功夫，荷子就不後悔了，除非大爪砍斷她的胳膊，剁了她的腳，割了她的舌頭。只要有一口氣，她一定把他告倒。

　　荷子待了兩天，便離開了白石鎮。荷子不能在這兒死等，她要幹的事太多了。荷子轉了幾個縣，一個月之後，她回到白石鎮。確信大爪沒有回來，荷子又離開。

　　年根兒，荷子再次來到白石鎮。過年，大爪總要回來，她要在這兒堵他。荷子先去了大爪家，知大爪沒回來，便返到派出所。每次回來，荷子都要在派出所待上三五個小時甚至更長。荷子讓馬所長頭疼，可他拿荷子沒辦法，馬所長已習慣了荷子纏磨，荷子的耐性從裏到外把他泡透了，馬所長兜不起來，也軟不下去。

　　荷子一進去，馬所長問了句來啦，便捂了腮幫子，似乎不捂牙就全掉了。荷子和馬所長打了招呼，便端起水壺給馬所長續水。之後開始拖地，擦玻璃，荷子沒有問大爪的事，彷彿她來這兒只為了幹這些活。馬所長沒有制止荷子，他越制止荷子幹得越歡。幹完活，荷子就離開了。荷子聽見馬所長吐了口粗氣，像是荷子堵了他的嗓子，荷子一走他就順暢了。從派出所出來，荷子就到了馬所長家，她早就打聽到了馬所長家的住址。

　　爐上放了一個藥壺，屋內飄著苦澀的藥味。一個女人正蹲在地上拉爐門。見荷子進來，吃了一驚，問荷子找誰。女人病懨懨的，沒睡醒似的，眼皮有些腫。荷子說，這是馬所長家吧，馬所長是我的恩人，我來看看他。女人放心了，她說馬所長在單位呢。荷子笑笑，單位忙，我不敢去那兒找他⋯⋯哎呀，姐怎麼拖著病熬藥，讓我來吧。荷子熬完藥，又裏裏外外打掃了一遍。女人很不好意思，荷子說，我沒啥報答馬所長的，你身體不好，我就幫你幹活吧，反正閒著也是閒著。

　　馬所長回來，看見繫著圍裙、鼻頭上懸著汗滴的荷子，半天沒合上嘴。荷子不僅找到家裏，還成了半個主人。馬所長沒法攆荷子，

他讓她明天別來了。馬所長說，用不著這樣，該咋著我就咋著。可第二天，荷子又來了，她帶了兩袋大白，把馬所長家裏裏外外粉刷了一遍。第三天，荷子拆洗了馬所長家的被褥，第四天，她為馬所長家炸了年貨。她怕油味嗆著馬所長女人，一直在零下二十多度的冷房裏忙活。荷子除了沒替女人伺候馬所長，啥都幹了。

那天干完活，荷子去了一趟大爪家。還沒到門口，就見一個男人背對著她，正衝牆上撒尿。荷子的心猛地狂跳起來。大爪回來了。大爪到底回來了。荷子折回身，飛一樣衝進派出所。

荷子指著門外，喊，快……快……，那幾個字卡在嗓眼兒裏，怎麼也吐不出來。荷子的臉憋成了茄子。

馬所長一邊往外走，一邊問，出了什麼事？

那口痰終於吐出來，荷子興奮地說，大爪回來了。

馬所長猛被摑了一個耳光似的，怔在那兒。

荷子說，他回來了，我看得清清楚楚。

馬所長說，回來就好。

馬所長去大爪家時，荷子也要去。馬所長沒有同意，他說這是執行公務，荷子去他就不去了。荷子只好放棄，但她一直悄悄跟著馬所長，直到看到馬所長走進紅鐵大門，荷子的一顆心方落進肚裏。過了片刻，馬所長帶著大爪出來了。馬所長在前，大爪在後。大爪垂頭喪氣，像是被閹了。淚水嘩嘩地從荷子的眼裏淌出來，她的眼睛模糊了。

荷子不知馬所長怎麼審大爪的，第二天，一輛車把大爪帶走了。那時，荷子就站在旁邊，她想看看大爪的表情，但大爪折了頸骨似的，一直低著頭。荷子還想看看大爪戴了手銬的樣子，可大爪兩腕空空，什麼也沒有。荷子感到很失望。

車走遠了。馬所長衝發呆的荷子說，這下你該滿意了吧。

荷子甩回頭，問，為什麼不給他戴手銬？

馬所長說，他現在僅僅是嫌疑人，還沒定罪。

荷子沒吱聲。馬所長說，快過年了，你不回家？

荷子說，我沒家。

馬所長說，那⋯⋯不知為啥，他又咽了回去。

過了兩天，馬所長告訴荷子，大爪已初步招供，現在被關進了看守所，判刑是肯定的事了。

荷子一直等著這個消息，而它像耗子一樣遲遲不肯露面，她的心都快熬出皺紋了。荷子被巨大的喜悅罩住，瘦小的身軀如風中的樹葉一樣抖著。馬所長小聲問荷子，你沒事吧。荷子沒聽見他的話，這個消息堵滿了她的腦子。

離開白石鎮後，荷子原本是想去另一個省份的。可走到半路，她忽然冒出一個念頭，看看大爪現在是什麼樣子。那張讓人噁心的麻坑臉還兇不兇了。這樣想著，荷子又返回縣城。

已是臘月二十九了，縣城內喜氣洋洋。自小紅丟失之後，荷子對年已經沒有概念了。年和平常沒什麼兩樣，該穿什麼還穿什麼，該吃什麼還吃什麼，該在路上還在路上。可是今年的荷子沾了些喜氣，荷子感到了這種氣氛的親切。

看守所在公安局院內，荷子沒費事就找到了。看守所高牆深院，哨樓上還有持槍的公安。荷子轉了半天，卻沒找見看守所的門。荷子的神態引起了公安人員的注意，她被帶到一間辦公室。荷子神態自若，她不害怕，她一直把公安局當成自己的娘家。公安問明瞭原因，讓荷子離開。荷子提出要見大爪，公安沒有答應。荷子不走，死纏硬磨，公安方說，沒有領導批准，荷子是不能探視哪個人的。領導家在市裡，現在放假了，他讓荷子過了初六再來。公安有規定，荷子只好等了。該知趣的地方，荷子總是很識趣。

初七那天，荷子一大早就去了。公安聽說荷子為探視一個人販子，竟在縣城等了六七天，用狐疑的目光盯了荷子半天，直到證實荷子神經尚正常，方翻看檔案。

看守所根本沒有秦天國這個人。

荷子不死心，她又讓公安看了一遍。依然沒有。不但沒有，而且從來沒有一個叫秦天國的關進來。

荷子如遭雷擊，臉頓時成了一張白紙。

馬所長騙了她！

馬所長騙了她這個外鄉人！！

馬所長騙得她暈頭轉向。

當天，荷子便返回白石鎮。下了車，荷子一眼就看見了大爪。大爪正跟一個擺攤的說著什麼，大約是喝多了酒，滿坑紅光。大爪也看見了荷子，他輕蔑地笑了筆，便扭轉了頭。大爪根本沒把她放在眼裏。荷子在街頭凍了七天，大爪卻在熱乎乎的炕上喝酒呢。

荷子癱在地上，若不是寒冷的冬天，若不是冬天堅硬的土地，荷子就滲進土壤裏了。冰硬的土地不但拒絕荷子的滲透，而且將一汪寒氣灌進她體內。荷子被寒冷擊著，終於又站了起來。

荷子沒有再找馬所長，馬所長除了那身衣服像公安，渾身上下沒有一點公安的血性。荷子對馬所長死了心。

荷子有一個執著的念頭，找公安局長。可是到了公安局，荷子被攔住了。他們說局長很忙，荷子有什麼事，跟他們說就行。儘管和荷子說話的公安一臉正氣，一臉威嚴，可荷子卻不敢相信他。現在，除了局長，荷子已不相信任何人了。在荷子的心目中，公安局長是最值得信賴的。不讓見局長，荷子寧可死等著，也絕不草草地跟別人說。

除了吃飯，荷子便守在公安局門口。她要等局長，她就不相信局長忙到見她一面都不成。那天，她路過縣政府，政府門口坐了好些人，且舉著一些牌子。荷子受了啟發，她花了五塊錢找人寫了個牌子，上面寫著五個大字：我要見局長。

荷子跪在門口，高高地舉著牌子。

我要見局長！

這幾個字像是一枚枚石頭蛋子，冬日的陽光碰在上面，立刻碎紛紛一片。

有公安過來拖荷子，可荷子的身子執著地扎進冰冷的地面之中，誰也拽不走。這時，荷子看見一個和她一樣清瘦卻滿臉嚴肅的公安走過來。他身邊跟了好些人，他一邊走一邊責備著他們。

瘦公安說，我就是局長。

一股巨浪掀過來，荷子眼前一黑，栽倒在地。

大爪被公判的那天，廣場上人山人海。荷子先前在前面站著，可很快被擠到中間。荷子跐起腳尖，還是看不見。荷子小聲說，擠什麼擠呀，還沒見過人販子？其實，荷子比別人更好奇。荷子本來只告大爪一人，沒料抓了大爪竟牽出一長串人販子。這是一個販賣婦女兒童的團夥。

看不見，荷子就往起跳，彈起來的時候，荷子的目光越過人群，看見卡車上大爪胸前戴著一個紙牌子，上面還寫著字。荷子拼命往前擠，她要上前衝大爪的麻臉上啐一口，她要抓住大爪的衣領質問他：你總算也有今天啊？！如果員警不攔她，荷子會把她一肚子的怨恨和冤屈通通地倒出來，她總算等到這一天了，她想仰天大喊一聲。

……在大爪被抓之後，荷子回了老家一趟。儘管她沒找到小紅，可是她告倒了人販子。她想把這個消息告訴石二杆。回去方知石二杆和鄰村一個寡婦結了婚。那寡婦比石二杆大十歲，帶著兩個女兒。石二杆身無分文，也算是入贅上門。荷子又去鄰村找石二杆，她沒別的想法，只是想告訴他。走到院外，聽到石二杆和女人的說笑聲，荷子就癡了。這時，她方意識到石二杆和她沒有任何關係了，他不會對這個消息感興趣。荷子悄無聲息地離開了。

荷子沮喪了幾天，很快振作起來。她覺得自己如同是一根彈簧，拉開了，就收不回去……

宣判大爪那天，荷子最終沒有擠近那輛卡車前，她在擁護的人群中，聽見兩個婦女的爭執。一個說逮住這些人販子的是一個外鄉女人，她長得像俄羅斯人，還會武功。另一個女人說，聽說那女人是公安局臥底，專門尋找人販子的。

荷子此時正豎著耳朵聽判決書，她只聽見秦天國三個字，至於是判了幾年，她沒有聽清。荷子生氣了，她兇巴巴地嚷，吵什麼吵，我什麼也沒聽見。

兩個女人莫名其妙地望著荷子，不知這個燈草樣的女人為什麼發這麼大火。

秋風絕唱

1

騎驢的漢子站在塏包上，望著東張西望的女子，突地拱起一股莫名的煩躁。女子挎一豆綠色書包，穿一身淺藍色牛仔服，走路一彈一跳，如一頭剛離開母親的小鹿。口外的秋風吹散了女子的頭髮，光潔的額頭忽而閃現，忽而被頭髮遮住。騎驢漢子的眼睛霧樣迷亂了，那張遙遠的面孔帶著哨音晃出來，他幾乎聞見了她身上的青草味。騎驢漢子的腦袋劈哩啪啦地燃燒了幾下，他的喉嚨熱辣辣的似有東西噴出來。漢子乾咳了幾聲，突然吼出了憋在心底的壩上調子：

> 頭一回回瞭你你不在
> 讓你哥哥劈了俄（我）兩鍋蓋
> 二一回瞭你你不在
> 差一點讓你哥哥揭了俄（我）天靈蓋
> ……　……

騎驢漢子是二姨夫，四十七歲的二姨夫一臉滄桑。二姨夫是去鄉里告狀的，遇見這個女子純屬偶然。但這個女子卻使二姨夫想起了他多年前的相好，那蒼涼的壩上調子完全是情不自禁從心底瀉出來的，因而給人一種撕心裂肺的感覺。女子哆嗦了一下，猛地折回頭。她和二姨夫對視片刻，二姨夫眼裏的蒼老一下把她融化了。她甩了甩頭髮，大步向二姨夫走過來。

二姨夫已不再唱，女子的氣息正熱浪樣逼過來。他癡癡地望著女子，竭力想描出那張熟悉的面孔。女子和二姨夫記憶中的並不一樣，但在她走近的時候，二姨夫已將她的面容進行了想像性的改造，和他腦中的形象吻合在一起。

嗨，你唱的什麼調子？女子直來直去地問。

女子隨意的稱呼一下使二姨夫輕鬆起來，他呵呵一笑，露出一嘴鏽色的牙齒。女子又問了一句。二姨夫說，壩上調子。女子哦了一聲，當即摘下書包，掏出一個精緻的紅皮本和一支蛇條鋼筆，要求二姨夫再唱一遍。

你做啥呢？二姨夫問。

我要記下來。女子回答。

二姨夫又笑起來，笑聲裏帶出了不屑。好一陣兒，二姨夫方說，你年青青的記它幹啥呀？它是藥，有病的治病，沒病的吃了可生病呢。二姨夫認為女子是出於好奇才要記的，他哪裡會唱？二姨夫的話越發使女子好奇，她纏住二姨夫，死活讓二姨夫唱。女子拽住毛驢的韁繩，半真半假地威脅道，你不唱，我就不准你走。女子的神色既調皮，又任性，二姨夫的眼睛就有些潮濕，他從驢背上跳下來，故意繃著面孔說，說不唱就不唱，你能把我咋的？二姨夫是想逗一逗女子，但他那張粗澀的臉淹沒了他的表情，心切的女子認了真，她掏出一張五十元的票子在二姨夫眼前晃了晃說，我給你錢，咋樣？

二姨夫一下被激怒了，他噌地拽出韁繩，嚷，誰稀罕你的錢？你的眼珠子讓泔水蒙了是不？

女子始料不及，眼裏閃過一絲慌然。但她馬上反應過來，跟在毛驢後面小跑起來，大叔，我錯了，我錯了還不行嗎？二姨夫沒料女子如此固執，他有些不忍，正想停下來，聽得女子哎喲一聲。二姨夫的心倏地一顫，忙跳下驢背，女子正齜牙咧嘴從地上爬起來，她的下巴蹭起一片皮。二姨夫有些內疚，他一邊給女子拍土一邊說，你看你……你看你……

女子很艱難地一笑，大叔，你的臉總算晴了啊。

二姨夫歎口氣，這個女子讓人惱不得，躲不得。

女子說，這下總該唱了吧。

二姨夫怔怔地望著女子，你真喜歡？

女子鄭重地點點頭。

二姨夫說，我唱不出。

女子問，為啥？

二姨夫眼裏又流露出那種蒼老，唱不出，就是唱不出，還能為啥？女子眼裏的失望如錘子在二姨夫心上重重擊了幾下，腦裏的那個影子又和女子重疊起來。二姨夫雖無法抹去對女子的好感，但卻沒有了最初的衝動。他說女娃你別傷心，我唱給你聽。二姨夫憋足勁吼了幾句，完了問女子，夠勁不夠勁？女子搖搖頭說，沒有剛才的效果，似乎少了些什麼。二姨夫說，壩上調子是靠心勁唱出來的，不是靠嗓子吼出來的。女子喃喃地說了句什麼，二姨夫沒聽懂，他問女子去什麼地方。女子說壩上，她要到壩上走走。二姨夫又笑起來，他一笑，那鏽色的牙齒就全露了出來。女子問，你笑啥呢？二姨夫說，一匹快馬三天跑不出壩上，你兩條腿走啥呀？女子說，不是有你的毛驢嗎？二姨夫怔了一下，忙說，我還有事，你甭打它的主意。說著就要走。女子說，我沒親沒友，來這兒就靠你了啊，大叔。二姨夫頓了幾頓，才下定決心似的說，好吧，要去哪兒，我陪著。又裝出懊惱的樣子說，誰讓我運氣這麼不好，撞見你呢？女子說了句真的，跳起來親了二姨夫一口。二姨夫叫你這娃！捂著臉卻不肯拿開，似乎怕那感覺跑掉。其實，二姨夫答應女子也打著鬼主意。他看見女子的本和鋼筆，斷定女子是寫文章的，他想讓女子寫狀子。此時，他還不好意思提出來。

半小時後，二姨夫已和這個叫尹歌的女子走在了回北灘的路上。尹歌斜著身子騎在驢背上，眼裏滿是好奇。二姨夫一手抓著滿是污垢的帽子，一手牽著驢。二姨夫已知尹歌是音樂學院的學生，要來壩上采風。二姨夫說，壩上風大，還用你采？尹歌格格地笑起來，大叔，你可真逗。二姨夫不悅，別大叔大叔的，你嗨我就行。

尹歌就說，嗨，慢點走。

二姨夫的眉毛就揚起來，你喊我，還是喊驢？

尹歌說，嗨，你不要工錢可別後悔啊！

二姨夫不是那種死板的人，他回敬道，領個小女子，我快活死了，你別倒要工錢我就燒高香了。二姨夫陡然間年青了，身子輕飄飄的，似乎要飛起來。

【尹歌筆記】

我的耳朵裏灌滿了媚俗的、毫無意義的聲音。我不認為它是歌聲，歌聲是有內容的，而它們沒有，所以我稱之為聲音，一種按序排列的聲音。我一直想創作一首真正意義的歌曲，為此我在六七個城市流浪過。倒是創作了幾首，但都失敗了。其實，那不是創作，只是製作，因為毫無激情可言。我向一位元音樂前輩傾述苦惱，他的一句話頗耐人尋味。他說，不管你到過多少城市，你的感覺永遠不會變，因為所有的城市都是一個模式，要找靈感，必須遠離喧囂。他的話啟發了我，這是我到壩上草原的初衷。

一上壩，我就被吸引住了。我的眼前是海海漫漫的草野和無邊無際的蓧麥地，草灘上是悠閒的羊群、牛群、馬群，讓人感受到一種原始的生命力量。我疲憊的心一下輕爽了，似有清水蕩過全身。空氣中彌漫著青草、蓧麥混合的香味，我覺得鼻孔不夠用了，於是我張大嘴呼吸著。就在這時，我聽到撕心裂肺的喊歌聲，我覺得有一隻長長的釘耙一下一下地釘著我，我的心被擊痛了。我對壩上之行充滿了信心，相信自己一定會創作出一首打動人心的歌曲。我不知漢子為什麼拒絕給我唱歌，更不知道為什麼我一掏錢會激怒他。他不大願意陪我，可一旦答應卻不要一分錢，有了剛才的教訓，我不敢再勉強。這是我在壩上結識的第一個人，他身上似乎有一種東西，把我深深吸引住了。我相信，結識這個奇異的漢子是一種緣分。

2

黃老二拎著水漉漉的頭顱擠出屋子，泥似地癱在門口。我他媽完了，他想，怎麼就把翠花押上去呢？黃老二是明白賭場上的規律的，說背整個晚上都會背下去，可他當時輸紅了眼，把翠花作為籌碼是準

備贏的，誰知⋯⋯黑沉沉的夜晚，沒有一絲星光，夜氣粘稠的令人窒息。黃老二賭了多年，從未輸得這麼慘。他揉揉熬得血紅的眼睛，乾咳了幾聲。

這時，身後傳來冷冰冰的聲音，你往來送，還是我去接？

黃老二猛地一顫，不用回頭，他也知道是獨眼兒漢子。儘管黃老二明白後草地的漢子絕情，還是忍不住央求，老兄放我一碼如何？

獨眼兒嘿嘿一笑，據說你父親當年是北草地第一條漢子，他怎麼會有你這麼窩囊的兒子？我他媽看不起你，不就是個女人嗎？輸不起就甭賭。

黃老二的腦袋往褲襠裏沉去，他下意識地摸了摸自己的右手。父親為了戒黃老二的賭，咬牙劈掉他兩個手指。父親兇兇地衝他吼，你再賭，我剁了你的頭。但黃老二沒能管住自己，終於嚐到惡果了，這是自作自受啊。他腦裏湧出翠花悽楚的面容。翠花央求過他多少次，他不知道；翠花趴在他胸上流了多少淚，他不知道。他當時想，有你吃有你喝，你管那麼寬幹啥？他從未想到自己會落到這種地步。

黃老二，你放個屁！獨眼兒話裏帶著火藥味。

黃老二緩緩仰起頭。他看不清獨眼兒的臉，可他覺得出獨眼兒嘴邊吊著一抹冷笑。黃老二費力地吐出幾個字，隨你，只要她願意。

獨眼兒陰陰一笑，少來這一套，什麼願意不願意？你敢耍花招，我廢了你！

黃老二腦裏一片混濁。翠花，我對不住你。

⋯⋯

兩天後，黃老二和獨眼兒從後草地趕回北灘。

這天，翠花像往常一樣去田間圪塄上割了一麻袋兔草。之後提著小籃去灘裏採蘑菇。翠花悄悄往兜裏塞了一把小鏟子。小鏟子是挖藥材用的，每年這個時候，藥材販子就駐進村裏。藥材販子不但收，也去挖。據說他們有草原站發的許可證，而且上交村裏一部分，所以村長黃文才從來不管，可黃文才不允許村裏人挖。要挖，就要向村裏繳

稅。村民都避著黃文才偷偷地挖。翠花不但要避著黃文才，還要避著公公瘸羊倌。公公不讓她挖，他說草坡是北灘的命，誰糟蹋草坡誰走背字。

翠花到了一個僻靜的去處，採了幾朵蘑菇，挖了幾把野山蔥，瞅瞅沒人，就伏在草坡上挖藥材。草地上到處是黃芩、黃芪等藥材。後半晌，翠花挎著小筐走出草坡。翠花喜滋滋的，邊走邊哼著壩上小調。

翠花妹子，啥事這麼高興？

翠花愣了一下，待看清面前站著黃文才，臉一下白了。翠花怯怯地笑了一下，叫了聲黃村長。翠花不像其他婦女，被黃文才抓住就和黃文才打哈哈，用胸脯蹭他，讓黃文才揩點兒小便宜，然後溜掉。翠花做不出來，她是那種膽小羞怯的婦女，哪敢和黃文才開玩笑？

黃文才瞅瞅翠花籃裏的野蔥，不陰不陽地問，怎麼挖這麼多？翠花口未開，臉先紅了。一隻蝴蝶飛過來，在籃子邊上盤旋幾遭，落在翠花的扣子上。黃文才輕輕一觸，蝴蝶飛開。翠花後退一步，叫聲叔。黃文才說誰是你的叔，猛地奪過籃子，倒扣過來。黃芩、黃芪、老牛疙瘩灑了一地。翠花的臉白得沒了血色。黃文才抓起聞了聞，說，你別怕，我不會把你怎樣，我只想拿給老瘸看看。翠花一聽黃文才要告訴公公，急了，抓著黃文才的袖子央求道，黃村長，就這一次了，你饒了我吧。黃文才說，我倒是想饒過你，可就怕老瘸知道了，你知道老瘸的脾氣。翠花的眼淚出來了，你不說，他就不知道。黃文才說，你哭啥，哭啥，趁著給翠花抹淚，把翠花抱住了。翠花慌慌地說，別……你還是我的叔呢。黃文才說，傻女子，我這是喜歡你，連這也不知道？在翠花的央求聲中，黃文才一件件剝開了翠花。黃文才深知翠花的性子，他怎麼幹，她都不敢說出去。

黃文才心滿意足地坐起來，很隨意地問，黃老二有一個月沒回家了吧？翠花一邊系扣子一邊往籃裏收藥材，沒理他。黃文才心裏罵瘸羊倌，你和我作對，我把你兒媳婦睡了，你又能把我怎樣？翠花收拾

完，起身就走。黃文才喊住她，說，日後你避著老瘸就行，我不是那種絕情人。

翠花揩淨臉上的淚，又輕鬆起來。黃文才最後那句話，如一個蜜丸讓她品味了好久。只要黃文才不管，她每日可挖一筐。挖一秋天藥材，加上賣兔子的錢，沒准就能買一台彩色電視機。翠花一直想擁有一台彩色電視機，那樣，黃老二不在家，她就不會那麼寂寞了。翠花被那個美麗的前景誘惑得眼睛都亮了，她想雖然讓黃文才髒了身子，還是划算的。她又愉快地哼起來。

翠花進屋就燒水，她想洗洗身子。剛燒好水，一個獨眼兒進來了。翠花問他找誰，獨眼兒打量了她一眼，問，你是翠花吧？翠花越發狐疑，你是誰？獨眼兒說，我是黃老二的朋友，他讓我來接你。翠花忙問，他怎麼了？獨眼兒歎口氣，他害病了，在一個小旅館裏躺了十多天了。翠花儘管惱恨黃老二，可一聽他得病，還是著急。她說，你快領我去吧。出院時，獨眼兒對翠花說，你的圍裙。翠花解下圍裙，搭在繩子上。走到門口，又想起什麼似的，回屋取了些錢。獨眼兒騎了一匹馬，翠花猶豫了一下，騎上去。走了沒幾步，翠花下意識地回過頭，往門口瞧了一眼。於是，她看見了從牆角閃出來的黃老二。黃老二灰頭灰臉，如一只刺蝟。翠花哎喲一聲，從馬上摔下來。她顧不得疼痛，爬起來就往門口跑。

翠花得知自己被黃老二輸給了獨眼兒，氣得又撕又咬。可也僅那麼幾下。黃老二臉上有了血印後，翠花便罷了手，嚶嚶哭起來。獨眼兒冷冷地說，一個輸了老婆的男人，有什麼戀頭？翠花呸了一口，我不跟你走，死也不跟你走。獨眼兒說，我不會虧待你。黃老二垂著頭，如一隻害了瘟的雞。

黃昏時分，瘸羊倌進來了。黃老二不在家，瘸羊倌每日來給翠花擔擔水，幹幹其他力氣活。瘸羊倌三個兒媳中，翠花是最孝順、最仁義的一個，瘸羊倌像對親閨女一樣待她。看見門口的馬，瘸羊倌猛有一種不祥的感覺。屋內的場面，又讓瘸羊倌的心空空地吊起來。

翠花看見瘸羊倌，哇地哭出了聲。黃老二躲避著父親的逼視，戰戰兢兢的。只有獨眼兒擠出些笑，喊了聲叔。瘸羊倌方頭大臉，鬢角到下巴長滿了整齊的短鬚，長相自帶威嚴。

瘸羊倌以為黃老二輸了錢，回來跟翠花塌饑荒的。瘸羊倌早料到黃老二會有這下場，所以衝黃老二冷笑幾聲，說，把你的骷髏抬起來，怎麼回事？

黃老二看看獨眼兒，又看看翠花，才掃了父親一眼，猛又低下頭說，我把……

翠花哭道，他把我輸給這個人了。

轟得一聲，瘸羊倌的腦袋炸了一下，他幾乎是下意識地往牆邊靠了靠。他沒料到自己的兒子竟真的輸掉了女人。翠花上前扶他，被瘸羊倌狠狠推開了。瘸羊倌鎮靜了一下，問獨眼兒漢子，今天就往走帶？

獨眼兒點點頭。

翠花猛地撲在瘸羊倌跟前，爹，我不跟他走。

瘸羊倌苦苦一笑，賭場上的規矩，由不得你。

翠花怔了一下，叫，爹……

瘸羊倌不理她，問獨眼兒，開價呢？

獨眼兒說，五萬！交錢我馬上走人。

瘸羊倌說，錢我會湊夠，但你得寬限個時間。

獨眼兒說，你告了派出所怎麼辦？

瘸羊倌反問，你信不過我？那你先把人帶走，只是不許碰她。我這輩子沒少幹下作事，就是沒宰過人。

獨眼兒聽出了瘸羊倌的威脅，猶豫了一下說，人我可以留下，但錢得給我。

瘸羊倌說，一個月時間，如何？

獨眼兒說，我相信你。

獨眼兒一走，翠花軟軟地癱在那兒，半是哭半是笑地喊了聲爹。黃老二撐起汗濕的頭顱，怯怯地朝父親一笑。瘸羊倌不動聲色地問，

再賭不賭了？黃老二說不賭了。瘸羊倌叫，拿刀來！黃老二的臉猛地一白，翠花聽出意思，央求道，爹，饒他這一次吧！瘸羊倌望著翠花淚汪汪的雙眼，歎口氣，又衝黃老二說，過來！黃老二挪過身子，瘸羊倌揚起手，狠狠地摑了黃老二一巴掌。再一巴掌，又一巴掌……

【尹歌筆記】

　　在我再三追問下，他才說別人都喊他馬掌，讓我也喊他馬掌好了。我問是不是他的真名，他說無所謂真名假名，他叫過許多名字。他的談吐有點兒放浪文人的味道。馬掌讓我住在他家，他說過路人，尤其是江湖藝人常在他家住，他從不收錢，因為他喜歡紅火。我問你妻子不嫌棄嗎，馬掌說，我不嫌棄她嫌棄什麼？聽口氣，馬掌不把她放在心上。我猜測她妻子一定又老又醜，沒料一見面，我吃了一驚，這個四十多歲的女人無論是身材，還是臉盤，都給人一種清爽的感覺。她看我的目光很特別，像挑剔又像審視，後來我意識到那是一種敵視。天啊，她竟然把我看成了情敵。我既好笑，又害怕，碰這麼個女人，我還怎麼在馬掌家住下去？我的判斷終於在晚上得到證實。

　　馬掌家住三間土房，他和女人住東屋，讓我住西屋。可晚上睡覺時，他女人提出讓馬掌住東屋，她要和我住西屋，理由是怕我孤單。馬掌瞪了她一眼，她才不吱聲了。可我一進西屋，就聽見她從外面上了鎖。我不知她為什麼會這樣，是她的腦子有毛病，還是馬掌有問題？我躺下沒多久，便聽到馬掌訓斥女人的聲音，偶爾傳來女人的啜泣聲。過了一會兒，有開鎖的聲音。我的心一陣緊縮，以為會發生什麼。可什麼也沒有。

　　第二日一早，馬掌就把我喊起來，讓我跟他放驢。他絕口不提昨日的事，我也就懶得問。放了一早晨驢，我的鞋和褲腿全被露水打濕了。我要求馬掌唱幾曲壩上調子，他唱了，卻依然沒有我初次聽的那種感覺。但我總算有收穫，記了幾首歌詞。這些歌詞既通俗又親切，給人一種火辣辣的感覺。

3

二姨夫在井口碰見瘸羊倌時，瘸羊倌的臉陰得像黑山羊頭。二姨夫和他開了句玩笑。在北灘，二姨夫是唯一敢和瘸羊倌開玩笑的人。二十多年前，他倆在賭場上是一對絕好的搭檔。瘸羊倌沒搭理二姨夫，擔滿了水，就晃遊著走了。二姨夫怔怔地盯著瘸羊倌的背影，想，他是不是受了誰的氣？誰能把他氣成這樣？二姨夫猛就記起告狀的事。他回去囑咐了尹歌幾句，讓她自己先轉轉，不等她說什麼，趕緊扭頭走開。他怕看尹歌那雙任性的眼睛，這讓他著慌。自然二姨夫沒好意思讓尹歌寫狀子。

天陰沉沉的，二姨夫的滿腹心事越發重了。二姨夫告了黃文才一年多，但沒告出任何結果。最屬害的一次，也就是派出所來村裏查了黃文才一次，可最後還是派出所吃了黃文才一頓，黃文才把他們打發走了。二姨夫再去告，派出所的就惱了，說他沒睡你女人，你告哪門子狀？二姨夫火了，站在門口把派出所的人卷了一炮，結果被銬了半天。二姨夫的性子直，被銬的半日，他的嘴一直沒閒著，連派出所的祖宗三代都罵遍了。給他鬆銬後，二姨夫反而不走了。二姨夫說不給我個明白，我他媽死也死在這兒。所長這才給他解釋，二姨夫告黃文才糟蹋婦女，可派出所去查，沒一個婦女出來作證。所長說，也許有，但那是兩廂情願，沒有證據，派出所不能平白無故抓人。二姨夫看找派出所行不通了，就找孫鄉長告。其實，二姨夫個人和黃文才並無多大仇怨，都是為村裏的事。一件是黃文才把村裏的地包給他的親戚種，另一件是他讓藥材販子掛牌收藥材，還讓藥販子去挖藥材，把草坡糟蹋得不成樣子。藥材販子起先只收藥材，後來收的東西就多了，什麼黃花菜、蘑菇、野韭菜等，總之草坡上有的，恨不得全掠去。告黃文才睡女人只是捎帶腳的事，二姨夫原打算在這件事上打開個缺口。沒料睡女人還要證據，只好罷手。孫鄉長起先還接待二姨夫，後來就躲著不露面了，由辦公室接待。

這次，二姨夫留了個心眼兒，他沒有直接進鄉政府，而是遠遠地蹲在一家小賣部牆角，睃巡著鄉大門口。二姨夫來過幾次，掌握了一些規律，大凡鄉里人多，孫鄉長准在，若是鄉里稀稀拉拉沒幾個人，孫鄉長也許就不在。這天，院裏的人挺多，二姨夫想今天是來對了。過了一會兒，有人出來在大門兩側貼標語，要迎接什麼檢查團。中午時分，五輛小轎車開進鄉大院。二姨夫想，下來大官，孫鄉長肯定不會躲了，再者，大官來，也是絕好的告狀機會。於是，二姨夫牽著驢走進去。

　　孫鄉長和領導握過手，一抬頭，看見了二姨夫，嘴就張成了雞蛋。辦公室的劉秘書見狀，忙上去擋了二姨夫。二姨夫叫，再擋，我就攔路喊冤。二姨夫的聲音很高，孫鄉長匆匆過來，衝二姨夫一笑，老馬啊，你先等我一下好不好？二姨夫說好啊，我就在這兒等吧。孫鄉長抓了二姨夫的手說，天熱，別中了暑。回頭吩咐劉秘書給二姨夫買一顆西瓜。劉秘書買回西瓜，讓二姨夫跟他回屋吃，二姨夫哼了一聲，你以為我沒吃過西瓜？劉秘書苦著臉說，你不吃，我肯定要挨訓。二姨夫不忍看劉秘書那副樣子，就隨劉秘書到最後排的一間屋裏。二姨夫一進屋，劉秘書就啪地上了鎖。二姨夫急得直跳，我日你個娘，你給老子弄開，他想從窗戶跳出去，可窗外上著鐵護窗。二姨夫罵了一陣，疲遝下來。

　　半下午，孫鄉長才露面。二姨夫說，你手底養了一幫匪。孫鄉長笑嘻嘻地說，讓你受驚了，老馬！隨後叫二姨夫去喝酒，孫鄉長說，我知道你喜歡這一口。二姨夫說，你不解決北灘的問題，我就賴在鄉里。孫鄉長說，鄉里有的是地方，只是你放心家裏？二姨夫忽地想起尹歌，臉就緊了幾緊。二姨夫說，你把黃文才撤了吧，撤了我就不告了。孫鄉長說，這不由我啊，黃文才是你們大夥選上的。二姨夫叫，你到底管不管？孫鄉長頓了一下說，忙完這一陣，我親自去北灘查，怎樣？二姨夫說，你說話算數就行。

　　二姨夫匆匆忙忙往回趕，一路上毛驢的屁股挨了不少鞭子。過去二姨夫不是這樣，無論多晚，他從來不著急。他想，我這是怎麼啦？

進屋後，二姨夫不見尹歌，就問女人。女人說黃文才叫她去吃飯了，二姨夫一聽就火了，吼，你怎麼不攔著？女人答，他是村長，我怎麼攔？二姨夫轉身出來，直撲黃文才家。二姨夫撞進門，尹歌正挑著一筷子黃花菜往嘴裏送，見了二姨夫急眼的樣子，筷子就停在半空。二姨夫冷笑，怕我管不起飯，還是我家的飯沒這兒的好吃？尹歌強咽了一口說，嗨，你怎麼啦？黃文才說，老馬啊，你的客人就是我的客人，你不能太霸道了。二姨夫兇兇地吼，這就是霸道了？還沒揍你呢！黃文才忙堆出一臉笑，你告歸告，咱倆不至於有仇啊。二姨夫罵句敗家子，拉著尹歌就走。

壩上的夜晚總是涼嗖嗖的，尹歌縮了縮膀子，問，怎麼回事？二姨夫不回答，尹歌只能聽到粗重的喘息。過了一會兒，二姨夫說，他想拉攏你。尹歌笑起來，他拉攏我做什麼？二姨夫答，誰知道他打什麼鬼主意？

就在這時，一陣憂鬱的二胡聲傳進尹歌耳中。它像霧、像煙，輕輕浮蕩在空中；又像石子，扣擊著尹歌的心鼓。尹歌癡住了，半晌才問，誰在拉二胡？二姨夫說瞎子。尹歌就想到瞎子阿丙，問二姨夫能不能帶她去見見瞎子。二姨夫說，瞎子從不讓人看他拉二胡的樣子，你只能聽。隨後補充，他只在晚上拉，每天都拉。尹歌問，明天早晨見見他，怎樣？二姨夫說沒問題。

尹歌在夜幕中站了很久。

二姨夫一直陪她站著。

【尹歌筆記】

我急於想見這個民間藝人，幾乎是急不可耐。一大早就把馬掌喊起來，女房東眼裏的敵意幾乎要把我吃掉，但我顧不了那麼多了。我要見瞎子，我覺得自己正一步步走近一扇神秘的門。馬掌領我去的路上一再囑咐，你可不能亂問啊，瞎子脾氣不好。瞎子住在村北兩間陰暗的土房內，我進去好大一會兒才看清了屋內的擺設。其實沒什麼擺設，只有兩個土臺

子和幾樣吃飯的家什。倒是牆上掛了不少東西，二胡、板胡、笛子、古箏，看樣子，瞎子是個多面手。瞎子坐在那兒，一動不動。馬掌介紹我和他是同行，瞎子才說，我不喜歡城裏人。我沒感到尷尬，反而越發好奇，問他怎麼知道我是城裏人，瞎子說聞味聞出來的，他聞不慣外來人的味。我又細細打量了他一番，土黃色的臉，魚網似的皺紋，一頂看不出顏色的帽子，一副冥思苦想的神態。我正考慮怎麼開口求他唱幾段，馬掌悄悄扯了扯我。瞎子竟然明白我的心思，頓了頓說，你別開口，我什麼都不會答應。他的話觸動了我，我說，我不是衝你來的，是衝著讓人魂斷的二胡聲來的，音樂沒有界限。瞎子的臉抽了幾抽，眼皮子微微一動，兩滴濁淚從枯陷的槽內擠出。我從沒見過瞎子哭，瞎子的哭很吃力，像從枯乾的井裏汲水，因此瞎子的哭也最真實，沒有做作。我觸動了瞎子內心的慘痛，有些不安，想說幾句慰藉的話，馬掌硬把我拉出來。我問瞎子的眼睛是怎麼瞎的，馬掌說是讓人紮瞎的。我問為什麼，馬掌說是為了一個女人，別的就不再談。我的耳邊又響起憂鬱的二胡聲，那聲音完全是從心底淌出來的。現在想來，那是瞎子無言的哭泣。我不願探究那是一個什麼故事，那份淒涼已使我無法平靜。

下午，我終於聽到了另一種壩上調子，一種由瞎子唱的壩上調子。瞎子坐在石碾上，擊著一面自製的土鼓，聲嘶力竭地唱著。瞎子並不看誰，可似乎萬物都在他目內裝著。他唱的是《報母恩》，一字一句如一釘一耙觸動人心：

　　小羊羔吃奶時雙膝跪下
　　小烏鴉報恩一十八天
　　南燒香北拜佛是何用意
　　不尊父不孝母所為哪般
　　……

我忽有所動，待瞎子停下，我對他說，他完全可以灌成錄音帶去賣。沒料這句話惹惱了他，他狠狠「瞪」著我說，胡說，你以為壩上人什麼都賣？

4

瘸羊倌把拳頭攥緊，又鬆開，攥緊，又鬆開，半天機械地重複著這一動作。天神神，五萬塊錢呢，對於此時的瘸羊倌來說，無異是一個天文數字。瞅著哭腫雙眼的翠花，瘸羊倌對黃老二的火氣直往上竄。黃老二耷拉著腦袋，一言不發。瘸羊倌醬紅色的脖子抻了幾抻，呸地吐了一口。這是給黃老二一個信號。果然，黃老二慌慌地抬起頭，掃了父親一眼，又趕緊低下去。瘸羊倌罵，蔫球打垮的，你的兇樣呢？黃老二只管將頭往褲襠裏沉。瘸羊倌罵，你他媽整個是個松包。黃老二低著頭說，要不報案吧，我豁出去了。瘸羊倌一瞪眼，不講信義，你腦袋是不想要了。站在一邊的翠花不聲不響地把一個包放在瘸羊倌面前。瘸羊倌怔了一下，隨即明白了。他慢慢展開，是一堆零碎的票子。其實也就三百來塊錢，是翠花偷偷挖藥材賺的。這時，黃老二抬起頭。看到桌上的錢，眼裏旋起一團疑惑，他沒想到翠花還攢私房錢。瘸羊倌歎口氣，說，收起來吧，我有的是辦法。淚汪汪的翠花喊了聲爹。瘸羊倌離開時，黃老二依然在牆角窩著。瘸羊倌怕黃老二想不開，叫出翠花，讓她守著黃老二。恨歸恨，卻不能不操心。

五萬！五萬！！一向視錢如土的瘸羊倌幾乎被逼到懸崖上。他坐了整整一夜，連著抽了五袋煙。天一亮，就硬著頭皮去找黃老三借錢。黃老三腦瓜子賊靈，賺錢的點子多，是村裏數一數二的富戶。但瘸羊倌和黃老三的關係很僵，他覺得和三兒子不是一路人。

走到門口，便聽到黃老三的怒罵，老子誠心誠意待你，你竟睡老子的女人。接下來便是一個漢子的聲音，我沒幹啊，黃哥。瘸羊倌一怔，遲疑不定間，猛聽黃老三的媳婦嚎哭，我不活了啊。門被拉開，黃老三

媳婦披頭散髮地衝出來，和瘸羊倌撞了個正著。她眼裏閃過一絲慌色，怯怯地叫了聲爹。瘸羊倌見她上身只穿了件背心，僵著臉進去。

一個漢子在炕上跪著，瘸羊倌識得他是藥材販子。黃老三持著切菜刀，一副怒衝衝的樣子。

漢子看見瘸羊倌，大喊，叔，我冤啊，昨晚喝了酒，是他硬要我留下的。漢子的哭聲裏含著悲愴，不像是裝出來的。

黃老三冷冷地望了父親一眼，問，有事？

瘸羊倌和黃老三對視了幾秒，問，怎麼回事？

黃老三說，你沒必要知道。

漢子叫，叔救救我，黃老三也在炕上睡著呢，我不明白是怎麼回事。

黃老三冷笑，若不是老子每早出去溜遭兒，還發現不了你這披著人皮的狼呢！

漢子哭叫，是她先……啪，黃老三狠狠給了他一個耳光，漢子的腦袋便垂下來。黃老三媳婦只是哭。

瘸羊倌已明白了幾分。

黃老三用刀抵著藥材販子的臉問，公了，還是私了？

藥材販子應，私……了。

最後藥材販子答應給黃老三一萬塊錢。黃老三才把菜刀拿開。

瘸羊倌無法提借錢的事，悶著頭出來。

下午，愁眉苦臉的瘸羊倌在大街上遇見黃文才。黃文才嘲弄地問，老兄是不是遇到麻煩了？瘸羊倌沒有表情地說，鹹吃蘿蔔淡操心。黃文才說，你們都恨藥材販子，可藥材販子沒少扶貧啊。黃文才話有所指，瘸羊倌的臉重重地跌了幾跌，恨恨地說，把你的雞巴看好了，小心我給你連根鏟掉。黃文才虛笑了幾聲，走開。

瘸羊倌憋了一口氣。晚飯後，他走進黃老三的藥材鋪子。黃老三淡淡地問，吃了？便將一盒石林煙丟在瘸羊倌面前。瘸羊倌卻抽出旱煙袋，吸了幾口，問，了啦？黃老三佯問，什麼？瘸羊倌知和黃老三

談話極艱難，索性撕開臉說，賺錢沒錯，但不能昧良心。黃老三冷笑著問，要昧了呢？瘸羊倌重重地咳嗽了幾聲。黃老三盯了父親幾眼，口氣緩下來，我也是逼的，市場競爭嘛。他們要我把藥材賣給他們，我不賣，不知他們怎麼賄賂了藥材公司，我一去賣藥材，不是嫌我的藥材潮，就是嫌質量不好。就照這樣，我還不把老婆賠進去？他們不仁，我也就不義了。

瘸羊倌說，你總有你的理，不過有句話，你還是要記住：人活一張臉，樹活一張皮。

黃老三說，人不犯我，我不犯人。

瘸羊倌瞧不慣黃老三的樣，知再說就會搞僵，便站起來。

黃老三喊住他，問，你是不是要借錢？

瘸羊倌猶豫了一下，搖搖頭。

黃老三說，一個月限期夠緊的，若翠花讓領走，你的老臉也就丟盡了。

瘸羊倌臉色一緊，這個用不著你操心。

黃老三說，除非你親自開口，換了別人，我是一分錢也不借的。

瘸羊倌說，你和藥材販子好像是一個娘胎裏出來的。

【尹歌筆記】

在旗杆圍子茶館見到一種奇特的鬥唱，即一方唱問，一方唱答，問的內容千奇百怪，但唱詞必須順口，唱答也必須巧妙。贏者可得五斤驢肉，自然肉錢由輸者出。茶館對面是一家肉鋪，我沒料馬掌是一個鬥唱好手，兩個漢子一位婦女皆敗在他手下。提了肉出來，馬掌喜滋滋地對我說，我請你下館子。我隨他走進一家烤肉館，他說請我吃一種小吃，並眨眨眼說，等你吃過，我再告訴你是什麼。那神情極像一個孩子。馬掌說的小吃和烤羊肉串差不多，只是竹棍上是圓心的肉片，極為鮮嫩，馬掌見我吃得香，越發高興，並硬讓我喝酒。馬掌煙抽得兇，酒喝得也兇。他喝的酒俗稱「悶倒驢」，是當地人用蓧麥釀的，達七十幾度。我心情好，硬著頭皮

抿了一點兒，嗓子幾乎被燒裂。吃飽了，馬掌才告訴我，剛才吃的是烤羊蛋。我立刻有一種上當感，罵他欺侮我。馬掌歎口氣，你們城裏人就這樣，喜歡吃就是了，管它是什麼？

一口酒竟讓我頭暈了半天，回到北灘，我扎在床上就睡了，若不是那歌聲，不知會睡到什麼時候。我對壩上的調子敏感，因此歌一入耳，立刻就醒了。是馬掌女人在唱：

> 正月裏北風寒
> 五哥放羊衣衫單
> 牽掛五哥手腳凍
> 翠蓮我呀淚漣漣
> ……

憂鬱的調子牽著我不自覺地走出去，馬掌女人看見我，立刻閉了嘴，恨恨地盯著我。這個女人一直對馬掌領著我四處逛遊不滿意，我試圖表現我的友好，她並不領情，哼了一聲就轉過了身。

她恨我恨得要命，是她對馬掌太著迷了？

5

黃文才知孫鄉長找他，便去找莊玉要兔子。孫鄉長愛吃野兔，一饞了就給黃文才打電話。莊玉是北灘的獵人，吃野兔只能找莊玉。莊玉正擦拭獵槍，見黃文才進來只輕輕掃了一眼就低了頭。黃文才沒在意，直奔主題道，弄兩隻野兔。莊玉僵僵地說，弄鬼吧弄。黃文才冷笑，老瘸給你吃迷魂藥了是不？我一句話派出所就能把你的槍沒收了。莊玉氣衝衝地說，沒收吧，反正也沒雞巴用了，兔子都讓藥材販子日弄跑了。黃文才說，你別跟在別人屁股後面起哄，藥材販子咋了？沒藥材販子，你女人挖藥材賣給誰？莊玉垂下

頭，他女人一直偷偷地挖藥材。黃文才說，你準備一下，晚上我來找你。

兩人在草灘上鼓搗了一夜，天明時分才獵住三隻。黃文才剝了皮，匆匆往鄉上來。他要趕在孫鄉長上班之前見他，這是黃文才的經驗，在家中便於聯絡感情。孫鄉長一見黃文才手裏的兔子，臉上就泛起喜色，忙吩咐女人燉兔，他要和黃文才喝幾盅。

喝酒中間，孫鄉長問黃文才有沒有上項目的打算。黃文才聽出意思，忙說，打算是有，只是沒有門路。孫鄉長便透露給黃文才一個資訊。某香港老闆要與鄉里聯合辦一個乳品廠，鄉里計畫建三個奶牛基地。黃文才猛地抓住孫鄉長的手，你可不能虧了北灘。孫鄉長抽出手，我不偏向你，還對你說這幹啥？黃文才說，我幹了近二十年村長，就這點遺憾，村裏怎麼也沒脫了窮。孫鄉長說，你及早準備。黃文才頓了一下，問孫鄉長最近貸款好不好貸。孫鄉長斜他一眼，你瞧你，捧著個金飯碗要飯。黃文才一怔，不知孫鄉長話裏的意思。孫鄉長點拔他，北灘草坡那麼多，為什麼不拍賣？黃文才遲疑道，這不合適吧？孫鄉長說，縣裏有文件，草場可以拍賣，當然只賣草，不賣坡。黃文才目光逐漸乾辣辣的，有撐腰的，我就不怕。黃文才猛地咽了一盅酒。三隻兔子真是沒白送，他要趕在其他村之前把奶牛購買回來。

黃文才走時，孫鄉長囑咐他，你把那個馬掌安撫好了，別讓他捅出亂子。黃文才點點頭，其實他拿二姨夫沒一點辦法。孫鄉長又說，把你的老二也管好了，告你狀的可不是一個兩個。黃文才歎口氣，管就管吧，我可就剩這點兒愛好了。

回到北灘，黃文才直撲草坡。兩年前，村裏貸款給草坡上了鐵絲網，草長勢很旺。他大致盤算了一下，除了各戶分，大約還剩八千畝草坡。八千畝，至少賣十多萬塊錢。

這時，翠花從鐵絲網裏鑽出來，看見黃文才，想躲。黃文才笑道，我又不是鬼，躲了和尚躲不了廟。翠花知黃文才要啥，低頭溜過

來，站在黃文才面前。翠花怯怯地說，讓我挖藥材可是你說的。黃文才說，我的話還沒說完啊，就勢捏住翠花的乳房。翠花帶著哭腔喊了聲叔，黃文才鬆開她，叫啥，我啥也沒幹啊。

【尹歌筆記】

我沒料到馬掌女人對我說這樣的話。她說：你要防著他。顯然那個他是指馬掌。我笑著告訴她，我只是讓馬掌當我的嚮導，過一段我就離開北灘。我在她家住，會付房錢的。馬掌女人說，北灘這麼多人，你為什麼認準了他？我詫異的問，他不能當嚮導？馬掌女人一字一頓地說，他和別人不一樣，他是個拈花惹草的男人。我一頓，馬掌女人顯然是認真的。說著，她就捂著臉哭了，斷斷續續告訴我許多事。她說馬掌從來沒喜歡過她，馬掌年輕時有許多相好，那時她以為只要死心踏地跟著他，他至少把心思用在她身上，沒料四十多歲的人了，他依然這樣。我有點兒可憐她，跟她說我和馬掌在一起只是想聽他唱壩上調子，什麼事也不會發生。我說這話的時候很心虛，因為我知道，自己已經喜歡上了這個壩上漢子。我說不清楚為什麼。女人聽不進我的話，只是悲切地哭。我明白，她想以哭來打動我。看來，我得搬走了。

6

在去賽漢不落的路上，尹歌非要讓二姨夫唱壩上調子。二姨夫說壩上調子可不是想唱就唱的，不然就沒味。尹歌不依，甚至撅起了嘴。二姨夫討好地笑笑，惱啥，我唱就是了。便放開嗓子吼，尹歌拍手稱好。二姨夫卻從她眼裏看出，她並不滿意。二姨夫懊惱地拍拍臉，他不知自己為什麼唱不出那天的味道。

離賽漢不落十五里遠有一座古遺址，當地人稱白城子，據說是遼代的鹽城。時光流逝，當年繁華的都市只剩下殘破的城牆。城中雜草叢生，一群羊淹沒其間，一個羊倌半仰在舊城牆上，喊著蒼涼的壩上

調子。尹歌的心裏如潮水洶湧，馬上拿出筆記本，邊聽邊記。二姨夫不敢打攪她，牽了毛驢走開。

尹歌如醉如癡，任筆尖在白紙上滑動。羊倌的喊聲嘎然而止，尹歌的筆便停在了半空。她一臉迷茫地望著古城牆上的羊倌，等待他繼續唱下去。半天沒有動靜，尹歌失望了。直至走到賽漢不落，她還在想，他為什麼不唱下去？

二姨夫瞧尹歌悶悶不樂，逗她，嗨，吃啥？還吃烤羊蛋？

尹歌嗤地笑出聲，隨你，你吃啥我吃啥。

二姨夫一笑，今天吃野味，烤黃鼠，咋樣？

尹歌臉一緊，你別嚇唬我，我愛頭暈。

二姨夫說，黃鼠又不是老鼠，你別緊張。

尹歌說，誰知你又耍什麼壞心眼兒。

二姨夫眨眨眼，我真耍壞心眼兒，你可吃消不起。尹歌看了二姨夫一眼，沒接茬兒，她顯然聽出什麼，不想鑽二姨夫的套子。兩人吃畢，二姨夫就要走。尹歌說，我想住在這兒。二姨夫笑笑，行啊。尹歌接著說，我也許住幾日。二姨夫見尹歌真要住這兒，一下急了，他那兩顆卵泡眼慢慢瞪圓，不去我家住了？

尹歌說，你別多心。

二姨夫問，怕我算店錢？

尹歌說，我沒那意思。

二姨夫一下火了，那你啥意思？嫌我沒誠心待你？

尹歌說，你看你，發那麼大火幹嘛？

二姨夫寫滿滄桑的臉泛出紅銅樣的光澤，他迷茫了眼睛說，我管不住自己。隨後歎口氣，眼不見心淨。他緩緩站起，牽了驢出來，卻甩不脫尹歌那雙眼睛。走了一段，二姨夫終於又調回頭，一進旅店，他馬上說，你走也得走，不走也得走。尹歌瞧著二姨夫的樣子，忍不住笑起來。二姨夫說，你笑啥，以為我稀罕你啊。尹歌說，不稀罕，喊我幹啥？二姨夫一臉莊嚴，寫狀子，我想讓你寫狀子。

　　我又聽到了蒼涼的、刺人心骨的二胡聲。站在透著寒意的暗夜裏，感受著那個憂傷的故事，我第一次沒有用筆記述。我的心被劃出一道道音符，這是民間最妙的音樂。我突然冒出一個奇異的想法：陪伴瞎子度過一個夜晚。我把這想法一說，馬掌立刻困惑地望著我，你這女子是不是瘋了？我說我想去感受那種真實的氣氛。馬掌說，瞎子是日能人，可他性子太怪，萬一……我可要難受死呢。我偏要去，你能怎樣？我迎視著他緊張的目光說。馬掌無可奈何地歎口氣。我喜歡看我撒氣時他懊惱的樣子。這個馬掌，面色蒼老，卻常閃現著孩子樣的神情。

7

　　在尹歌的百般央求下，二姨夫只得陪她去草灘裏聽牧人喊歌。因為怕驚動牧人，就躺在草灘上聽，結果衣褲上到處是斑斑點點的草液。中午沒回去，啃了幾張冷麻餅。尹歌逼近了原始的真實，興奮異常。傍晚時分，兩人才走出草灘。抖了一天的秋風終於消停了，然寒意卻一陣陣地襲來。路過旗杆圍子，兩人進酒館點了一個火鍋。二姨夫要了兩碗「悶倒驢」，並給尹歌倒了一點兒。二姨夫嗜酒如命，喝酒像喝水一樣。一碗酒下肚後，酒館老闆告訴二姨夫，北灘要拍賣草場。二姨夫道，胡說，我怎麼不知道？酒飯老闆認了真，今兒晚上要開會宣佈，我家老二剛從北灘回來。二姨夫的眼睛一下變得血紅血紅的。他怒罵，黃文才這個兔崽子，沒告倒他，他倒越發囂張了，連草場也敢拍賣。端起碗一飲而盡，拉著尹歌出來。

　　二姨夫牽著驢，邊跑邊罵，狗日的黃文才，老子揭了你的皮。驢背上的尹歌說，村裏的決定，怕是難改。二姨夫罵，什麼村裏的決定，肯定是黃文才和藥材販子搞的鬼。尹歌聽二姨夫氣喘吁吁的，就說，嗨，你上來吧！二姨夫稍遲疑了一下便跨上去，一手牽了驢，一手攬了尹歌的腰。尹歌柔軟的腰肢令二姨夫顫了幾顫，她的體溫傳到二姨夫身上，

二姨夫覺得骨頭酥軟了。他暗暗罵了自己一句，便磕驢猛跑。然二姨夫驅不走體內的灼熱，這灼熱令他暈蟄。

驢在壩上的夜晚奔跑著。

二姨夫忽然想，要是這驢一直跑下去就好了，要是他一直摟著她就好了，要是……他想起黃文才正在開會，便狠狠掐了自己一下。

那邊，黃文才正啞著嗓子，衝會場上喊，靜一點兒，靜一點兒。小學校的院裏擠滿了人，他們已得知開會的內容，神色一個比一個複雜。二姨夫的女人遠遠地站在牆角，她怕別人看見。男人隨那個城裏女孩整日在外浪蕩，她的心便整日被蛇噬咬著。她管不住自己的男人，也無法遏制自己的嫉妒。她揣著一肚子妒火和憂傷來開會，黃文才講什麼，她一句也沒聽清，腦子裏全是尹歌的影子。

黃文才剛講了幾句，人群中忽然騷動起來。黃文才拍了一下桌子，吼，吵什麼吵？沒人聽他的，人群的嗡嗡聲由小變大，喧鬧著秋日的夜。不知誰喊了一聲揍他狗日的。黃文才跳到桌上，怒道，哪個擾亂會場？我綁了狗日的。話音還沒落，一塊兒石頭砸向他額頭。黃文才哎呀一聲，從桌上栽下去。

幾個村幹部忙著把黃文才往教室裏抬，人群如浪一樣往院外湧……

二姨夫和尹歌趕到時，空蕩蕩的校園裏只有二姨夫女人冷清清地站著。二姨夫急著問，人呢？女人盯了他半晌，才說，走了。二姨夫看不清女人的臉，沒好氣地說，都走了你還傻待這兒幹啥？得知黃文才被砸傷，二姨夫竟像喝了「悶倒驢」一樣痛快。他沒有覺察出女人的反常。

尹歌依然要去瞎子那兒過夜，二姨夫知攔不住她，就開了句玩笑，你可別把我甩了啊。尹歌笑嘻嘻地回敬，誰讓你的壩上調子沒瞎子的好聽？意識到場合不對，尹歌吐了吐舌頭。這不是野外，二姨夫的女人就在前面走著。二姨夫女人確實聽清了，她的心被錐子猛地刺了一下。

二姨夫送尹歌回來，見女人呆呆地坐著，問她怎麼不睡，便去翻煙。二姨夫覺得女人一直神經兮兮的，所以也沒在意。女人卻在

二姨夫背上挖視著，似乎要挖出什麼來。二姨夫一回頭，和女人異樣的目光碰在一起，不由一顫。這目光讓他想起正吐信子的蛇。二姨夫叫，你怎麼了？女人問，你衣服上的綠是怎麼回事？二姨夫知女人的醋罈子又破了，說，你別疑神疑鬼的，我和她絕對沒那事，人家是什麼？大學生！女人冷笑，那你整天陪著她幹啥？二姨夫羞惱道，老子做事向來不遮掩，有就是有，沒有就是沒有。女人痛心地想，他是不把我當人啊，淚線便珠似地往下滾。二姨夫的心軟下來，他知女人喜歡聽軟話，遂抱住女人消瘦的肩頭說，我這把歲數了，還能幹出什麼？尹歌除了比你年輕，哪一點兒如你？女人仰起淚漣漣的臉說，那你趕她走！二姨夫的臉一下僵了，要飯的還留他住，就容不下一個尹歌？女人恨恨地說，你還是騙我。二姨夫斥責，你這麼想，我還有什麼辦法？二姨夫一沉下臉，女人就噤聲了。他躺下來，不再理她。

　　女人喘了半天，起身從門後找出那瓶藥水。這是女人的法寶，只要她一使出來，二姨夫就會投降。當然女人只有不得已的時候才使用。女人站在二姨夫旁邊，說，你答應不答應？二姨夫瞟她一眼，沒吱聲。女人說，你不攆走她，我就喝下去。二姨夫已摸透了她的老把戲，決定不理她。等了半天，女人的希望像一片桑葉被蠶一點點啃噬掉了。她哭叫，你個死鬼，好狠心。二姨夫聽這聲音不對，忙跳起來。

　　女人已喝下大半瓶兒。

【尹歌筆記】

　　等那憂鬱的二胡曲慢慢飄落在地上時，我甩脫馬掌，走過去。馬掌要陪我過來，被我拒絕了。瞎子一動不動地坐在冷石上，似乎已與石頭融為一體。我在他面前蹲下來，望著他那張沒有表情的臉。半晌，瞎子問，你又來做啥？我說聽你拉二胡，聽你唱歌。瞎子輕輕但堅決地說，我不會答應你。瞎子是一個比我更固執的人。說著，他就站起來。我上前扶他，被他狠狠甩開了。走進黑咕隆咚的小屋，我什麼也看不見，瞎子卻如入無人

之境。他遠離我了的視線，我不知他「藏」在哪個角落。我問，燈線在什麼地方？馬上意識到自己問了一個愚蠢的問題。果然，瞎子冷冷地說，屋裏沒燈。然後是長久的沉默。

我適應了屋內的光線後，看清瞎子縮在一個牆角，我看不清他的臉，但我感覺到他在「注視」我。我靠著牆，感受著黑夜的沉悶和孤寂，臉上癢癢的，空氣中似乎跳蕩著什麼。我睜大了眼睛去尋，不錯，舞動著的是一群鮮活的音符！

你到底要幹啥？瞎子打斷了我的暇想。

我想陪你一夜。我低低地說。

我不習慣，我一個人慣了。瞎子粗暴地說。

我不會打擾你，你只當我是一塊兒木頭，我說。

我要趕你走，瞎子威脅。

你趕不走我，我死也不走。我開始使性子。

瞎子冷笑一聲，我以為他真要趕我走了，可半天沒有動靜。瞎子不理我，我就那麼靠著。我不知自己是什麼時候入睡的，我覺得一直在與音符共舞。我睜開眼時，天已大亮。瞎子站在我面前，正「注視」著我。我衝他笑了笑，我相信他能「看見」我的笑。瞎子歎口氣，你這娃！

8

瘸羊倌尚在睡夢中，便被一個女人撕心裂肺的哭叫聲驚醒。瘸羊倌以為是翠花，老骨頭一下跳起來。出來，卻見翠花慘白著臉站在門口。翠花瞅一眼瘸羊倌，說二狗子讓派出所抓走了。瘸羊倌抖了個激靈，急急往正街來。只見披頭散髮的二狗子女人在一路塵煙中追逐著，如一只炸窩的母雞。遠遠地可見派出所的三輪車尾燈。二狗子女人追了一截兒，便倒在路上嚎啕起來。人們陸續從家裏出來，幾個婦女拽二狗子女人。二狗子女人石雕一樣，誰也拽不動。瘸羊倌過來說，甭拽，讓她哭吧。二狗子女人猛地抬起頭，看清是

瘸羊倌，忽就抱住瘸羊倌哭叫，那石頭不是二狗子砸的，不是啊！瘸羊倌火了，不是你哭什麼？你的骨頭就這麼軟？二狗子女人結巴了半天，只說出一個「我」字。瘸羊倌說，我什麼，找狗日的去。二狗子女人叫，瘸大爺救救他。瘸羊倌說你先回，我吃口飯。轉身去找二姨夫。

　　二姨夫家門大開，瘸羊倌正疑惑間，一個清清亮亮的女子出來。瘸羊倌認出是與二姨夫出去遊玩的那個，沉下臉就往外走。女子在背後說，他兩口子都在醫院。瘸羊倌怔了一下，女子補充道，他女人喝了藥，瘸羊倌猛地甩過頭，狼針般的目光紮了女子好幾下。

　　早飯後，瘸羊倌領二狗子女人往鄉派出所來。瘸羊倌囑咐二狗子女人，去了就大吵大鬧，當時亂哄哄的人群，有什麼證據斷定是二狗子扔的石頭？二狗子女人遲疑了一下說，要是把我也抓進去呢？瘸羊倌道，他們不敢！二狗子女人小聲說，萬一……瘸羊倌說，進去就進，有吃有喝，怕啥？二狗子女人沉下頭不言語，任秋風衝擊那張寡黃寡黃的臉。她惦記著家裏的牛羊和豬娃。瘸羊倌歎口氣，土路上只剩下踢嚓踢嚓的腳步聲。過了一會兒，瘸羊倌說，你沒有退路，鬧也得鬧，不鬧也得鬧。

　　在派出所門口，和二姨夫碰了個正著。二姨夫知曉他們的來意，拉著他們就走。到一僻靜處，二姨夫說，晚了，二狗子承認那石頭是他扔的。二狗子女人的眼淚馬上淌出來，瘸羊倌狠狠瞪了她一眼。二姨夫安慰她，別害怕，最多拘留三五天。瘸羊倌悶著頭不出聲。二狗子一承認，事情的性質完全變了，越攬和越糟。二姨夫曉得他的意思，說，這事沒法通融，孫鄉長在背後撐腰，黃文才要殺雞儆猴。瘸羊倌問，你女人沒事了？二姨夫說沒事了。二狗子女人在場，瘸羊倌不好說什麼。二狗子女人問能不能見見二狗子，二姨夫安慰她，二狗子沒受皮肉之苦，這陣兒不能見他。瘸羊倌便領二狗子女人去飯館吃飯。二狗子女人憂心忡忡地說，只要不打他就好。瘸羊倌一言不發，心裏一有氣他就說不出話。

無心吃飯，就寡呆呆地坐著。二狗子女人問，一點辦法沒了？瘌羊倌說，除非握住黃文才的把柄。二狗子女人呆了一下，猶猶豫豫地說，我有。瘌羊倌怔怔地望著她。二狗子女人說，他睡過我。說著，臉上飛過一抹紅暈。瘌羊倌的手漸漸握緊了，他的腦袋先是閃過一束亮光，繼而就被雲團遮住了。他明白二狗子女人並不是被黃文才強姦，憑這不但告不倒黃文才，反會毀了二狗子和他女人。二狗子女人不知瘌羊倌想啥，兩隻手很不安地撫弄著桌子。好一會兒，瘌羊倌囑咐道，這事誰也甭講，記住了？二狗子女人茫然地點點頭。瘌羊倌說，你先找黃文才，口氣硬些，看他怎麼說，不行了再想別的辦法。二狗子女人這才明白了瘌羊倌的意思，狠勁地點點頭。兩人就去醫院。

　　二姨夫和尹歌正在醫院門口蹲著，見他倆過來，就站起來。瘌羊倌問，黃文才在不？二姨夫說剛才出院了。瘌羊倌看看二姨夫，又看看尹歌，二姨夫知他有話，就把尹歌和二狗子女人支開。她倆走遠，瘌羊倌嘲弄地說，越老越花心，又搞上了？瘌羊倌最瞧不慣的就是二姨夫見了女人就腿軟的樣子。二姨夫惱火地說，我以為你有什麼事，原來是老×癢癢了，你把我看成什麼人了，你以為我見了女人就搞？瘌羊倌說，不搞留她做啥，一個閨女家，和你一個半截老漢又有什麼混頭？二姨夫爭辯道，她要做歌呢，這個奇女子可不一般，你往她身上擦屎，我把你另一條腿敲斷。瘌羊倌冷笑道，別看我老了，兩個馬掌你也不是我的對手，你的身子早讓女人掏空了。瘌羊倌的聲音很大，二姨夫怕尹歌聽見，就粗暴地說，活該你半輩子光棍，你的人和你的嘴一樣缺德。

　　瘌羊倌本來有事和二姨夫商量，沒想沒說到正題上兩人就翻了臉。瘌羊倌抖了抖臉上的火氣，領著二狗子女人就走。

　　當天，二狗子女人去求黃文才，黃文才哼哼呀呀說等他好了再說。過了兩天，二狗子女人又去找他，這一次，瘌羊倌陪著她，但他沒進院，只在院外等著。二狗子女人出來時，不敢和瘌羊倌對視。瘌羊倌見她頭髮零亂，頓了一下問，他怎麼說？二狗子女人說，還是那句話。瘌

羊倌問，就這？二狗子女人低聲說，他摸了我，還讓我⋯⋯我沒答應。撲得一聲，瘌羊倌的心如塵土被擊散，他甩下二狗子女人，找莊玉借獵槍。莊玉見瘌羊倌的紫臉被憤怒激起了黑斑，推說槍壞了。瘌羊倌劈手搶過槍罵，你的槍就是給鄉長打兔子的？北灘的兔子成精了，你知道不？莊玉被罵糊塗了，瘌羊倌出去後他還在發怔。

瘌羊倌踢開黃文才的門，黃文才猛地從炕上跳起來。黃文才頭上纏了一圈紗布，像戴著重頭孝，一見瘌羊倌的架式，臉就白了。

老⋯⋯哥，黃文才似笑非笑地說。

瘌羊倌罵，你這條狗，北灘的女人讓你糟蹋夠了。

黃文才說，別⋯⋯

瘌羊倌罵，我擊碎你的腦殼。

黃文才說，我是不好，可我確實為北灘著想著呀。

瘌羊倌罵，你想的是兜裏的錢，想的是別人的老婆。

黃文才說，我改，我改。

瘌羊倌罵，可惜二狗子只砸了你一石頭，砸碎你的腦袋也不冤枉。

黃文才說，我這就去求情，讓二狗子馬上出來。

【尹歌筆記一】

我只想採些歌曲，尋找創作的靈感，不想捲進別人的糾葛，沒想到還是被捲進去了。馬掌女人喝藥與我有關，我知道自己只能在瞎子家住下去了，沒曾想瞎子也下了逐客令。我和瞎子耍賴皮，瞎子沉思良久，竟然說，不是我攆你，是你不能在這兒逗留了。我問為什麼，瞎子一副高深莫測的樣子，避而不談。

【尹歌筆記二】

戳咕咚是壩上流傳最廣的一種民間曲藝，一般由乞丐傳唱。戳咕咚是方言，即闖禍的意思，是對曲藝內容和曲調的總體概括。其內容豐富多彩，大致可分三類；一為言情故事，二為兇殺故事，三為社會傳聞。故

事的共同特點是曲折、傳奇，並有警世意義。戳咕咚長短不一，長的可唱五六個小時，短的只有一兩個小時。在過去沒電的長夜裏，唱戳咕咚一直是壩上老少爺們兒、娘們兒的主要精神生活。戳咕咚也是瞎子的拿手戲，一齣《妯娌鬥》竟唱了大半夜。戳咕咚的調子裏有一種無法言說的蒼涼和可以觸摸的艱難。

9

　　瘸羊倌和二姨夫面對面坐著，不停地吸著煙，煙霧模糊了兩人的臉。面對越逼越近的期限，瘸羊倌終於做出重入賭場的決定，他此番就是要求二姨夫和他一塊兒幹。沒搭檔，沒有贏的把握。二姨夫皺著眉頭，他羞於聽賭場這兩個字，一提這兩個字，就想起被後草地漢子馱走的香香，想起香香那雙幽怨的眼睛，便有一種撕心裂肺般的痛。二姨夫重新點了一支煙，方說，我得先告倒黃文才，告不倒黃文才，我心頭這口氣出不了，哪能上賭場？瘸羊倌說，算了吧，以前沒告倒，現在能告倒？黃文才是個人精，實話講，黃文才也有占理的地方。二姨夫斜他一眼說，驢拉轅子，落不下好。瘸羊倌說，我操，你把看成啥人了？我差點沒擊爛他的腦殼，你還找理由，我看你是捨不得那個女子。二姨夫笑出一嘴黑牙，你的嘴沒有不損的時候。瘸羊倌歎口氣，我不忍看翠花讓帶走，丟人啊。二姨夫說，子不教，父之過。瘸羊倌說，少廢話，去不去？二姨夫笑罵，求人有你這麼兇的嗎？比閻錫山還狠！

　　已有兩日沒隨尹歌出去，二姨夫心裏癢癢，因此向尹歌說出去幾日的時候，他的聲音極其蒼老。尹歌問，什麼重要事還要保密？二姨夫說，這可不能告你。尹歌固執地說，你不講，我就死跟著你。二姨夫急了，千萬別！回來我給你唱壩上調子。尹歌笑，我不過嚇唬嚇唬你，看你急的，你以為我想跟你？二姨夫很艱難地齜出黑牙，表情極不自然。

　　好不容易擺脫了尹歌。

一路上，二姨夫心事重重。瘸羊倌罵，你這個樣兒能贏錢嗎？死了娘似的，二姨夫說，我也不知怎麼了，心煩得要命。瘸羊倌罵，沒出息。二姨夫猛就吼起來：

　　人零零風切切
　　小玉我呀，好可憐
　　……

　　二姨夫唱的是《小寡婦上墳》，瘸羊倌的臉一下陰了，一種不祥的預感突然罩住他，怎麼也驅散不掉。
　　兩人在後草地賭了一天一夜，贏了三萬塊錢。第二日，賭漢們都躲著他倆。瘸羊倌知再待下去，也是這結果，便揣著錢和二姨夫返回來。還缺六千塊錢，因此瘸羊倌的眉頭像盤了幾條蛇。二姨夫勸他借，瘸羊倌說，我沒有向人借錢的習慣。二姨夫忽然想起什麼似的，說，和藥材販子賭一次，怎樣？瘸羊倌的眼睛亮了一下，隨即又灰暗下去，怕他們不肯。二姨夫說，總有好賭的，碰一碰如何？瘸羊倌點點頭。
　　兩人回村後，直奔藥材販子的住處。藥材販子很乾脆，當下就在屋內擺開了場子。天明時，幾個藥材販子的六千塊錢就到了瘸羊倌的手裏。藥材販子懷疑瘸羊倌和二姨夫搞鬼，不肯再賭。這正合瘸羊倌心意。藥材販子臉上浮著很難看的笑，問瘸羊倌能不能返還一些。瘸羊倌朗笑道，笑話！你以為你是小孩子？瘸羊倌覺得二姨夫的主意真是不錯，既贏了錢，又出了氣。
　　回到家已是深夜，瘸羊倌疲憊極了，扎在那兒就扯起了呼嚕。半上午，瘸羊倌被人喊起，他以為是獨眼兒漢子，還問了句來啦，直至看清是派出所的，才愣怔怔地問，幹啥？派出所的罵，你裝什麼糊塗？隨即捅了瘸羊倌一下，站起來。瘸羊倌看見幹警後面站著昨晚賭博的藥材販子，知被出賣了，硬起眼睛吼，我日你個娘！
　　他的腰重重挨了一電棍。

【尹歌筆記】

　　瞎子突然失蹤了。我尋遍了每一戶人家，沒發現瞎子的任何蹤跡。難道瞎子離開了北灘？他為什麼要離開？我陷入了一個巨大的疑團中。回想昨日，瞎子的神態並無任何反常。他只說把肚裏的東西都毫無保留地唱給了我，讓我儘快離開。我沒在意他的話，因此也沒有細究他的神色。我不知自己該不該報案，我不顧馬掌女人的仇恨，向她討主意。馬掌女人說，瞎子每年出去遊蕩一個月，把他新編的「戳咕咚」唱給世人。瞎子無牽無掛，來去不定，北灘人從不當回事兒。她這麼一說，我才稍稍安下心來。夜幕降臨，我獨自守著空寂的小屋，依然覺得瞎子在唱，依然聽到音符在空中互相撞擊的聲音。我的心漸漸變得空闊，如無際的草原，我感覺到百草瘋長的嘯嘯聲。在黑暗中，我的筆如遊龍走蛇在潔白的稿紙上遊弋。

10

　　瘸羊倌和二姨夫被關了一天一夜，便出來了，但身上的錢被全部沒收。瘸羊倌血紅著眼球，恨不得找人幹一架。他不僅是心疼錢，更惱恨藥材販子的無信義。他媽的，誰也沒逼你賭，輸就是輸，贏就是贏，告什麼？二姨夫不像瘸羊倌老繃著羊皮臉，餓了十多個小時，前胸已和後背貼住，因此他只想找個地方痛痛快快喝一頓。他搜遍了全身，也沒搜出一分錢。他問瘸羊倌身上還有沒有喝酒的錢，瘸羊倌唬著臉說，有個蛋！二姨夫樂了，在派出所你也不冤嘛，怎麼一出來就成了座山雕？瘸羊倌罵，日你老婆的，冤又咋啦？二姨夫知瘸羊倌是氣紅了眼，也不理他，自顧哼起了小調。

　　這時，二姨夫突然看見了尹歌。尹歌斜跨在驢背上，燦爛著笑臉走來。尹歌是來接二姨夫的。尹歌一跳下來，二姨夫趕緊問她帶錢沒，尹歌知他意思，故意說，沒錢。二姨夫哪裡肯聽，拉著瘸羊倌就往酒館走。瘸羊倌狠狠一甩，你倒有興致！二姨夫咦了一聲，總得吃

飯吧？瘌羊倌唬著臉說，我不吃。獨自走了。二姨夫盯著瘌羊倌遠去的背影罵，天下第一號的倔驢。尹歌問二姨夫還進不進了，二姨夫說，進！見了酒館哪有不進的道理？

二姨夫餓壞了，兩盤肉片刻之間就光了。尹歌取笑他是餓狼，二姨夫說，蹲了一天派出所，我才知道什麼是好光景。尹歌奚落，怪不得不敢告訴我，原來你倆不幹好事。二姨夫說，我這是兩肋插刀。尹歌笑，都被派出所抓了，還吹？二姨夫便告訴她，黃老二把翠花輸了，瘌羊倌賭是為贖翠花。尹歌睜大眼睛說，至於這麼複雜嗎？一報派出所不就行了？二姨夫說，老瘌答應了人家，不得不這麼做。尹歌盯著二姨夫的眼睛，沒有出聲。這是尹歌最琢磨不透二姨夫這類漢子的地方，很簡單的事常常搞得很複雜，很複雜的事倒弄得很簡單。比如二姨夫讓她寫狀子告黃文才，她就勸過他，若單為藥材販子，鄉里是不會把黃文才拿掉的，除非黃文才有經濟問題，而二姨夫卻沒有這方面的證據。二姨夫不聽，他執拗地認為告倒黃文才，什麼問題都解決了。二姨夫見尹歌不吱聲，問她這幾天跟瞎子學了些什麼。尹歌說，瞎子失蹤了。二姨夫哦了一聲說，瞎子沒事，他眼睛瞎，心可沒瞎。尹歌依然落落寡歡。二姨夫逗她，我離開幾天，你就變心了，這麼惦記瞎子？尹歌搶白，誰讓你不給我唱壩上調子。二姨夫猛就扯了嗓子吼起來，引得別的酒桌上的人都朝他看。唱完問尹歌怎麼樣，尹歌說像驢叫。二姨夫笑罵，好你個死女子，敢罵我。尹歌躲開他，問他初次相識那天的壩上調子為什麼那麼揪魂。二姨夫的目光灰暗下去。良久，二姨夫終於將埋藏在心底的秘密道出來……

二姨夫有過不少相好，但真正讓他動心的只有一個。那年秋天，十八歲的二姨夫夾了一卷破行李闖後草地。二姨夫打草的東家姓張，除了雇二姨夫外，還雇了東北兩個漢子。二姨夫又黃又瘦，先天發育不良的樣子，因此常遭東北漢子恥笑。二姨夫雖然身單力薄，打草卻從不誤趟，姓張的東家起先只想暫雇幾日，後見二姨夫很賣力，便打消了辭他的念頭。打草很辛苦，日頭一出便開始幹，一直幹到太陽

落山。給二姨夫他們送飯的是東家的二女兒香香。香香一雙黑亮的眸子，黝黑的臉盤，永遠一副調皮相。她常奚落東北人，不搭理二姨夫，只有和二姨夫單獨在一起，她才戲謔地稱二姨夫相公。她嘲笑二姨夫的時候，目光總是熱辣辣的，二姨夫想反諷幾句，但一觸到她滾燙的目光，心便亂了，反諷的話忘得一乾二淨。到最後，若哪天香香不嘲笑他幾句，二姨夫的心就不踏實。後來，二姨夫發現碗底的肉多了，香香嘲笑他的次數多了。東北漢子常抱怨東家小氣，吃不上肉，二姨夫從來不參言。那些日子，二姨夫的身體日漸壯實，胸中那團火也一日比一日燃燒得旺。

　　草曬得半乾，二姨夫和香香負責往回運，這給了二姨夫接觸香香的機會。對香香的調侃，二姨夫不再沉默，而是很機警地回敬。二姨夫不是一個拘謹的人，甚至可以說很詼諧，他不說話只是覺得沒有說話的機會。二姨夫試探著向香香表露，見香香半羞半惱，膽子就大了。有一天，車上裝的草太高，二姨夫只顧和香香說笑，沒防車偏了一下，二姨夫和香香隨草沉到地上，陷進草叢。二姨夫抓著香香的手，喊了聲香香，兩個年青的身體幾乎同時抱在了一塊兒……

　　東家發現了女兒的不軌行為，要攆走二姨夫。二姨夫固執地表示，要娶香香。東家輕蔑地打量著二姨夫說，你牽來十匹馬，我馬上讓香香跟你走。

　　為了娶香香，二姨夫和瘸羊倌——那時瘸羊倌的腿還沒瘸，自然也不是羊倌——走進賭場。在賭場上二姨夫絕對是一個天才。也許是因為心裏揣著一個女人，他白天賭，黑夜賭，完全賭紅了眼。五個月後，二姨夫牽著十匹馬去接香香，誰知香香在兩個月前就嫁到了更遠的草地。二姨夫那腔燃燒得正旺的火突地被澆滅。

　　二姨夫在後草地流浪了幾年，逐漸變得放蕩不羈。

　　那段往事已埋藏了二十多年，尹歌的出現突然將它從二姨夫的腦海裏勾出來。尹歌的頑皮、任性使二姨夫又看到了當年的香香。

　　尹歌靜靜地聽著，眼淚悄悄地流下臉龐。

瘸羊倌餓著肚子走進黃老二家，喊了幾聲翠花都沒人應，心就直往下沉，他猛有一種不祥的預感。

瘸羊倌發怔間，獨眼兒走進來。瘸羊倌斜他一眼，沒吱聲。獨眼兒坐在瘸羊倌對面說，我等了一整天，總算等著一個人。

瘸羊倌說，錢讓派出所沒收了。

獨眼兒說，沒錢我就帶人。

瘸羊倌說，她走了。獨眼兒猛就跳起來，你耍我呵，我也不是好惹的。

瘸羊倌冷冷地說，你急啥？我的話還沒說完。

獨眼兒氣呼呼地坐下，卻有些不安。

瘸羊倌依然冷冷地說，我活了六十多年，從沒欠下別人什麼。起身進了裏屋，片刻之後，提出一把菜刀，扔在獨眼兒面前，只能這麼了結了。

獨眼兒呆愣半晌，忙說，沒錢就算了，我不是黃世仁，不逼你，您老確實是一條硬漢，算我交個朋友吧。說著，站起來要走。

瘸羊倌喊，等一下。

獨眼兒回過頭，只見瘸羊倌提起菜刀，猛地向大拇指剁去。那截手指跳起來，翻了幾下，落在獨眼兒腳底。

獨眼兒驚愕地望著他。

瘸羊倌終於露出一抹淺笑，我從不欠債。

【尹歌筆記】

我沒想到自己會從這塊土地上汲取這麼多養料，靈感如一眼噴泉不斷地往外湧。我要用我的歌曲去轟炸人們疲憊、蒼白的感情，讓人們感受生命的力量，感受生命的美。我想瞎子出走是專門為我提供一個安靜的創作環境，我現在需要安靜。我知道他一直懷疑我的誠意。瞎子錯了，我何止是誠意，我是一個虔誠的信徒。瞎子的黑屋是真實的，在黑屋完成的歌也有著最徹底的真實，我相信它會震撼每一個人的心。

11

北灘的草場拍賣如期舉行，有了二狗子的教訓，北灘人都保持了沉默。拍賣起價每畝十八元，最後竟達二十五元，北灘人沒有競爭過藥材販子。除黃老三買了一千畝外，另外七千畝全被藥材販子買走。藥材販子一邊挖藥材，一邊張貼廣告，雇傭打草漢子。

這件事輕而易舉地結束了，想想，竟是那樣簡單，簡單得不可思議。那情景很像聽說洪水要來，害怕、擔心，洪水真的來了，也不過如此。

一切和過去沒有什麼不同。

在平靜中，那件事就發生了。

那天，二狗子女人偷偷地去草地挖藥材，被藥材販子發現，藥材販子要搶她的籃子，在牽扯中，藥材販子扇了她一巴掌。二狗子女人常挨男人打，但她不覺得有什麼不對，藥材販子這一巴掌卻讓她感到異常委屈。她跑回家，告訴了二狗子。二狗子盛怒之下，提了鐵鍬就去找藥材販子算帳。這件事同樣激起了其他人的憤怒，因此二狗子振臂一呼，一幫人就聚集到他手下。

瘸羊倌中途攔住了他們。

二狗子紅著眼喊，走開，不然我就不客氣了。

瘸羊倌不說話，只是冷然地盯著二狗子，目光如箭，一根根地往二狗子心裏射去。二狗子起先還是一腔怒火，可在和瘸羊倌的對視中，他的目光漸漸疲遝下去。瘸羊倌看時機已到，這才開口，我剛從派出所出來，你們也想進去嚐嚐滋味？在他的逼視下，人們漸漸垂下頭。

瘸羊倌說，打架不是辦法，打壞了要賠錢，打死了要償命，你們哪個活得不耐煩了？

那你說怎麼辦？二狗子問。

瘸羊倌說，我自有辦法。他的目光又冷又狠。

人們散去，瘸羊倌來找二姨夫。二姨夫從瘸羊倌臉上看到一種令人駭然的表情，不由一怔。已有很多年，二姨夫沒見到瘸羊倌這種表情了。二姨夫趕緊拿出兩瓶「悶倒驢」。這種時候，瘸羊倌都要喝「悶倒驢」。瘸羊倌啟開蓋，咕嘟咕嘟喝下半瓶，末了斜著二姨夫問，沒酒了？二姨夫便舉起瓶子。

　　喝完，二姨夫問，有什麼事？

　　瘸羊倌說，再賭一次如何？

　　二姨夫一怔，問，和誰賭？

　　瘸羊倌說，藥材販子。

　　二姨夫呵呵笑起來，藥材販子比鬼還精，哪個會再賭。

　　瘸羊倌說，這次不和他們賭錢，咱和他們賭賭心勁。

　　二姨夫的眼睛眯縫起來。

　　瘸羊倌說，藥材販子再精，可這也是咱的地盤，我要讓他們啞巴吃黃連，有苦難言。

　　二姨夫說，要是輸了呢？

　　瘸羊倌說，那也得給他們點兒顏色看看，不能就這麼算了。

　　二姨夫攥著拳頭說，我聽你的。

　　……　……

　　九月九日開鐮節這天，以瘸羊倌和二姨夫為首的北灘漢子扛著大鐮走在前面，女人們趕著牛車跟在後面，浩浩蕩蕩地湧向草場。他們要把屬於自己的草場奪回來。

　　在穿過雞形塙包時，一個女人突然擋在隊伍前面。

　　是尹歌。

　　人們很是意外地停下來，愕然地望著她。隨後，紛紛把目光投向二姨夫。

　　二姨夫怔了一下，馬上問，你怎麼在這兒？

　　尹歌臉色很緊。她沒有回答二姨夫的話，反問，你們要去幹啥？

　　二姨夫說，你怎麼了？

尹歌說，這是蠻幹，你們會為此付出代價的。

尹歌的話激怒了眾人，隨之有人喝問，這關你什麼事？

尹歌的目光掃過眾人，聲音裏帶著酸酸的味道，藥材販子不會輕易讓你們打他們的草，爭執起來，對哪方都不好。再說，藥材販子買草場是合法的，就是打官司也占著理。

沒人聽她說話，激憤的人群湧上壩包，挾裹著尹歌向草場走去。

到了草場，二狗子第一個衝上去，他翻越鐵絲網，在落地的一剎那，被鐵絲網上的刺兒絲掛住了褲角，身體傾倒的瞬間，肩上扛的大鐮直插入他的胸口，頃刻間碧綠的草地染成了紅色……

一切發生得那樣突然，人們全愣住了，直到二狗子女人一聲尖利的哭叫，眾人才反應過來，七手八腳把被鮮血浸了的二狗子抬上車，一窩蜂向鄉里湧去。無邊的草野上只剩下尹歌孤零零的身影……

【尹歌筆記】

這是我在壩上的最後一個夜晚了，待在瞎子冰冷的黑屋裏，回想這些天在北灘的經歷，真有一種恍若隔世的滄桑感。在壩上這塊神奇的土地上世代繁衍著的人們，生活中有著太多的苦難，他們對於命運的抗爭有著太多的無奈，所以他們喊出的歌有著巨大的震撼力。苦難是人生的一大財富，可惜我沒有，今後也不可能有，我只是暫時融入了他們艱難的生活，從中汲取了養料。我明白，一旦離開這裏，我創作的歌依然蒼白無力，我為此感到悲哀。

12

處理完二狗子的後事，二姨夫懵懵懂懂回到家，坐下來猛飲「悶倒驢」。忽然，一聲清脆的聲音傳入耳鼓：這是蠻幹，你們為會此付出代價的。二姨夫猛一激靈，尹歌的面容跳入腦海。尹歌！尹歌？她這幾天干什麼去了？她現在在哪兒？二姨夫跳起來，瘋一樣衝向瞎子的小屋。

門虛掩著，屋裏空蕩蕩的。二姨夫的心一下被掏空了，他抓著門框，粗重的喘息幾乎震裂胸腔。喘了一會兒，他返身衝出去……

　　二姨夫站在墕包上，極目向天邊望去。他的耳邊響起尹歌調皮的聲音，不知不覺的，他的眼睛濕潤了。朦朧中，尹歌向他奔來，她挎一豆綠色書包，穿一身淺藍色牛仔服，奔跑時一彈一跳，如一頭剛離開母親的小鹿，口外的秋風吹散了她的頭髮，光潔的額頭忽而閃現，忽而被頭髮遮住。二姨夫的喉嚨熱辣辣地響了幾下，突然就吼了起來：

　　　　頭一回回瞭你你不在
　　　　讓你哥哥劈了俄（我）兩鍋蓋
　　　　二一回瞭你你不在
　　　　差一點讓你哥哥揭了俄（我）天靈蓋
　　　　……　……

蚪枝引

1

和兩年前的回家不同，這次是為離婚而回。

喬風剛迷糊，劉雲就爬起來。怕驚醒他，輕手輕腳的。喬風還是醒了，賴在那兒沒睜眼。折騰大半夜，他累得只剩殼兒了。劉雲從未有過的瘋，一遍遍纏著他，不時呢喃。軟軟的，水水的，落在耳邊卻有十足的分量。喬風明白她的心思，她擔心呢。他就差立軍令狀了，這個四川女人……唉！

擀麵杖不是碾在面板上，而是舔，一下，一下，聲音輕得不能再輕。睡前，劉雲剁了餡，和了麵。喬風說我五更就走，包什麼餃子。劉雲執意要包，說你甭管，保證誤不了。喬風閉嘴，他不能揉爛劉雲這片心意。裝睡可不容易，喬風忍了再忍，眼睛終是背叛了他。牆上的掛鐘指到四點。掛鐘是喬風撿的，金邊框，連個劃痕也沒有，錶盤有一道淺淺的裂紋，不注意看根本看不出來。錶走得也準，喬風跟電視對過。劉雲肯定沒合眼，這麼一想，喬風轉過身。屋子不大，也就半間，一張床占去大半，做飯吃飯都在床鋪上。面板緊挨褥子，調料味直衝鼻孔。劉雲說，醒了？還早呢，再睡會兒。喬風說，讓你別弄麼。劉雲頑皮地伸伸舌頭，央求他，哪怕你裝裝樣子哎。喬風說，算了，咱們說說話吧。劉雲卻沉下臉，不行，你還要趕路。抓過衣服搭在他頭上，半嬌半斥地說睡！

喬風竟然睡著了。劉雲喊他吃飯，他正背著秀珍狂跑。秀珍割破了手，豆狀的小口鮮血噴濺，怎麼也止不住。情急之下，喬風背起秀珍往村裏跑。麥浪無邊無際，怎麼也跑不出去，秀珍的血越流越多，河一樣，眼看將兩人淹沒……劉雲在喬風臉上拍拍。喬風口乾舌燥，連灌幾杯水。吃飯卻沒了胃口，劉雲說路上沒有熱乎飯，填也得填一碗。喬風看她一眼，埋下頭。這碗餃子非比尋常啊，可不只是填肚子。

劉雲要送喬風去站牌等車，喬風知道勸不住。喬風背起包，劉雲突然從背後抱住他。死死的，喬風幾乎透不上氣。喬風在她手上拍拍。

你要回來哦。

看你，已經這樣了，我不是……

快去快回。

嗯。

她提什麼，你都答應。

嗯。不早了，小心誤車。

劉雲說你等等，轉身揭開床墊，從數隻襪子中摸出一隻，拽出五百塊錢，讓喬風帶上。她已經給他拿過，襪子裏是兩人的伙食費和零花錢。喬風不肯，劉雲說月底就開支了，還是帶上吧，以備萬一。推來推去沒啥意思，喬風拿了四百，給劉雲留下一張。

兩人到站牌不到六點，通往皮城北站的公交車還未到，這個空閒時間是能說點兒什麼的。可喬風不知說什麼好，就盯著站牌上的字，直到劉雲喊，來了。喬風跨上車，劉雲在背後喊，快去——咣的一聲，後半句被截斷。喬風回頭，劉雲瘦弱的身影像一根凍蔥。

到北站是七點，火車八點發，喬風買了票，便抱著包窩在硬椅上。錢在貼身衣兜裏，包裏沒什麼貴重東西。就算是空包，抱在懷裏才踏實。現在毛賊多，喬風租的院子就住了兩個，白天睡覺，天一黑就出去。好在兩人不食窩邊草，房東和那些住戶也就事不關己的樣子。喇叭響起，喬風並沒有和自己聯繫起來，那個名字甚至在耳邊劃出長長的痕跡。直到叫第二遍，喬風方意識到喊的是自己。喬風匆匆往門口走，想，難道劉雲追來了？莫不是要和他回家？那不行，絕對不行。

喬風的目光急急搜尋，肩被狠狠拍了一下。吳大愣勾著一臉寡笑，瞪這麼大眼幹啥？還以為你走了呢。喬風說，嚇我一跳，你怎麼來了？吳大愣的裝扮並不像出門的樣子。吳大愣說，送送你呀。幾天前，喬風說了回家的打算，吳大愣說離了也好，不能讓兩個女人都吊著。喬風問他怎麼辦，吳大愣沒好氣地說，我不離，我就耗著她。幾天工夫，吳大愣改主意了？吳大愣覺出喬風目光的含義，憤憤地說，她要像秀珍一樣本分，我就離。那個賤貨，離婚太便宜她。喬風問，就這樣下去呀？

吳大愣說，過一天算一天，以後的事誰能說准？喬風附和，是呀，誰說得准呢？吳大愣賊賊地往兩邊瞅瞅，把喬風拉到角落，摸出個紙包，說給那個賤貨捎回去。喬風看他，吳大愣說，她不仁咱不能不義，五千，夠她花的了。喬風埋怨他不早點兒準備，五千塊錢可不大好藏，喬風已揣了一些。吳大愣讓喬風分開放鞋裏，喬風問踩爛咋辦。吳大愣說，放心，揉都揉不爛，黑天你就到家了。喬風只得去廁所藏了錢。吳大愣說是送他，其實是讓他往回捎錢。喬風明白吳大愣「耗死那個賤貨」也是藉口，他不會輕易丟下女人。獨自在外的這些男女，不少都搭伴住在一起，彼此心知肚明，不過臨時搭個窩，真正的家在遠方。平時被一根看不見的繩子拴著，逢年過節，那根繩子就會顯形，硬了，緊了，把他們牽回去。錢上各算各的，當然百分之百公平也不可能，男人麼，畢竟要多付出點兒。沒有約定，約定卻是存在的。返回來願意住就住在一起，不願意散夥也容易，有的也許就不再來了。和吳大愣住一塊兒的安徽女人每年都回去。像喬風和劉雲這樣的罕見，其實，兩人也是臨時搭窩，可後來的事，喬風實在沒有想到。

坐了五個小時火車，喬風改乘汽車。雖是三月，車外依然灰濛濛的，背陰處還覆蓋著一片片殘雪。一個冬天，樹上已光禿禿的，此時只有架在枝叉間的喜鵲窩頑強地挺著。離家越來越近，喬風的心越來越空。偶有酸澀的滋味泛上來，心又空得無邊無沿。原打算過年回來的，可一想到這個時節離婚，咋也不是味兒。便一拖再拖。拖延不只是底兒虛，更是讓擺在那兒的事實說服他。三十幾歲的人，離婚不是件簡單的事。再者，也讓秀珍有個準備。也許從結婚那天，她就有準備了，她看到了他的眼神，他也讀到了她的眼神。兩個春節他沒按時回去，她肯定猜到了，不然，不會退回他寄的錢。她一直等著這一天吧。吳大愣說的沒錯，不能把兩個女人都吊著。離婚，對劉雲是交待，對秀珍也是交待。咋就發空了呢？喬風茫然地看著一個個退後的喜鵲窩。

到營盤鎮下車，日頭已躲得沒了影兒。風不大，卻又冷又硬，喬風的臉頓時麻麻的。在皮城待慣了，臉似乎嫩了，經不得凍。兩個漢子

圍上來，問喬風打車不。喬風搖頭，從漢子的包圍中掙脫，徑直走到路邊的摩的。摩的旁是一輛半新夏利。一個漢子搖著滿臉的笑跑過來，問喬風到哪兒。漢子個兒不高，一張烏紫臉，正是圍攻喬風中的一個。喬風問到一棵樹多少錢，烏紫臉說二十。喬風嫌貴，烏紫臉哎呀著，那麼遠的路，我沒和你多要。喬風做了離開的架式，烏紫臉一把拽住他。一番討價還價，十五塊錢成交。烏紫臉嘟囔，一天沒拉上人，就算開個張吧。喬風問他認識路不，烏紫臉說不認識還叫司機麼。

通往村裏的是砂石路，還算平整。車廂門沒開關，一根細繩拴著，車一顛簸，車門便來回磕晃。風從各個縫隙擠進來，車廂內並不比外面暖和。喬風縮了肩，從側面的玻璃窗往外看。天已暗下來，喬風依稀能辨清樹林和田野的輪廓。在家時，這條路每年不知走多少趟。脖子酸困了，喬風扭回頭，不像在城裏，不用擔心烏紫臉拉錯地方。

喬風想像著進家的場面。其實是第一次外出回家的複製。若是秀珍撲上來，他……他苦笑搖頭，不可能這樣了，秀珍和他已經生分。從她第一次退回他寄的錢，他就有數了。哪個女人不盼望男人往回寄錢？就算男人有了外心，錢沒二心，誰抓手裏就是誰的。可秀珍竟然退回。第二次退回喬風就不再寄了。秀珍不言不語，卻有股拗勁兒，喬風沒少領教。這次，喬風帶不少錢，打算把兩年的補償給她。

咣的一聲，頭撞在車廂上。喬風被撞醒，大聲問，怎麼還不到？烏紫臉聲音飄飄忽忽，快……了！喬風瞅瞅窗外，什麼也看不見。又走一段，三輪車慢慢停了。附近沒燈火，肯定沒到村，喬風的心忽地一沉，電視上看過的畫面湧進腦裏。難怪半天不到，烏紫臉根本沒往村裏拉。回到家鄉，喬風失去警惕，這可咋辦？他下意識地摸摸懷裏的包，沒有任何防身器械。幾乎同時，喬風操起屁股底的凳子，加上給吳大愣捎的，他身上揣近兩萬塊錢呢，絕不能讓烏紫臉算計了。喬風擔心烏紫臉有幫手，那樣就糟了。烏紫臉沒開門，喬風細聽，辨出是嘶嘶的撒尿聲。烏紫臉沒幫手或幫手沒到，喬風利索地解開車門的繩子，跳出去。

車燈明晃晃的，烏紫臉站在路邊繫褲子，回頭看見殺氣騰騰的喬風，撒腿就跑，大喊，救命啊。不過個青瓜，喬風追上去。烏紫臉提著褲子，跑不俐落，沒幾步便絆倒，喬風一腳踏住他。烏紫臉帶著哭腔說，兄弟……不，大哥饒命啊，我還有老婆孩子，我的錢你都拿去好了。喬風罵，你個下爛貨，誰要你的錢。烏紫臉緊張地說，那你要啥？……我和大哥無怨無仇。喬風喝道，少他媽裝，要不是老子反應快，早讓你坑了。烏紫臉說，大哥你說什麼，我聽不懂啊。喬風前後瞅瞅，黑沉沉的，粘稠的漿糊一樣，抹都抹不開。又罵，讓你到一棵樹，你拉到荒郊野外幹啥？還裝？烏紫臉底氣頓時足了，我確實要到一棵樹呀，走著走著覺得不對，就停下來。想撒完尿問問你，你提著板凳就上來了，我以為遇見歹徒呢。烏紫臉不像裝出來的，喬風意識到自己誤會了。麻杆棍打狼，兩頭害怕啊。喬風悻悻的，烏紫臉卻笑了，兄弟，你好兇啊。喬風說，你不是認識一棵樹嗎？咋拉這兒了？烏紫臉說以前去過啊，咋就不認識路呢？又解釋，村裏的路也沒個標誌，難找麼。我也不想繞呀，這一繞還不夠油錢呢，責任在我，我不會加錢，大哥放心。喬風前後瞅了一會兒，說你走過了。烏紫臉點頭，肯定走過了。喬風說，離鴛鴦湖不遠有條便道，沿便道走就能到一棵樹。烏紫臉雞啄米似地點頭，上車上車，這回我把眼睛瞪大。

喬風不敢掉以輕心，他讓烏紫臉開慢點兒，目光扎在車窗外，辨著回去的路。走了半天，卻找不見便道，喬風叫烏紫臉停車。喬風辨了一會兒說，走過了。烏紫臉說，這次可是你指揮的，甭怨我。喬說，別廢話，往回退。烏紫臉提出加五塊錢，他不掙也就罷了，咋也不能賠了。喬風哪有心思講價，不耐煩地說，少囉嗦，少不了你的，一會兒半夜了。

來回折返兩次，總算辨清鴛鴦湖的位置。鴛鴦湖水域很大，這一端距砂石路一公里左右，另一端快出營盤鎮了。夜色中，鴛鴦湖像一張黑乎乎的臉，不動聲色。一棵樹在鴛鴦湖北端，是離鴛鴦湖最近的村子。可是拐進村子的路怎麼也找不見，喬風的心油煎一樣，指著一

平坦處，讓烏紫臉從那兒往東走。烏紫臉猶豫，你肯定？喝油的傢伙和吃草的傢伙不一樣，陷坑裏就完了。不光車報廢，咱倆也得廢。喬風心中沒譜，語氣就沒那麼堅定，應該差不多。烏紫臉不踏實，還是算了吧，就算你找到家，我回來咋辦？我不認識路，轉不出去，還不凍成冰棍？喬風火了，你說怎麼辦，把我扔這兒？喬風不是歹徒，烏紫臉就不再怕，爭辯，這也怨不著我呀，你自己都不認識路，要不先回鎮裏，明天再回。喬風咬咬牙，提出加二十塊錢。烏紫臉經不住誘惑，說我就好人做到底吧。

還是沒尋見村子。兩人的位置在鴛鴦湖北端，這是肯定的，喬風掐算時間，應該到了，或者說過了，怎麼看不見呢？暗淡的星光一眨一眨，卻看不見一處燈火。喬風懵了。烏紫臉說咱倆可能鬼撞牆了，要是走不出去，非凍死不可。彷彿真要凍死似的，說女人一身病，兒子剛上高中，他不在，娘兒倆靠誰？喬風呵斥，閉上你的烏鴉嘴。烏紫臉生氣了，說那錢寧願不要，也要離開這鬼地方。喬風提出再加錢，求他再轉轉。烏紫臉說，油不夠，你許我一頭驢我也不敢跑了。回不了鎮，後果你清楚，我不冒這個險。喬風無奈，只得隨烏紫臉返回。

2

烏紫臉把喬風拉到鎮上的國際旅店。喬風一聽國際旅店馬上讓烏紫臉換地方，他可不想挨宰。烏紫臉笑說總共四間客房，便宜。老闆半天才打開門，懶洋洋的，一聽烏紫臉帶來客人，馬上來了精神。喬風不知是因為受凍，還是心情灰暗，木木的，烏紫臉倒是活過來了，不時齜著牙，彷彿表達劫難後的興奮。一夜二十塊錢，倒也不貴。安頓了住處，烏紫臉跟喬風要錢。喬風看他一眼，烏紫臉馬上說，我挨半夜凍，也冤呢。喬風沒費口舌，丟給他四十塊錢。

老闆問喬風吃飯不，喬風想想說，吃點兒吧。那碗餃子早就跑烏有國了，剛才沒感覺，進了旅店饑餓就像一條狗，在胃裏汪汪叫。喬

風要了麵，要了盤酸菜羊雜，又要半瓶酒。烏紫臉往前湊湊，兄弟，你不介意，給我添雙筷子，我現在回去也吃不上飯。喬風說行啊，烏紫臉馬上坐喬風對面，讓老闆吆喝老闆娘起來，並自作主張加一盤花生米，同時對喬風解釋，老闆娘的手擀麵是招牌。不一會兒，老闆娘出來。她比老闆瘦，個兒也比老闆高，邊挽袖子邊瞄桌子，讓老闆上盤小鹹菜。烏紫臉說，就是嘛，半夜的生意也不能馬虎，小心砸牌子。然後對喬風說，我很熟的。喬風彷彿沒聽見，看著碟子發呆。

菜香飄過來，烏紫臉給喬風倒酒，勸，湊合半夜吧，明兒一早我送你回去……喝呀！

喬風僵僵地端起杯。

烏紫臉說，甭想了，幾個小時的工夫……熬一熬。

喬風終於把思緒拽到飯桌上，輕輕歎息一聲。

烏紫臉問喬風多久沒回家了。喬風說兩年多。烏紫臉驚呼，難怪找不見，這麼長時間了。又問，你在外面怎麼熬的？見喬風臉色不悅，改口，我看你混得不錯，有票子掙幹嗎回來？能往回掙錢就行。喬風不願嘮叨這個，問他什麼時候去的一棵樹。烏紫臉一會兒說前年一會兒說大前年，一會兒說搞不清了，他抱怨自己記性不好，小時候吃蒼耳中了毒，要不現在咋也混個鎮長，用不著黑天半夜挨餓受凍。

老闆娘端上麵條，果然又細又筋道。烏紫臉得意地說，咋樣？你在城裏也吃不上這樣地道的麵。老闆娘回屋，老闆靠那兒看兩人吃，喬風讓他喝酒，老闆笑著搖頭。可能是喬風的客氣，老闆話多了，問喬風是本地人吧。沒等喬風回答，烏紫臉搶先道，一棵樹的，傍黑我接了他。老闆哦一聲，掩飾不住疑惑。烏紫臉說媽的，遇見鬼打牆了，兩人轉半天，就是找不著村兒。老闆戲言，別是你出夭蛾子吧？烏紫臉氣急敗壞的樣子，當然不是真生氣，眼窩裏還漾著笑，外地人我都沒坑過。老闆意識到冷落了喬風，拋給喬風一支煙，喬風終於截住話頭，問老闆知道一棵樹不？老闆嗤地一笑，以前我常去一棵樹收雞蛋，村兒不大，十三戶人家，沒准還收過你家的呢。喬風深信不疑

地點頭。烏紫臉插嘴，那麼幾戶人家，進去個狼可咋辦。老闆一笑，還狼呢，兔子都沒了。喬風附和，是啊，狼毛也沒見過。從前是有，從前是多會兒，喬風說不上來，還是聽父親說的。一個傳說罷了。

　　填飽肚子，身上也暖和了。回屋，喬風打開手機。喬風的卡是皮城的，一出門就關掉，防止別人打進來，漫遊費太貴。連著跳出三個資訊，都是劉雲的，問他冷不冷，到了沒。喬風回覆完，馬上關掉。喬風有點後悔坐烏紫臉的摩的，不然他早在家裏了。耗了一晚，還花了冤枉錢。不過，自己也有責任，他都糊塗了，何況烏紫臉？

　　喬風躺在那兒，琢磨明天是回去就和秀珍攤牌，還是等等。還有秀珍的反應，她能提出什麼要求。喬風早就考慮過，但在這個夜晚，已和秀珍隔著不遠的距離，不由他不想。他想她不會和他鬧，她連他的錢都不稀罕了，還稀罕他這個人？不鬧最好，不過她也不會主動提出。她沉得住氣，結婚那天，他就領教了。秀珍破過身，那個發現讓他心裏格登一聲，彷彿拽斷了什麼。他看著她，她也看著他。顯然她清楚他在想啥。對視幾秒，秀珍移開目光。喬風沒問，等她主動坦白。逼供沒有退路，坦白就不一樣，主動權永遠在他手裏。但秀珍拗得很，一字不提。一個月過去，兩個月過去，多半年後，嘴巴依然緊閉。不是不說話，是在那件事上裝啞。除了這點兒，秀珍無可挑剔。半年時間，足以讓喬風看到秀珍的諸多優點。疙瘩漸漸柔軟，輕風一樣淡去。也許是他過於多疑。他選擇了忘記。再後來，他就像村裏的男人一樣進了城。

　　喬風忘不了第一次回家那些日子。秀珍皇帝一樣侍候他，什麼都不讓他幹。秀珍說他在外面累了，好好歇歇。累是肯定的，可城裏自有城裏的快樂。他沒對秀珍說這些。候鳥一樣，年初飛出村莊，年根飛回來。就是和劉雲同居後，年根兒他仍心急如火地往家趕。喬風從來沒想和劉雲會有什麼結果，或者說不往那個方向發展，他和她都是清醒的，他不要，她也不要。可一切在那個早上改變了。他和劉雲還在沉睡，門被踹開，一個矮瘦漢子衝進來，叫罵著撲到他身上。喬

風明白了幾分，只招架不還手。劉雲拉架，矮瘦漢子又將怒火泄她身上。當天晚上，劉雲和矮漢子回了老家，許多東西沒帶。喬風心神黯然，獨自飲酒澆愁，天天昏昏沉沉。一星期後，劉雲竟然回來了，喬風幾乎沒認出她。烏青的臉，烏青的眼窩，嘴唇腫得張不開，一條胳膊抬不起來。喬風帶劉雲去醫院，那條胳膊折了。劉雲說她離婚了，孩子歸了男人，她什麼都沒了。她窩在喬風懷裏，久久哽咽。那年春節，喬風沒回。他咋能丟下失去家庭、失去工作、傷痕累累的劉雲？喬風往回寄了一筆錢。夜晚，喬風摟著劉雲，卻想著千里之外的秀珍。愧疚浮上的同時，他想起結婚那天和秀珍的對視。他沒有徹底忘掉，那塊疤一直潛在心底，此時成了安慰自己的一劑藥。他並沒打算離婚，可……一步步走到現在，他也沒想到。下半年，他又給秀珍寄了一筆錢，錢一分沒少退回來。她生氣了。再寄，又退回。喬風放棄，沒再寄。

喬風早早就起來。半睡時醒的，腦袋灌了水一樣重。老闆娘起得更早，她拎過個暖壺，告訴他冷水在大廳缸裏。就算在喬風租住的地方，自來水也是接到屋裏。皮城有許多讓人喜歡的地方，不只是劉雲。喬風不停地說服自己，彷彿怕自己動搖。草草洗把臉，結過帳就要走。老闆娘勸他吃口飯，天冷，填飽肚子等於加一層衣服。喬風說那就煮速食麵吧，老闆娘還是做了手擀麵，並炸了一碟辣椒。和劉雲在一起，喬風飲食上最大的改變就是吃辣狠了。

還未出門，烏紫臉就來了，他說我估摸你起來了，一夜沒睡吧？……也是，家在跟前，卻一個人乾耗，擱誰也睡不著。喬風說不用了，我自己回。烏紫臉說咋夜你請我吃飯，我今兒免費送你。喬風說反正我也不急，烏紫臉說還不急，你的心怕蹦出來了吧？我說白送就白送，怕我訛你咋的？

喬風沒讓烏紫臉送到家，看見鴛鴦湖，執意讓他停下。烏紫臉沒說什麼，冒一股黑煙，遠去。喬風邊走邊望著鴛鴦湖，陽光下，鴛鴦湖像一塊兒沒有邊沿的麵餅。冰面融化後，湖上空總是飛翔著各種水

鳥,現在空空的,麵餅泛起白光,有點兒刺眼。喬風看到鴛鴦湖南岸紅色的房子,過去沒有,肯定是近年蓋起的。就像皮城,第一個月是空地,第二個月已是矗立的水泥和鋼筋。

喬風拐上回村的路。終於找見了,畢竟走那麼多年。記憶中的東西復活,他甚至想起路上什麼地方有坑兒,什麼地方有芨芨叢。村子小,一直沒修像樣的路,但任何一個地方都能踩出路。喬風不止一次走過夜路,從沒迷失方向。記得一個夜晚,他和吳大愣抬著吳大愣父親去醫院,輸上藥後,吳大愣留在醫院,他獨自返回。黑漆漆的夜,啥都看不清,他幾乎是跟著感覺和氣味回來的。鄉村路上是有氣味的,春日頂破地面的青草的幽香,夏日的牛馬糞味混合著芨芨草的淡香,秋日的麥子味和胡麻撲鼻撲鼻的濃香,像油潑地面上似的,冬日風中撲過的是泥土和雪粒的乾腥。當然,現在喬風聞不到,更聽不到了。離開鄉村,鼻子耳朵和先前不一樣了。不過,腦裏的東西還在。

喬風的目光一跳一跳,像頑皮的松鼠。不由走得更快了。突然間,他頓在那兒。怎麼回事?怎麼不見村子?早該到了,現在沒走到不說,連村子的影兒也沒見。走錯了?喬風四下望望,確定方向沒錯,位置也沒錯。他站在鴛鴦湖北邊,正對著村子的位置。是的,他不會錯的。可咋找不見村子?村子哪兒去了?還有村前那一棵古柳?村名由此而來。老柳樹像是要死了,幾個枝杈都枯了,可當腰又刺出一根新枝,新枝上又長出無數小枝,彎彎的卻是不屈不撓的往空中伸展。咋就……咋就……喬風的心慌慌地亂跳,腦袋一陣陣兒地熱。

定喘半天,喬風冷靜下來。他再次確認自己的方向和位置,沒錯。喬風走到鴛鴦湖兒邊,一步步往北量。過去,他常趕牛到湖邊,清楚村子到湖邊的距離。八九不離十吧。一步……一步……他默默數著。當然不會有的。有早就看到了。

整整一個上午,喬風丈量,尋找。中午時分,喬風終於找見村莊的痕跡。那是一塊被煙熏過的土皮,黝黑黝黑的,半埋在土裏,

不，是長在土裏。多年的燒烤，它磚頭一樣硬，所以不懼風雨。這麼說，喬風沒有迷失方向，可這能說明什麼？村莊哪裡去了？

　　喬風腦裏湧上雜七雜八的猜想，每個猜想都像一根繩子，勒得他喘不上氣。茫然四顧。目光觸見南岸的紅瓦房，忽然想，村莊遷到南岸了？有可能，聽說南方一些地方，整鄉整縣搬遷呢。一個村子，十幾戶人家，搬遷自然算不了什麼。喬風急急繞過鴛鴦湖，撲向那一片紅瓦房。

　　紅瓦房被鐵絲網圈起來，只能從大門進去。所謂大門不過兩根豎立的水泥柱子，中間用椽子攔住。「大門」頂部拱形的牌子上幾個大字：鴛鴦湖渡假村。喬風心一沉，這裏不是他的村莊。喬風還是從中間鑽進去，欲探個究竟。先是狗的狂叫，之後走出一個老漢，問喬風幹什麼。喬風說看看，老漢警惕地說，沒什麼可看的，都鎖著呢。喬風問了幾句，知這個渡假村去年就建好了，現在只留一個看門的，老漢也是本鎮人。老漢也知道了喬風是一棵樹的，剛從外地回來。他瞅瞅喬風的挎包，還沒回家吧？跑這兒幹啥？喬風在老漢臉上尋磨半天，問一棵樹搬到了什麼地方。老漢似乎嚇一跳，往後退退，盯住喬風，你說什麼？喬風重複。老漢惱惱地，說什麼瘋話？走走，再不走我放狗了。喬風急得眼都紅了，叔，我沒瘋，我找不見村了。老漢探究幾秒，問，咋回事？喬風聲音濕濕的，村子不見了，人不見，房子也沒了。老漢愕然道，這咋可能呢？你走錯了吧？喬風搖頭，就在湖北邊，怎麼會錯？老漢說，是啊，就在湖北邊。喬風說，你去過？老漢說沒去過，但知道在湖北邊。然後他隨喬風走上一個高坡，湖北岸盡收眼底。老漢咦了一聲，我倒沒太在意，咋就沒了呢？什麼時候沒的？喬風苦笑，老漢甩甩頭，我不知道。喬風問，你沒聽一棵樹搬遷嗎？老漢搖頭。喬風問，沒聽說出了什麼事？老漢還是搖頭。喬風問，咋就不見了呢？老漢同情中含著不耐煩，別在這兒費唾沫了，我沒有本事藏起來，也沒必要藏你的村子，自個兒還養活不過來呢，你去別處問問。

　　是啊，和老漢費什麼話，真是昏頭了。喬風捶自己一拳。

3

　　喬風把派出所所長老孟撞了。當然，喬風的身體沒撞著老孟，是派出所的門和老孟親密接觸了一下。喬風旋風般撲進去，老孟正要離開。走到門口，見地上丟一張名片，正要去撿，門哐地開了。老孟嗷的一聲，捂住前額。喬風聽見撞擊聲和老孟的叫聲，傻了一樣站定。他認識老孟，每年趕交流會，老孟黑著臉，拎著警棍，在人群裏轉來轉去。當然，老孟不可能認識喬風。喬風一路奔跑，後背、額際濕漉漉的。老孟瞪喬風一眼，喬風終於醒悟過來，孟所長，我不是故意的，我……，老孟說，幸虧是腦袋，西瓜就報廢了。老孟沒怪罪，喬風忙說感激話。老孟打斷他，什麼事？慌慌張張的。喬風卻說不出了，喉嚨好像塞了冒煙的棉花，只硬硬地瞪眼。老孟說，別急，坐下說。轉身給喬風倒杯水。

　　老孟把水杯擱喬風面前，喬風喉嚨突然通了，話子彈一樣射出來，村子不見了。

　　老孟顯然懷疑自己聽錯，追問，你說什麼？

　　喬風說，村子不見了。

　　老孟盯住喬風，你哪個村的。

　　喬風說，一棵樹。

　　老孟問，村莊不見了？

　　喬風急急地，是呀，找不見了。

　　老孟啪地拍一下桌子，這什麼地方？開什麼玩笑？

　　喬風呼地站起來，我不敢，我哪敢呢，真找不見了。結結巴巴講了

　　老孟審視喬風，幾年沒回來了？

　　喬風說，兩年多……不夠三年。

　　老孟說，難怪……咋這麼久不回家？

　　喬風不知咋回答，三言兩語說不清。老孟看喬風為難，說，你肯定走錯路了。

　　喬風叫，不可能，就算十年不回來，我也認得。

老孟問，沒迷路？

喬風說，絕對沒有。

老孟愕然，那怎麼可能？我辦二十多年案子，還沒聽說這種事。

喬風幾乎帶出哭腔，是真的呀，村子不見了，老婆和孩子不見了，孟所長，你不能不管呀。

老孟說，我這身皮幹啥的？維護一方平安。命案我管，搶劫我管，偷盜我管……大大小小的案件，只要我知道，不讓管都不行。可你說村莊不見，這太荒唐了，咋立案？

喬風問，你最近去過一棵樹沒有？

老孟搖頭，沒案子，我不亂跑。

喬風問，咱鎮裏沒發生過什麼？

老孟說，你指的是什麼？打架鬥毆，小偷小摸，不說天天有吧，但月月少不了的。不過沒大事，沒鬧過地震沒發過洪水，過去鬧雪災，現在雪下的也少。村裏發生什麼事，我肯定知道，就算頭天不知道，過兩天也會溜進耳朵。我沒聽說一棵樹發生過什麼，村子怎麼就沒了，是有點兒莫名其妙。

喬風問，孟所長，我該咋辦？

老孟問，你們村沒幾戶吧？

喬風說，十三戶。

老孟尋思一會兒，說，我想只有一種解釋，村裏人都進城了，拉家拽口進城多的是，十幾戶人家，走光很正常。

喬風搖頭，不可能，我女人不會。

老孟問，為什麼？

喬風說不上來。秀珍領女兒進城，不是沒可能。她和他慪氣，去了另一座城市。或者，她去皮城尋他，沒尋見。或者尋見了，看見他和劉雲，躲起來了。這一想，喬風腦門再次淌出汗。

老孟說，你這麼久沒回來，你不說，我也能猜個大概，你有理由，你女人自然也有理由。

喬風虛弱不堪，咋房子也沒了呢？

老孟輕輕一笑，人沒了，房子還能存住？

喬風無法反駁老孟，嘴唇耷拉著，似乎說話的力氣都沒了。甚至不敢看老孟，彷彿村莊消失是他造成的，老孟隨時會拘捕他。

喬風支撐著要離開，老孟叫住他。喬風倏然一驚，以為老孟真要拘他。老孟讓喬風等一下，他打了個電話。然後對喬風說，和我過去一趟。

老孟帶喬風去了鎮長辦公室。老孟介紹完，便坐在沙發上。鎮長讓喬風也坐，喬風不敢，硬撐著虛弱的身子。

鎮長問了喬風姓名年齡及外出的一些情況，隨後說，總算見著一棵樹的人了。

喬風聽鎮長話裏有話，緊緊盯住他。鎮長卻把目光轉向老孟，去年……不，過這個年應該說前年了，夏天，一棵樹就空了，我還去過一趟，甭說人了，連隻雞都沒見著。

老孟說，還真這樣，我咋不知道呢？

鎮長說，你只對案子感興趣，這又不是案子。

喬風求證，鎮長是說村裏人都進城了？

鎮長說，除了進城，還能去哪兒？出國還不大可能。

喬風不死心，這麼多人，不和鎮裏打招呼？

鎮長略帶火氣，誰和鎮裏打招呼？你外出和鎮裏打招呼了？

喬風啞然。沒必要，出門不需要鎮裏批准。

鎮長說，鎮裏打算給一棵樹修路呢，沒想到一棵樹成了空村。我以為我在任期間見不到一棵樹的人了。你別緊張，村裏欠鎮裏一些錢，但不會扣你頭上。我只想見見你，也想瞭解一下。外面真那麼好？好得讓你們連家也不要了？

喬風搖頭。他不知怎麼回答，他沒想過。雖然他回來是和秀珍離婚，可並不認為這就是不要家了。離了婚，他也不會說自己是皮城人，如果一定要他回答，他肯定會說，一棵樹。

鎮長問，將來怎麼辦？

喬風虛弱地說，沒想過。回答不了鎮長，喬風羞愧地低下頭。

鎮長似乎覺得不可思議，咋會不想呢？然後自嘲地笑笑，我沒必要給你上課，估計你也沒想明白。算了，我沒什麼問的了，也幫不上你。至於家裏人去了哪兒，看孟所長有沒有辦法查詢。

老孟說，立案倒可以查查，可你這算咋回事？一不是被綁架，二不是被拐賣，沒法查啊。當然，有什麼消息，我會通知你，留個聯繫方式。咋會出這種事呢？我猜八成你女人不願意見你。

離開鎮政府，喬風在寒風中浸了一會兒，昏漲的腦袋清醒了些。村莊不存在了，這一點確鑿無疑。鎮長和老孟的解釋有一定道理，人走空，村莊自然就消逝了。風吹雨淋，鄰村也會趁機拆磚搬瓦。可喬風總覺得哪些地方不對頭。腦裏湧了太多東西，什麼都想拎出來，結果什麼也拎不出。關於女人，是的……女人！別人進城有可能，秀珍不會。第二年外出，喬風曾動員秀珍和他一塊兒出來，秀珍死活不同意，她捨不得雞，捨不得鴨，一麻袋理由。堅決得就是綁也不可能。如果她和他去了，他和劉雲也不會有事。不過，如果村裏只剩她自己，她也可能改變主意。一個女人住在空村，喬風難以想像。她為什麼不去找他？就那麼恨他？他終歸是她男人麼。

胡亂猜測半天，喬風還是不能肯定秀珍是否去了城裏。就算斷定，他也沒法知道她具體在什麼地方。天暗下來，喬風失魂落魄地往國際旅店走。他不知怎麼辦，只好先住鎮上。

又一次遇到烏紫臉，烏紫臉驚喜地，我瞅著像你麼，怎麼又來鎮上了？趕車？上縣的車還有，怎麼不在家住一夜？烏紫臉是個話癆，哇啦哇啦，嘴一會兒不閒著。喬風不說話，烏紫臉嘿嘿笑了，和女人搞崩了吧？一定讓女人趕出來了，老兄，看來你不懂女人心思，她和你兇，那是想要你，你不能往外跑。怎樣？我送你回去吧？只收個油錢。喬風黯然地想，要是被女人抓幾把，讓女人趕出來，那倒好了。如果村莊還在，秀珍還在，他寧願秀珍和村民揍他個半死。不可

能了。喬風說你忙吧，我不雇車。烏紫臉不死心，依然在喬風身後哇啦。喬風火了，叫，你他媽有完沒完？烏紫臉還想說什麼，喬風揮拳就打。烏紫臉挨一拳，惱了，不坐就不坐，撒什麼野？營盤鎮還輪著你撒野？

喬風走進國際旅店，老闆和老闆娘都很意外，問他怎麼又回來了。喬風苦苦一笑，說還得住一夜。他不想多說。實在是不知說什麼。老闆說還住昨日的屋吧，老闆娘問喬風吃什麼。喬風說隨便。老闆娘跟過來，靠在門口，吃了兩次麵，我烙點兒餅咋樣？喬風說行。老闆娘還想問什麼，外面傳來叫嚷，沒等兩人反應，烏紫臉帶兩個青皮闖進來，就他！喬風明白，那一拳打出麻煩了。老闆娘顯然也看出來，哎哎，你們幹啥？這是旅店，有什麼衝我說。一青皮說，和你沒關係，退後！老闆娘說，這是我的店，憑什麼和我無關？衝烏紫臉叫，張達子，你想幹什麼？烏紫臉說，你不知道……喬風忽然說，別說了，我出去！老闆娘拽喬風一把，沒拽住。

喬風知道出去什麼等著他，可是他癢得不行。骨頭、肌肉、心、肝、肺、臉、嘴巴……沒一處兒不癢，太痛苦太難受，他正想揍自己一頓呢，他們來得正好。

拳頭雨點似的飛來，喬風腰上挨了一腳，他弓下腰，隨後撲到地上。

算了，算了，喬風聽出是烏紫臉。媽的，他又打圓場了。青皮一陣風似地離去。挨了揍，喬風沒舒服多少。老闆要拉喬風，老闆娘制止，讓他躺著，孟所長馬上就過來……張達子，是個男人你就別溜。烏紫臉小聲道，我可沒動手，孟所長能把我咋的？

喬風自己爬起，進屋。烏紫臉沒有離開，不知是不在乎，還是不敢。老孟看見喬風，目光一怔，是你？那些人呢？喬風搶老闆娘前頭說，走了。老孟環視三個人，你們看清了？喬風搶著說，不怪他們，我先動手的。老孟問，怎麼回事？喬風說沒事，孟所長你不用管了。老孟冷著臉說，可不是你個人的事啊，這關係營盤鎮的治安，不要有

顧慮，你們……喬風打斷老孟，孟所長，真的沒事。老孟說，我是看你可憐，找不見家，又挨打，你咬定沒事，那就沒事吧。

老孟一走，老闆娘馬上問，找不見家了？怎麼回事？老闆和烏紫臉也緊緊盯住喬風，彷彿喬風臉上趴著一隻怪異的蟲子。

喬風說了。

烏紫臉說，我還以為昨天鬼打牆呢，沒想到早沒了。

老闆娘仍疑惑，怎麼會呢？

老闆說，現在什麼都有可能。

烏紫臉哎呀一聲，對不起，我不知道——

老闆娘瞪他一眼，我一直以為你是好人呢。

烏紫臉說，好人算不上，也不是壞人啊，誤會了，誤會了，這事搞的。

喬風說，不怨你，我先動手的。

烏紫臉說，你心情不好麼，早說呀。

喬風問，你們知道一棵樹已經不在了麼？

三個人都搖頭。烏紫臉說，我都不知道，他倆就更不知道了。不過也沒啥奇怪，只是你女人沒去找你，這倒有點兒不對。老兄，恐怕你心裏有數。要麼你不要她，要麼她跟人跑了。

老闆娘罵，烏鴉嘴。

烏紫臉說，有啥說啥麼。

喬風無言。

老闆娘忽然說，我去做飯。

烏紫臉大方地說，今天我請客，算給老兄賠不是。炒盤豬頭肉，炸盤花生米。喬風欲阻攔，烏紫臉揮手，啥也甭說，你就當回家了。

夜裏，喬風猛然想起什麼，爬起給吳大愣打電話。吳大愣嘟嘟囔囔，你小子開玩笑也不看看時候。喬風憤怒中夾著哭腔，哪有心思開玩笑，真是沒了呀。

4

　　喬風站在公路旁，眼睛盯著公路盡頭。明知吳大愣這個鐘點不會回來，可喬風早早候著，也許吳大愣能早點兒趕回呢？那樣喬風就能在傍黑前和他趕回那個已經不存在的村莊。吳大愣答應回來，但仍半信半疑。就是喬風，又怎能百分之百、徹底相信呢？沒有，真的沒有。吳大愣在喬風心中一下無比重要，彷彿吳大愣是主心骨，他回來喬風就有了依靠。吳大愣確實給喬風出過不少主意，但某些方面喬風比他更有主見。喬風是吳大愣帶出去的，吳大愣在一個市場賣菜。喬風和吳大愣賣了幾個月菜，改行收破爛。吳大愣勸過喬風，但喬風沒改主意，事實證明，喬風是對的。賣菜和收破爛同樣辛苦，但後者總有意想不到的收穫，撿個電風扇、一雙八成新的皮鞋什麼的。現在喬風實在不知道怎麼辦了。

　　烏紫臉看見拎包的馬上迎過去，沒客的時候便湊到喬風身邊哇啦。喬風不知烏紫臉哪來的話，似乎停一會兒嘴唇就會長一塊兒。喬風倒不是反感他，只是不知拿什麼話對付。多數情況，他只嗯啊一聲，烏紫臉也不掃興。喬風想，人就是這樣奇怪，有時見一面，沒准就成了朋友。

　　黃昏，吳大愣終於從車裏掉出來。媽的，壞了兩次。吳大愣下車就罵，然後縮縮膀子，鬼地方，三月的天還這麼冷。猛不丁轉了方向，你不是騙我吧？我那娘們兒給你什麼好處了？光線暗淡，喬風仍看出吳大愣眼裏的懷疑和戲謔。喬風冷冷地說，你自己看。吳大愣說，連夜回，你把我嚇住了。

　　兩人擠進烏紫臉的摩的。去的時候吳大愣不時冒出一兩句話，回來一聲不吭了。

　　直到吃過飯，進了房間，吳大愣打破沉默，怎麼回事？燈光下，吳大愣碩大的腦袋好像浮腫著。喬風拿眼睛翻著，那意思是，你問我，我問誰？吳大愣依然怔怔的，打死我也不敢相信啊，一個村子說沒就沒了？喬風說，這下你信了吧？吳大愣眼巴巴的，咋會這樣呢？會不會發

生了什麼事？喬風講了找老孟和鎮長的經過，吳大愣突然摑自己一巴掌，異常響亮，喬風嚇一跳。吳大愣痛心不已，怨我，我早把錢捎回來就好了。喬風勸，未必是錢的事。吳大愣嚷，怎麼不是？有錢她幹嗎離開？喬風明白，吳大愣如此推測，除了難過，更是因為心虛，他拋出這樣的話就是讓喬風反駁，喬風駁斥得越徹底他越踏實。喬風也明白自己盼望吳大愣不是等吳大愣拿什麼主意，而是讓吳大愣證實那個夢一樣的事實。兩人都在半空懸著，都想抓住點兒什麼。喬風沒反駁他，甚至有些恨他，誰讓你他媽的不回來，也不往回捎錢，活該！當然喬風沒什麼道理，他怪吳大愣，自己又如何？他有理由，吳大愣也有。那年春節，吳大愣發現女人和光棍六指的事，一把火燒了六指的柴垛，將一樁偷情案由地下燒到地上。吳大愣抽打女人的聲音整個村莊都能聽見。

喬風從鞋底抽出吳大愣的錢，數了數，丟給他。錢有點兒潮，還有股異味。沒得到回應，吳大愣怔怔地盯著那些錢，忽然勾了腦袋，軟唧唧地說，說啥都晚了。喬風幽幽歎口氣，算回答。吳大愣說，真是報應。吳大愣說，一了百了。吳大愣又粗了，你嘔巴了，說話啊？喬風目光憂傷。吳大愣說，算了，睡覺，為趕車，我半夜就起了。蒙頭躺一會兒，吳大愣又爬起來，你說，我那口子會不會跟六指走了？喬風說，誰知道呢？吳大愣說，就是沒錢，也犯不著跟六指啊，六指算什麼東西。喬風說，也可能她一個人走的。吳大愣擰半天眉，忽然道，不說不說了，越說越煩。

第二天，兩人又回去一趟。喬風沒費什麼事就找到那半截長在泥土裏的黑乎乎的土皮，吳大愣抬腳踹，被喬風攔住。喬風說要是踹爛，連村子的位置也找不見了。吳大愣慢慢縮回腳，退後一步，彷彿怕驚著它。

兩人呆立。四野空曠，疲軟的風摸過耳頰，往鴛鴦湖竄去。

半晌，吳大愣說，回來了，咋也得回家看看呀。喬風瞄吳大愣一眼，馬上明白他的意思，連說，對對，回家看看。兩人往相反方向走開，吳大愣往西，喬風往東。喬風住在村子東頭，他曾和秀珍說太陽第一個照到咱家，秀珍說，也第一個離開咱家。這話說得喬風一愣一

愣的，他不過戲說，秀珍這一接卻有了禪意。喬風走走停停，目光恨不得扎進地下，似乎地下藏著答案。沒有任何標識，轉了半天，兩人撞到一起。喬風瞧吳大愣的擰樣，立刻猜到結果。媽的，連家也認不得了。吳大愣罵了句，忽然說，瞧咱倆笨的，找見那棵柳樹，不就測到家的位置了嗎？喬風說，我找過，沒有。吳大愣說，樹不在，樹根總歸有吧。喬風應道，理應這樣。兩人走到鴛鴦湖邊，只有從湖邊才能測出柳樹的位置。丈量完，吳大愣劃了大致範圍，說，咱倆來個拉網式搜尋，一根樹枝也別放過。弓腰撅腚，左瞅左瞭，折騰半天，一無所獲。吳大愣罵，誰這麼缺德，連樹根也挖走。最後，兩人商量一個辦法：以土皮為中心，量出五十步，就是過去那個家了。

喬風量夠，好像經過數日奔波終於邁進家門，腿一軟，跌坐在地上。身下涼冰冰的，秀珍沒燒炕。她生氣了。秀珍每次和他鬧彆扭，就用不燒炕來抗議。只是，這次彆扭鬧大了，不只不燒炕，人也躲得沒了影兒。不只聽不到她的聲音，也聽不到雞咯鴨呷，聽不到豬哼狗吠。一座透風的空屋。他努力抽動鼻子，試圖聞到些什麼。果然嗅到一種味道，像炒土豆片糊鍋了，又像剛剛榨了胡麻油。

吳大愣搖晃過來，總算回家看了一趟，那娘們差點兒不認識我。吃也吃了喝也喝了，咱上路吧。男人不能窩在家裏，得出去掙錢。別婆婆媽媽，女人哭就讓她哭，你不走我可走了。吳大愣拽喬風，喬風身子麻木，半天才立住。你看我一眼，我看你一眼，突然避開。

喬風和吳大愣吃掉老闆娘的手擀麵，喝掉一瓶酒，臉色有了些活氣。雖然剛在家吃過，但兩人仍那麼餓，不，更饑餓了。狼吞虎嚥，老闆娘在一旁看呆。吳大愣又要了一瓶酒，一包花生米，帶回房間。

開始兩人還斯文，你喝一口我喝一口，後來就搶了。不是一口，而是一截。喝光後，依然舉著空瓶，你嘬一下我嘬一下。吳大愣傻呵呵地指著喬風眼窩，瞧瞧你的眼，眯成縫兒了，你女人要是躺這兒，你怕連地方也找不見。喬風不屑，還說我，你的腦袋快漲成碌碡了，這麼多年，你女人受你多少罪？吳大愣說，你女人不受罪？你把她丟

家裏她不受罪？喬風說，我沒打過她，沒你那麼狠。吳大愣道，我打她了？你看見了？喬風說，我沒看見，聽見了，整個村莊都聽見了，你說，你狠不狠？喬風咄咄逼人，吳大愣沒了退路，我狠，我狠。

靜了幾秒，吳大愣瞪著混濁的眼睛說，你知道我咋發現她和六指的？她竟然在夢裏喊六指。我當時那個驚啊，覺得房要塌了。我偷偷跟蹤她幾回，我一直禱告是自個兒耳朵出了問題。天吶，她真去找六指了，就算偷人，這幾天也得忍忍吧。她忍忍，也許就沒事了。她就是不忍。媽的！我本來要拽回家揍她，可實在堅持不住了。我沒打過她，出了事才打她的。我想打死她算了，我真是想打死她。街上打了，回家繼續打，我問她看上六指什麼，又窮又懶，身上全是餿味。你猜她說啥？她說耗不住了，媽的，她竟然這麼無恥。我問她我回來你幹嗎還找他，她說不找六指，六指就會找她，她怕我發現，先得餵飽六指。媽的，這什麼屁話？我的東西她拿去餵六指，她有沒有良心？還不該打？那天，她睡著，我摸出菜刀，真的，我想殺了她。你知道不？我差點就成了殺人犯。

喬風僵著舌頭，我也告你個秘密，這麼多年我沒跟任何人說·要是秀珍還在，我也不會說，絕對不會。秀珍失過身·結婚那天我就知道，我沒審她，等她交待。她和我裝糊塗，把我當傻子。要說戴綠帽子，我是戴了頂大的，沒結婚就戴了。我比你慘，你好歹知道那人是誰，我到現在也不知道，成了無頭案。秀珍看上去老實，怎麼會做出這種事？你說這是為什麼？

吳大愣搖頭，你幹嗎問我？我是個混帳玩藝，腦袋進豬油了。我不該那麼打她，誰還沒個糊塗時候？她求饒，她抱著我的腿，讓我原諒她，她發誓和六指斷了。可我沒給她機會，她說一句我踢一腳。我怎麼就沒想到把她帶走呢？我幹嗎要把她留家裏？你說，我是不是混帳？

喬風說，你算什麼？要說混帳，我才是。我還懷疑過自個兒的孩子。我盯著她的眉眉眼眼，想找出和我不一致的地方。村裏的人我都猜過，我總想從別人臉上找出點兒什麼。

吳大愣說，那次我走進郵局，匯款單都填好了，櫃檯裏的男人長個大鼻子，我看他就想起六指，越想越氣，乾脆撕了匯款單。人家是工作人，怎麼和六指一樣，六指能坐那兒？沒寄錢不說，還生一肚子氣，我不是混帳是什麼？

　　喬風說，我倒是寄了，可是都退回來了。我只當她生氣，一點兒沒往別處想。要是有一點兒腦子，我就該回來看看。過了那個年，我是能回來的，我覺得秀珍欠我，我忘不了過去的事，我想懲罰她，我是真正的混帳。

　　吳大愣說，我是。

　　喬風說，我是。

　　吳大愣指著喬風鼻子，你不是。

　　喬風點著吳大愣眼窩，你才不是。

　　吳大愣叫，你他媽幹嗎和我爭？

　　喬風說，誰爭了，本來就是我。

　　吳大愣挽了袖子，殺氣騰騰的，喬風不甘示弱，操起空酒瓶。兩人互相瞪著，目光撞在一起，忽然碎裂。不知是誰先嚎了一聲，吳大愣抱住喬風，喬風抱住吳大愣。邊哭邊說，你說你的，我說我的，誰也沒聽清對方說了什麼。不知什麼時候停止的，不知什麼時候倒下的。

　　半夜，喬風發現自己和吳大愣在地上躺著。他把吳大愣拖床上，蓋了被子，自己栽另一張床上。

　　幾乎同時醒的。隱約記得昨夜發生了什麼，可又記不大清，或者不想記清。畢竟，過去了。

　　吳大愣啞著嗓子問，第一趟車幾點？

　　喬風愕然，你要回皮城？

　　吳大愣似乎比喬風更意外，咋？你不回？

　　喬風責備，你怎麼能走呢？

　　吳大愣說，不走，還在店裏住一輩子？這是白吃白喝啊？

　　喬風說，啥也沒弄清，就……

吳大愣反問，你想弄清啥？你啥也弄不清。村莊沒了，人沒了，這是事實，你沒轍，我也沒轍。誰也不想這樣，已經這樣，就得接受。也許他們過得比咱倆好，也許有一天能碰面。現在留這兒有什麼用？

喬風說，好端端就沒了，我接受不了。

吳大愣問，你回來幹啥了？

喬風說，我回來……

吳大愣說，別吞吞吐吐，說！

喬風說，離……婚，可——

吳大愣打斷他，這不結了？你回來離婚，離婚自然是離開女人。她不在了，你省了道手續，目的達到，你還留這兒幹啥？

喬風說，離婚不假，可沒想到這個結果。

吳大愣說，誰能想到呢？你就當女人還在村裏，你倆離了。婚都離了還操什麼心？你想操心，人家還不願意呢。

喬風說，那不一樣。

吳大愣說，別折磨自個兒，清醒些。

喬風說，我做不到，離婚可能只是難受，現在我的魂都丟了。

吳大愣不耐煩，說句痛快話，走，還是不走？

喬風說，我不知道啊。

吳大愣說，那好，你留這兒慢慢想吧，我陪不起了。

喬風見他收拾東西，問，現在就走？

吳大愣重重地，我不做夢！

5

喬風從國際旅店借了輛自行車，天天租烏紫臉的摩的可租不起。老闆兩口子十分同情喬風，並把房費減成十塊。包括烏紫臉都說願意幫喬風的忙，這是唯一讓喬風熱乎的地方，足夠了。沒人幫得了，所長老孟都沒轍，何況別人？喬風只能靠自己。他並不指望有什麼結

果，可總得打問打問。不錯，他是打算離婚，可秀珍消失並不等於他離了婚。就算他拋棄秀珍，秀珍總歸是有信兒的，她待在那個叫一棵樹的村子。就算他難過，也是另一種難過。現在不同，秀珍消失，他連難過的資格都沒了。也許吳大愣更像男人，夜裏哭個半死，早上就劈開和這個村子的關係。喬風不能，他撕不斷那絲絲縷縷的東西。

喬風以一棵樹為中心劃了個圈，遠遠近近，共七個鄰村：二里半、三棵樹、趙小舖、李家莊、饅頭營子、九間房、張家圍子。一個村莊消失，鄰居們不會一無所知，也許能探聽點兒什麼。

第一個到二里半，在一棵樹東面。一個羊倌剛剛趕著羊群出村，喬風不想放過任何人，猛踩幾腳衝過去。羊群受到驚嚇，炸了群。一粒石子擊在喬風手腕，手一鬆，車把扭歪，人和車一塊摔倒。喬風爬起來，看到一張又黑又皺的老臉。顯然，石子是老羊倌擊的。大白天的，你搶劫呀？老羊倌脾氣很大。喬風齜著牙說，誰騎自行車搶劫？連條羊腿也帶不走。老羊倌質問，那你往羊群衝個啥？瘋了一樣，有幾隻母羊這兩天下羔，驚著你賠呀？喬風嘿嘿著，你的羊？老羊倌說，我的羊還用我放？屙出的糞也不是我的。喬風說，那還這麼負責。老羊倌沒好氣，羊出意外，我還能掙工錢？喬風套近乎，我是一棵樹的。老羊倌說，一棵樹咋了？國家幹部也不能驚我的羊。喬風說，那是那是，你放羊到過一棵樹那邊兒沒？老羊倌說，我哪敢呀，我只在二里半地界放。喬風問，你不知道一棵樹不在了麼？老羊倌說，不在了？你說啥瞎話？村莊又不是人，還能長翅膀飛了？喬風說，真不在了，沒一間屋，沒一個人。老羊倌問，你不是一棵樹的麼？怎麼顛三倒四的，你想幹啥？繞量我呀？喬風忙解釋自己在外打工，回來卻找不見村子。老羊倌並不驚訝，說你可能撞見鬼了。喬風追問，你真沒聽說一棵樹的事？老羊倌搖頭，我只操心放出幾隻羊趕回幾隻羊。喬風叫聲大叔，老羊倌突然一聲斷喝，兔崽子，往哪兒走！大步流星追羊群去了。

喬風走進第一個院子，一個女人正撲一隻雞，嘴裏不知罵什麼。雞躲閃飛跳，她撲幾次都沒撲住。雞朝喬風這邊逃來，女人大叫，截

住它截住它。喬風幫她把雞圈到牆角，撲住。女人用繩子捆了雞腿，拍著雞罵，讓你賤讓你賤。雞咯咯叫。喬風問，這只雞不聽話？女人罵，賤貨，吃飽喝足，跑別人家下蛋。喬風說，捆不是辦法，放開它還去。女人罵，再去我宰了它。忽然警惕地盯住喬風，你找誰？喬風說，我是一棵樹的，打問些事，你知道一棵樹不？女人撇嘴，牙長個距離。喬風盯住她，一棵樹不在了，你知道不？女人說，這倒沒聽說，咋，搬地方了？喬風搖頭，簡單說了。女人說，我沒聽說。喬風問，你去過沒？女人說，去過呀，二十多年前，我去看過電影，回來掉進了水坑。喬風問，最近沒去過？女人說，沒親沒故，去幹啥？女人嘴裏是掏不出東西了，喬風不甘心，大哥呢？女人說，出外了，沒良心的東西，過年都沒回，包工頭跑了，說拿不到錢。那也回來一趟麼，我不信連路費都沒有。喬風突然臉熱，勸，可能是領不上工錢，沒臉見你。女人罵，那他就是大蠢貨，一輩子領不上就不回來了？喬風逃離。

第二戶正打麻將，兩男兩女，喬風進屋半天，竟沒一個人理他。喬風自我介紹，一個人才掃他一眼。詢問之下，四個人都搖頭，讓他去別處問問。喬風想，怕是自己說啥他們都沒聽清，他們的心思在麻將，一棵樹和他們沒有任何關係。

喬風一戶戶問下去，轉完，已是後半晌。竟然沒一個人知道一棵樹消失了，彷彿一棵樹是另一國度的。更讓喬風吃驚的是，他說一棵樹已經不存在，沒幾個人驚訝，似乎他們聽到的不是一個村莊的消失，而是一根草一枝花的死亡，一副見慣不驚的冷漠。喬風想起多年前借河漏床的事。年根兒，家裏壓粉條，母親讓他去劉成家借。劉成說讓二里半的某某借走了。喬風跑到二里半，問了幾戶，說借到三棵樹了，他又趕到三棵樹，問了半天，才知這件寶貝昨天就回村了，只是不在劉成家。喬風繞了一圈。稀罕對象，不只村裏互借，鄰村也借來借去。麻煩是肯定的，但也親近許多。如今，村子間的距離未變，卻如此陌生，讓人認不出了。

第二天，喬風去三棵樹。詢問半天，沒獲得任何資訊。中午，他走進一家小賣部，買兩袋速食麵。店主拿出自家的碗、暖壺，並拎出一把凳子。喬風索性要瓶啤酒。喬風問過店主，店主一臉茫然地說，不知道啊。喬風說，村莊和人好像藏起來了，你說怪不怪。店主哦一聲，再次低下頭。喬風瞅瞅，店主在玩掌上遊戲。那兩老頭兒就是這時遛達過來的，喬風走出去，兩人已蹲在小賣部牆根。一個長著山羊鬍子，一個是獨眼兒。喬風摸出煙遞過去，山羊鬍子遲疑，獨眼兒馬上接住，問喬風哪村的。聲音又粗又硬。山羊胡子細細辯認煙的名字，獨眼兒嘲弄他，顯擺啥？識幾個斗大的字？山羊鬍子不示弱，有能耐你也識幾個呀。聲音啞啞的。獨眼兒呸一聲，快入土了，有屌的用。喬風明白兩老頭兒靠鬥嘴找樂子，笑問兩人誰去過一棵樹。獨眼兒山羊鬍子都爭著說去過，獨眼兒說自己還差點成了一棵樹的女婿。山羊鬍子揭他的底兒，什麼女婿，不就相過一次親麼？獨眼兒說，就一次，那女的就相中我了，要不是後來眼出了問題……山羊鬍子說，哄誰呀，長三個眼也相不中你，沒出息的貨，一口氣吃十七塊糕，沒當場攆你就算面子事了。獨眼兒叫，我背一輩子黑鍋，我要攥十七塊，讓媒人的筷子壓住了。山羊鬍子說，那十六塊沒冤枉你吧？媒人不攔，你怕連盆子也得吃進去。兩人一句趕一句，喬風總算逮住機會打斷，還是過去的事吧？山羊鬍子說，當然過去了，現在癩蛤蟆也不跟他。喬風問近年去過沒有，兩老頭兒都搖頭。喬風說，一棵樹不存在了。獨眼兒問，去哪疙瘩了？喬風說沒去哪兒，不存在了。獨眼兒問，你是說村子死了？喬風說相當於死了。山羊鬍子說，村莊和人一樣有壽命，活到一定歲數就死了。喬風說就算死了，總得留下點兒什麼吧。我出外兩年時間，回來村子不見了，家人也不見了。獨眼兒問，那你是沒家嘍？喬風點頭。獨眼兒呵呵一笑，看來我比你強，我好歹有兩間破房。山羊鬍子說，虧你出來了，不然也不見影兒了。兩人各唱各的調，喬風引導，你們沒聽說一棵樹的事？兩老頭兒伸長脖子，顯然等待喬風講述。喬風說，我是說，你們誰知道一棵樹的一

丁點兒消息？獨眼兒搖頭，不知道，村裏的事我都不知道。山羊鬍子說，我連家裏的事都不知道，那兩兔崽子商量給我打棺材，我想問用啥木料，誰也不肯說。喬風說，一棵樹肯定出事了，不然不會說沒就沒了。獨眼兒說，沒聽廣播說呀，我天天聽收音機。山羊鬍子附和，電視上也沒說。喬風明知問不出什麼，仍不死心，說依你們看，可能出了什麼事？獨眼兒說地震唄，大地包了餃子，村莊成了肉餡。山羊鬍子反駁，好歹長一隻眼，咋說瞎話？一棵樹地震，你還逃得了？我猜八成飛天上去了。獨眼兒說山羊鬍子做夢，山羊鬍子說天上的星星都住著人呢。獨眼兒讓山羊鬍子飛一個試試，山羊鬍子說我飛走，誰陪你說話？

喬風心中悵然，默默返回小賣部。速食麵已經涼透，喬風倒進肚裏，靠在櫃檯上，抓著啤酒吹喇叭。

兩老頭兒仍在，已換了話題，爭執美國總統和賓拉登誰更厲害。

山羊鬍子挺美國總統，美國總統跺個腳，全世界都哆嗦。

獨眼兒說，欠揍，賓拉登哪天砍他一條腿，我看他跺。

他厲害還東躲西藏幹什麼？

美國武器多唄，把那些武器給本拉登試試，照樣把美國總統趕進山裏。

有能耐自己造武器呀。

靠武器不算本事，兩個人單打獨鬥試試？

……

喬風恍惚起來。如果蒙上眼睛，哪能想到這是在村子的小賣部？他們知道地球上發生的事，卻不知道一棵樹的任何資訊。是啊，他們連家裏的事都不知道呢。

意外是在李家莊出現的。喬風和一個中年漢子說自己是一棵樹的，中年漢子突然抓住喬風的手，眼睛迸濺著驚喜，是麼？太好了！喬風忙問，你去過？中年漢子說，什麼去過，我常去。拽著喬風回家，跟和麵的女人介紹，我帶客人回來了，一棵樹的啊，別弄了，炒

兩菜。女人木然的臉馬上有喜氣透出來。她張羅倒水，男人喝斥，早上擠的牛奶呢？煮碗牛奶！喬風不知中年漢子和女人為何如此熱情，兩人忙前忙後，他插不上嘴。中年漢子讓喬風上炕，喬風說問幾句話就走，中年漢子責備，那怎麼行？到這兒就是到家了。夫妻倆沒惡意，喬風也預感到什麼，坐下。

菜擺上桌，中年漢子端杯敬酒，喬風才逮住機會問漢子和一棵樹什麼關係。漢子說，乾三杯，我告你。

中年漢子問，你們村有個叫趙寬的，是吧？

喬風點頭。

中年漢子笑了，那是我妻舅呀。

喬風像見到久違的親人，是麼？那你算半個一棵樹人了。

中年漢子糾正，什麼半個？多半個！你說你是不是回家了？

喬風說，是，是。激動得有些結巴。彷彿害怕謎底揭曉，喬風沒有冒然詢問，等中年漢子開口。中年漢子卻問起喬風的情況，在哪兒打工，村裏誰和他在一起等。喬風沒隱瞞（當然沒說和一個四川女人同居著），說了自己和吳大愣的情況。中年漢子甚是羨慕，在外好呀，能掙幾個現錢，我去年賣牛奶的錢，現在都沒拿到手。喬風說，在外也一樣，常有被騙的。中年漢子說，還是外面好，我走開的話，也出去了，喝呀！

中年漢子說家裏的難處，女人鬧病，孩子不學好，喝醉酒打架，抓進去了。喬風同情地陪著歎氣。漢子不停地說自家的事，不再提一棵樹。喬風終於耐不住，問他一年能去一棵樹幾趟？中年漢子說，幾趟？我自己都記不清了，怕是比你多，你多久沒回來了？……兩三年？天吶，我當然比你清楚了。中年漢子話一拐，又轉到自家事上。

瞅個機會，喬風拽回來，問他最近去一棵樹是什麼時候。中年漢子嘿嘿一笑，年前還去過。

喬風的心咚了一聲，是麼？

中年漢子說，我說比你清楚，你還不服氣？

喬風說，沒有沒有。

中年漢子說，嘴說沒有，心裏不這樣想吧？其實你已算不得一棵樹人了。我考考你，答對，我承認你是一棵樹的，答不來，真就算不上了。爾後神秘兮兮地問，你猜我妻舅一家在哪兒？

喬風眼睛頓時瞪大，越瞪越大，眼皮要碎裂了。

中年漢子不無得意，說呀！

喬風聲音空空的，你知道？

中年漢子說，不知道咋考你？

喬風急速地問，什麼地方？

中年漢子審視喬風一眼，似乎有了某種警惕，說，我可不敢告你。

喬風愣怔一會兒，耍個心眼兒，說，我回來其實是還趙寬錢。

中年漢子仄起眼，你欠他錢了，多少？

喬風說，兩千。好幾年了，我都不敢見他了。

中年漢子叫，你怎麼不早說？

喬風嘿嘿著，他在哪兒？

中年漢子說，交給我，我轉給他。

喬風說，那可不行，我必須親手交給他。

中年漢子語氣一轉，實話說吧，我根本不知道他在哪兒。

喬風受了重擊，盯住中年漢子。

中年漢子說，妻舅……不，趙寬借我三千塊錢，說好年底還，可沒到年底，他不見了，這叫什麼親戚？和尚躲了，廟也躲了。我四處打聽，今天撞上你，也算運氣。兄弟，你還了我，等於還了趙寬，我急等用錢。放心，我給你寫收條，要麼從村裏找個證人。

喬風終於明白中年漢子為什麼如此熱情。他套中年漢子，中年漢子也在套他。喬風苦笑，剛才是開玩笑，他根本沒欠趙寬錢。中年漢子淒慘慘地說他逼得沒路了，喬風救救他。喬風再三強調，只是隨口說說，確實不欠趙寬錢。中年漢子聲音硬了，紅嘴白牙，甭想賴帳！

喬風知道麻煩了，下地要走，中年漢子攔他。那女人堵在門口，喬風瞥見她手裏拎把鏟子。

中年漢子說，走可以，要麼說出趙寬在哪兒，要麼留下錢。

喬風歎息一聲，說了自己為什麼回來，又為什麼挨村詢問。他說，我連自己女人都不知道去哪兒了，咋知道趙寬？

中年漢子問，自己女人去哪兒你都不清楚？

喬風傷感地說，村莊沒了，人也沒了。你住這麼近，就一點兒不曉得？

中年漢子說，我曉得什麼？曉得就不問你了。

女人冷笑，不知自家女人去哪兒，你把人當傻子呀？

中年漢子醒悟，是呀，你咋會不清楚？總算逮住一個，你甭想溜！

6

劉雲每天給喬風發信，喬風看後馬上關掉手機。沒法對劉雲說，也說不清楚。那天晚上喬風剛開機，劉雲的電話就打進來。劉雲問他什麼時候回，喬風說過幾天，遇到些麻煩。劉雲問她不同意？喬風說也不是這樣……她過來了，我先掛了。劉雲大聲說等等……喘了片刻，幽幽地說，我碰見吳大愣了。喬風立刻明白，吳大愣這張破嘴。他不安地解釋，那邊傳來抽泣，他心情不好，忍忍，終是沒忍住，人不在了，我總得問！劉雲說，誰說不讓你問了，人家想你麼。剛剛騰起那點兒火突然熄滅，喬風生出些許歉意。這是劉雲讓人喜歡的地方，兩人發生衝突，她特別會拐，一兩句話就能把喬風這塊冰化掉。如果不是意外，喬風也許早回到她身旁了。

喬風摸摸火辣辣的臉。那是中年漢子和女人留下的記號。那對夫妻實在難纏，一會兒怒目橫眉，男人提刀，女人掄鏟，拼命的架式；一會兒可憐巴巴，男人抓喬風脖子，女人拽喬風胳膊，反覆說家裏的困難。喬風怎麼解釋都沒用，兩口子咬定喬風欠趙寬錢。喬風被軟禁

了四五個小時，趁男人上廁所，掙脫女人逃出來。老闆娘抱打不平，讓喬風報案，喬風搖頭。兩口子也在尋找一棵樹，他們是他的伴兒，他怎會記同伴的仇？至於臉上的印記，算是飯費吧。如果有趙寬的消息，喬風一定告知他們。

幾個村子查訪完了，沒有任何線索。誰都知道一棵樹，可誰都說不上。在鎮上晃蕩一天，喬風踏上返城的路。多待一天多一天花銷，況且待下去也無望。一棵樹已經成為一個傳說。想到自己和營盤鎮沒有什麼關係了，喬風鼻子酸酸的。他和吳大愣沒什麼區別，吳大愣快刀斬亂麻，一下子斷了和營盤鎮的關係，他不過繞一個彎兒。只能這樣了，他折騰不出什麼結果。

劉雲炒了六個菜，從未有過的奢侈。喬風責備，隨便吃一口算了，看你！劉雲不講理地說，我樂意。喬風又有了家的感覺，但並不舒暢，心裏硌著什麼東西。他沒說回鄉的事，她也不問。劉雲不住地往喬風碗裏夾肉，喬風制止，行了行了，快掉出來了。劉雲說，多吃點兒，瞧瞧你瘦成啥了。喬風突然崩潰，號啕大哭。劉雲呆了呆，遞過毛巾。不過幾分鐘，喬風嘎然而止。自己竟然當劉雲的面哭出來，他有些羞愧，半天不敢抬頭。一改剛才的遲緩，他恨不得把碗填進嘴裏。

那天夜裏，喬風又兇又狠，報仇一樣。仇恨誰呢？當然不是劉雲，可似乎又和劉雲有某種關係。床板嘎嘎響，和著劉雲的叫聲。劉雲從未這麼放肆地叫過，她先是咬了被角，讓聲音碎在嘴裏，但嘴麻了，被浪一樣的聲音衝開。直到隔壁擊牆抗議，兩人才倏然驚醒。那團火熄滅，喬風長長歎息一聲。

兩人在黑暗中躺了很久，聽夠彼此的呼吸，喬風開口，聲音聽上去軟唧唧的，說沒就沒了，什麼都沒了。

打問到什麼沒有？劉雲關切地問。

喬風掩飾不住沮喪，沒。

劉雲說，咱們倆……

喬風說，人不在，就沒法離，就……

劉雲說，我聽說失蹤超過多長時間，就算自動離了。

喬風說，還是等等。

劉雲沒說話。

喬風說，總歸咱倆是在一起，結不結都一樣。

劉雲說，睡吧。

喬風把她攬在懷裏，咬著她耳朵說，除了你，我什麼都沒了。劉雲僵直的身子突然稀軟，唏噓，我也什麼都沒了。喬風說，我是你的。劉雲說，我是你的。她往他懷裏縮縮，他摟得更緊了。劉雲說，不許欺負我。喬風說，嗯。劉雲說，不能花心。喬風說，誰稀罕我？劉雲說，咱倆好好過日子。喬風說，嗯，像以前一樣好。劉雲說，攢點兒錢，我給你生個孩子。喬風猛地蓋在劉雲身上。

第二天，喬風和劉雲同時出門。劉雲讓喬風歇幾天，喬風說又不是娃娃。這麼多天，只開銷不進帳，喬風哪歇得住。走了一段，兩人分開，往相反方向走。劉雲在一個小區清掃垃圾，得一個小時路程。喬風更遠，到最遠的地方得幾個小時。那些地方是固定的，此外還要沿巷子轉悠，哪天下來也得幾十里路。一棵樹沒了，他還有劉雲。劉雲交給了他，他也交給了劉雲。和過去不同，從現在他和劉雲是另一種關係。以前是搭夥，現在要真正過日子。他沒法忘掉那個傳說，但也不能讓它擋住眼睛，畢竟他要過下去，哪怕不和劉雲在一起，他也要過下去。過下去就得掙錢，誰也不能喝西北風。這麼一想，喬風似乎輕鬆了許多。

在天山花園小區門口，喬風被攔住。喬風沒見過那個塌鼻子保安，笑著問，你是新來的？塌鼻子斜著他，很不友好，咋？天山花園是喬風收廢品的總站，每月交物業八十塊錢，保安都認識他。喬風自我介紹，塌鼻子不買帳。喬風磨蹭的工夫，另一個保安從小區出來。喬風忙喊小張，同時瞥塌鼻子一眼。喬風套近乎，兄弟，說一聲，我進不去了。小張驚訝道，你怎麼又來了？已經讓別人包了。喬風急了，憑什麼？我走了沒幾天。小張小聲說，那人走了頭兒的關係，老

哥，你是肯定不行了。讓喬風別在這兒浪費時間。喬風還想說什麼，小張已經轉身。喬風守了一會兒，終是沒有機會，快快離開。

喬風去的第二個小區叫水榭木都，倒是進去了，可沒等開張，便遇上同行，是個連鬢鬍子。連鬢鬍子看看喬風的三輪車，又看看喬風，問喬風，誰讓你來的？喬風說，你什麼意思？連鬢鬍子說，看來你不懂規矩，這個小區我占了，你去別處發財吧。喬風盯著他，我在這兒收了六年。連鬢鬍子說，我還收八年呢，就算你收一百年，現在也得另找地方。喬風不理他，連鬢鬍子能把他怎樣？他掂量一下連鬢鬍子的塊頭，未必是他的對手。半小時後，連鬢鬍子和三個陌生漢子將喬風圍住。顯然，陌生漢子是連鬢鬍子搬的兵，聽口音知道他們是同鄉。喬風選擇退卻。他打不過他們，也搬不來救兵——除了吳大愣，一個吳大愣幫不了他。

不到十天，喬風就失去兩個地盤。喬風憤憤地罵。也只能罵罵，他還能怎樣？喬風又去了另一個小區，謝天謝地，這個小區沒被圈走。這個小區沒有天山花園和水榭木都肥，但總比被人占了強。

喬風沒和劉雲說這些爛事，自己煩就夠了。可是別的話，喬風也不想多說。這麼講似乎冤枉喬風，他不是不想，而是想不出更多的話。他的嘴巴眼睛都粘在電視上。過去可不這樣，分別一天，總有新鮮事。如喬風說怎麼幫被搶包的婦女追小偷，先前是一個人追，後來三個人追，員警趕來，幾個人已經將小偷摁在地上，或說街頭目睹的一場車禍。而劉雲說經理訓人的兇樣，鼻孔張得和嘴一樣大，說著劉雲的腰就笑彎了，彷彿不是挨了訓，而是受了表揚。兩人搶著說，輪著說，都想給對方帶來笑聲。

劉雲似乎沒受什麼影響，喬風話少，她的話更多了，把喬風那一部分填補了。那天，劉雲帶回一袋核桃，一袋紅棗。她先抓把紅棗給喬風，然後砸了幾個核桃，問喬風壞沒。喬風說挺好的呀，劉雲喜滋滋地讓喬風猜，這些東西哪兒來的。喬風問，撿的？劉雲眉毛一揚，說確實是撿的。她又讓喬風猜她今天看到誰了，賣半天關子，她說見到電視臺

主持人了，紅棗核桃就是她扔的。劉雲眼睛奇亮，我走到那兒，一個女人正好從樓道出來，她原本要扔，看見我，就擱垃圾筒旁邊了。我覺得她挺面熟，她坐進車，我一下想起來。劉雲打開電視，調到皮城頻道，等待那個女主持人。主持人終於出來，劉雲興奮地叫，沒錯，就是她！喬風說，又不是你妹子，高興成這樣！劉雲說，可惜沒能說上話，要是說上話就好了。喬風要換台，劉雲不讓，非要再看一會兒。看什麼電視，喬風一直隨劉雲，可那天喬風非換不可。不是想換台，是不想看那個主持人。爭搶中，劉雲惱了，問喬風什麼意思。喬風說，一個破主持人，還當觀音娘娘呢，看個沒夠了？劉雲說，我就沒夠了，我就要看，咋？吵了沒兩句，喬風摔門出去。回來，劉雲已經睡了。

冷靜下來，喬風意識到自己過分了。劉雲不就看個主持人麼？他幹嗎不高興？還和劉雲吵，真是沒勁兒透了。他好像故意找碴兒，不錯，是故意。

喬風懊悔不已，比往日回的早些，去市場買了只雞。劉雲回來，雞已經燉好，滿屋子香氣。劉雲仍然冷著臉，喬風變著法子把她逗笑。喬風檢討自己，劉雲說，你是怎麼了，自打回趟家，就像換了個人。喬風笑說，我還是我，哪個零件也沒換呀。劉雲說，真的，你變了，你沒覺出來？喬風說，我再犯渾，你就抽我。劉雲酸溜溜地說，我哪敢呀，動你一指頭，你還不剝了我的皮？喬風嬉皮笑臉，我哪敢，就這麼一件寶貝，我捨不得。

喬風不想當劉雲的面承認，但他心裏清楚，他確實有些不對頭。他也明白是怎麼回事，他人回來，魂卻沒回來。村莊哪裡去了？這個問題像一棵大樹橫互在腦裏，揮之不去。

喬風沒再和劉雲鬧彆扭，只是腦子仍然常開小差。一天晚上兩人吃麵條，麵條煮到鍋裏，劉雲去院裏涮碗，讓喬風看著，煮開兩分鐘就關。喬風向老天發誓，他是盯著鐵鍋的，誰知他的目光淹沒在水裏，恍惚中覺得自己站在鴛鴦湖邊。那是多年前的一個早晨，也可能是黃昏，他盯著湖水中的影子。水溢出鍋，喬風醒過神兒。慌亂中，喬風忘

了先關煤氣，而是去端鍋。燙手，忙又扔掉。鍋半傾著，水和麵條流了一地。劉雲跑進來關掉煤氣，狠狠瞪喬風一眼。喬風賠出一個歉意的虛笑，抓起掃帚打掃。喬風等待劉雲發脾氣，但沒有，劉雲一句話也沒說。無疑，她的沉默是更深的責備。直到看完電視，兩人張羅睡覺，劉雲才開口。她說了一句話，僅僅一句，你這樣，早晚要出問題。喬風捏捏這話的軟硬，抓住她的手。

第二天，吳大愣來了，進門就嚷，你這傢伙，以為你還在老家呢，回來也不說一聲。我沒吃飯，連我的做上。喬風掃劉雲一眼，明白吳大愣是她叫來的。兩人相距半小時的路程，不遠，過去隔半月二十天，總要見一次面。自回來，喬風沒和吳大愣聯繫，說不上怎麼回事。吳大愣上門，喬風還是擺出笑臉。劉雲炒兩個菜，出去了。吳大愣是她請來的說客，當然吳大愣唱主角。吳大愣說些稀奇古怪的傳聞，一瓶啤酒下肚，突然轉題，你想不想和劉雲過了？喬風盯住他，她讓你問的？吳大愣說，她哪會這麼傻？她是替你擔心，說你丟了魂兒，讓我勸勸你。我估摸著你不想和她過了，要是這樣，我還是別勸你了。勸你在一棵樹上吊死，我不是犯罪呀？喬風說，腰比桶粗，裝什麼蛔蟲？吳大愣說，那我想錯了，你還是想和她過，是啊，這女人不錯，遇見她也是你的福分，你承認吧？但過日子是雙方的事，你樂意我樂意，你老這個樣子，她有了怨氣，就會生出二心。到那時候，捏也捏不到一塊兒了。喬風不再繃著，悲苦地說，我也不想這樣，可不由人啊。吳大愣說，說半天，你還是想不開。喬風問，你給我說句實話，你真一點兒不想了？吳大愣說，不想是假的，但我該幹啥幹啥。喬風說，我做不到。吳大愣說，一個人不能活在兩個世界，兩邊都沾，你就會毀了自個兒，聽我的話，別瞎琢磨了。喬風說，我心裏難受。吳大愣說，咱倆已經醉過一次，今天我再陪你醉一次，狠狠難受一回，平時就不要折磨自己了。

喬風喝醉了，實實在在難受了一次，但第二天醒來，仍無法拋卻那個問題。並不是他要折磨自己，而是躲在腦裏的傢伙折磨他。

還真被劉雲說中，喬風出事了。喬風闖了紅燈，闖大約不準確，他根本就沒注意紅燈還是綠燈。一輛轎車急剎車，沒正面撞上喬風的三輪，轎車打偏，車後身被三輪車剮兩道印。車主是個小平頭，下來對喬風一頓臭罵。喬風頭昏腦脹地辯解半天，車主不依不饒，讓喬風賠兩千塊錢。後來交警從中說合，賠一千五。喬風沒帶那麼多錢，又不敢和劉雲要，給吳大愣打了個電話。

　　兩小時後，吳大愣送來錢，總算了了。喬風悶悶的，吳大愣勸，破財免災，人沒出事就算幸運。喬風說，我也不知咋搞的。吳大愣說，你老念叨一棵樹，說句不好聽的，你要有個意外，我真得把你送回那兒去。兄弟，記住這個教訓啊。

7

　　撞車事件不久，喬風收廢品的那個小區物業把喬風叫去，說承包費一月漲成一百，一次交滿一年。喬風吃了一驚，天山花園那樣的肥區一月才收八十，物業簡直獅子大開口。物業說同意就簽合同，不同意以後就不要來了。喬風掂量半天，咬牙簽了。失去這個小區，喬風就徹底喪失了地盤，只能打游擊。想到沒有自己的地盤，喬風莫名的恐慌。

　　連著花出兩筆錢，喬風被割了肉似的，五臟六腑都疼。好在皮城掙錢總比村裏容易，那幾日，喬風走得更早，回得更晚。不管回去多晚，等著他的總是熱乎乎的飯。喬風沒那麼迷糊了，只是偶爾發個愣怔。也許吳大愣的勸說起了作用，也許那兩刀子把他割醒了。

　　一天晚上，喬風回去，屋門吊著鎖。一個念頭不可思議地劃過，開鎖，喬風手微微抖著。拽著燈，目光四處撲撞。被子在，櫃子在，劉雲掛牆上的衣服在，他籲口氣，暗笑自己神經過敏。劉雲要離開他，也不會悄無聲息。劉雲早該回來了，這麼晚，會不會出什麼事？喬風轉身出屋。

走出沒多遠，和劉雲撞上。喬風問怎麼才回來，劉雲說有點兒事。進屋，劉雲就罵上了，她憋不住話。劉雲回來晚，是在物業挨訓。劉雲經過牆角，突然竄出一條狗，劉雲嚇一跳，隨口罵破狗。沒想到狗主人聽見了，是個乾瘦老太太，說劉雲罵她不行，罵狗更不行。乾瘦老太太投訴到物業，物業批評了劉雲，非要劉雲明天登門向那條小狗道歉。劉雲瞪著喬風，不就一條破狗嗎？憑什麼讓我道歉？我又不是故意的，我還讓嚇著了呢！老太太不講理，物業也不講理。那架式，彷彿是喬風給她氣受。喬風清楚，劉雲肚裏的氣只能跟他發洩，就像他憋了氣只能跟劉雲發洩一樣。兩人同居，不僅是生活上方便，也是互相宣洩的對象。劉雲宣洩的時候，喬風無須插話，他邊聽邊做飯。

罵了一會兒，劉雲沒那麼激憤了，問喬風，你說我該不該給那條狗道歉？這是要喬風給個答案，喬風卻不知怎麼回答。給狗道歉說啥也是欺侮人，不道歉，可能劉雲就會失去工作。他養活她不成問題，可日子會艱難許多。喬風問物業怎麼說，劉雲說不道歉就辭她。喬風說辭就辭了，大不了和我收廢品去。劉雲問，不認錯？喬風說，沒錯認什麼？劉雲說，算了，還是認個錯吧，掙氣沒用，咱掙的是錢。喬風說，這麼想也對，不就說句話麼，沒啥大不了，要是能替，我代你道歉。劉雲哼一聲，你的臉就不是臉了？喬風說，男人臉皮厚。劉雲說，我的臉早讓你蹭厚了。劉雲情緒好多了，喬風說，我再蹭蹭，也算幫你忙。劉雲叫，你趁火打劫呀！

第二天，劉雲帶回一袋鴨塊兒，說是乾瘦老太太給的。劉雲的憤怒早已無影無蹤，並且有些興奮。她說，老太太是不是有毛病呀，讓我給狗道歉，又給我東西，不要還不行。喬風問過期的吧，劉雲說我看了，沒有。本來我想扔掉，又想使這個氣幹啥，就拿回來了，還給你買了一瓶酒。兩人啃著鴨塊，不再提老太太，不再提那條狗，從來沒見過一樣。有些事，總能迅速忘掉。

幾天後，劉雲接到她哥哥電話，她母親一個月前去世了。哥哥本來不想告她，想來想去覺得不安，但一再囑咐她不要回去。劉雲哭

哭啼啼收拾東西，說母親不在了，她怎麼也得回去一趟。喬風提出陪
她回，劉雲遲疑，那個小區讓人占了咋辦？喬風說，我交了全年承包
費，別人占不了。劉雲說你還是別去了，喬風問為啥，劉雲說別問
了，似乎擔心什麼。喬風沒再說啥，出去買了兩張票。劉雲的眼神讓
他不放心，另外，他有一種迫切的願望：到劉雲村裏看看。他並不清
楚自己要看什麼，只是看看。

劉雲沒再堅持，但哀傷的眼裏多了一層陰影。

劉雲老家比喬風想像的要遠，而且路況極差。先坐火車後乘汽
車，再改搭三輪，最後要步行翻越兩座大山，中途還住了一夜。劉雲
說她十六歲才第一次走出村子，有人一生也沒見過村子外面的世界。
喬風說住這地方不憋屈死呀，劉雲說住習慣也會喜歡，她是個例外，
自父親逼她跟了那個男人……劉雲沒往下說。自接到哥哥電話，劉雲
總是欲言又止。翻過最後一座山，正是午後，劉雲指著山腳下的村子
說，那就是。眼角閃爍著淚花。喬風想起自己回家的感覺，亦是滋味
複雜，不同的是劉雲的村子還在，他的村子沒了。急匆匆趕來，沒幾
步路了，劉雲卻停住，說歇歇，天黑再進村。喬風聽她話裏有話，問
為什麼。劉雲不說，手指狠狠搓著一枚石子，臉微微漲紅。喬風催問
半天，劉雲道出隱情。她和男人離婚，不能回村了，不然男人會打斷
她的腿。哥哥就是怕她回來，所以母親去世才不告她。喬風氣乎乎
地，還沒王法了，憑什麼怕他？劉雲說男人家族勢力很大，她離婚跑
出去就是萬幸，沒必要逞能，雞蛋碰石頭。喬風按住性子，劉雲面對
的是一個家族，他也只能裝裝樣子虛張聲勢。喬風抓住劉雲的手，劉
雲的村子雖在，但已經不屬於她。

天色暗淡，兩人摸進村子。劉雲哥哥竹竿一樣，瘦長瘦長的，左
臉趴一道暗疤。劉雲進屋，他兩眼亮亮的，咋？回來了？隨後臉色沉
下去，目光也兒了，誰讓你回來的？劉雲說自己必須回來，並介紹喬
風。他瞪喬風一眼，極不友善。劉雲說，我都快餓死了，一會兒再訓
我。哥哥沒再說話，返身把門關了。

飯後，哥哥再次責備劉雲。劉雲說，就是死也得回來看看，我也想你們。哥哥問，沒碰見人吧？劉雲搖頭。哥哥問準備待多久，劉雲說路上就走兩天。哥哥說，看看就行了，還是早點兒離開。劉雲問他臉上的疤怎麼回事，哥哥往後撤撤，隨後輕描淡寫地說，和人打了一架。劉雲問，是不是他？哥哥頓頓，搖頭。劉雲叫，一定是他！哥哥說，過去了，莫再問了。劉雲啜泣，是我連累你。哥哥說，哭啥？劃個印，幾天就好了。一直沉默的喬風遞過一支煙，哥哥接住，問，北方人吧？喬風說是。是那晚唯一和喬風說的話。

　　第二天，喬風醒來，身邊已經空了。劉雲上山了，晚上才能回來。昨夜她一再囑咐喬風，只能在屋裏待著，哪兒也不能去。喬風沒看見劉雲哥哥，顯然陪劉雲去了。劉雲嫂嫂面相蒼老，不大言語，眼神卻機警，只要喬風走到門口，她就咳嗽。喬風想在劉雲的村裏走走，想知道在別人的村莊行走是什麼感覺，如果沒有監視，他或許會冒一次險。此時，只能從窗戶望著外面。

　　哥哥不到中午就回來了，劉雲依然是天黑透進屋。她的眼睛腫得老高，散亂的頭髮沾著草屑。喬風甚為心疼，當她家人的面不敢有任何親昵表示，拽了毛巾給她。晚飯比昨日豐盛，哥哥還拿出酒。喬風後悔沒帶兩瓶酒來，這地方的酒怕是稀缺貨。哥哥看喬風的眼神不像昨日那麼冷了，舉杯間，說我就這麼個妹子，你要好好待她。喬風頻頻點頭。劉雲也喝了點兒。明早就離開了，這是在家的最後一個夜晚，她很傷感。喬風勸，什麼時候想回來，我再陪你。哥哥馬上說，還是少回來吧。

　　喬風沒有深想劉雲的憂傷，只當離別的緣故。劉雲讓喬風早點兒睡，她要和哥哥說話。沒一會兒，喬風聽見劉雲和哥哥爭吵起來，聲音很低，但很激烈。喬風正要起身出去，劉雲衝進屋，撲到床上，抽泣不止。喬風問話，她也不理。片刻哥哥出現在門口，說，你不怕，我有啥怕的，依你就是。喬風聽不懂他的暗語，一夜沒睡好。

　　天濛濛亮，哥哥送喬風上路，喬風見劉雲不隨自己走，急了，問她怎麼回事。劉雲讓他在路上等，她隨後趕到。喬風還想問，劉雲大聲

說，不關你的事，你別問了。喬風深深看她一眼，跟哥哥出門。走在街上，喬風心神不寧，問哥哥到底咋回事。哥哥說劉雲非要看看她的孩子。出了村口，哥哥告訴喬風沿著路走，上山腰等劉雲。喬風走了幾步，見哥哥已經進村，便站住。他放心不下，決定就在那兒等。

天漸漸放亮，幾縷炊煙浮到空中。村子醒了，狗叫雞鳴，似乎還有孩子的哭鬧和老人的咳嗽。儘管置身大山中，這一切還是熟悉的。如果細辨，還能聽出水桶的磕碰聲。只是喬風難以靜心，他拽長脖子，緊張地盯著村口。

目光酸得要碎裂時，忽然聽見一片嘈雜，喬風的心頓時懸起。

幾分鐘工夫，奔跑的劉雲闖入喬風視野。吆喝叫罵追在劉雲身後。劉雲揮著手喊，跑呀！喬風邊跑邊回頭，追劉雲的是三個男人，手裏操著傢伙。待劉雲追上，喬風才甩開大步。喬風怕甩下劉雲，跑了一會兒竟然趕不上劉雲。狂奔中，劉雲牽了他的手。喬風沒想到劉雲跑這麼快。

翻過第一座山，劉雲說沒事了，慢下來，喬風腳一軟，幾乎癱了。劉雲說不能停下，硬是拽喬風慢慢走了一段。水澆了一般，兩人看著對方的狼狽相，不約而同笑起來。劉雲的眼淚隨後滾出來。眼淚汗水塵土混在一起，劉雲的臉地圖一樣花花哨哨。喬風抹抹她的臉，問她看見沒。劉雲哽咽點頭。喬風吁口氣，雖然有代價，還是值的。

兩人又在來時的旅店住了一夜。半夜時分，劉雲忽然跪起，問喬風是否願意和她過下去。喬風說怎麼了，劉雲咄咄逼人，是，還是不是？喬風說當然，這還用問。劉雲說我要生個孩子。喬風說這個……劉雲截住他，不管不顧地說，我要生個孩子，一定要生。喬風說隨你，劉雲急不可待地說，現在，從現在我就要懷。劉雲瘋了一樣，和喬風不停地折騰。

回趟村，劉雲就中了魔咒一樣，粗暴而霸道，甚至一些小事，也控制不住發脾氣。脾氣來的快去的也快。暴風雨一過，她又極其柔順，像一塊膠，總粘喬風身上。喬風上趟廁所，在外面多站會兒，她也會出

來尋。她的樣子可憐、無助。喬風非常內疚，似乎她的不幸都是他造成的。那麼他呢？她不能回村，他則找都找不見了。這麼一想，喬風覺得兩人也算兩清，沒必要追究誰的不是。她是他的稻草，他也是她的稻草，兩根稻草撐在一起，日子才像日子。

劉雲還變得多疑。在那個旅店，她道出生孩子的願望，他以為她不過心血來潮。但很快，他看出她確實想生個孩子。喬風何嘗不想，只是他考慮得比她多。生孩子意味著她將丟掉差事，養家的擔子會落他一人頭上。他不怵，但日子會清苦許多，她是否受得了？還有一點兒，是無望中的希望，是希望中的擔憂，若有一天，他尋見秀珍及女兒，或她們找見他，他怎麼面對？喬風不能和劉雲說這些，卻一再提醒，你想好了？拿定主意了？劉雲深深點頭，還開玩笑，這片地別看小，肥著呢，你就使勁兒撒種吧。可忽然間，她會盯住喬風，問喬風什麼意思。喬風說沒啥意思，你想周全就好。劉雲說，我沒問題，就怕你⋯⋯你不會丟下我跑了吧？喬風說，除非你趕我。喬風的保證並沒有讓劉雲踏實，她不時警告，你可不能丟下我跑了。

若以前只是過日子，現在的日子則有了新的內容和方向。喬風感覺到重壓，不再犯迷糊，發愣怔，似乎勾回了魂兒。白天不開小差，夜晚卻管不住了。熄燈後，大汗淋漓地耕種過，秀珍、女兒、村莊不可阻擋地飛進腦中。很邪門兒的，過去的事，甚至他早已遺忘的事，都會湧出來，清清楚楚，歷歷在目。那年夏天，家裏半大的豬跑出去，不知進了誰家菜地，回來身上多了三個血窟窿，一看就是人桀的。秀珍一改往日的老實，站在門口大罵。後又去街上罵。其實，那麼幾戶人家，躲地窖裏也能聽見。從下午罵到晚上，喬風讓她回家，她不回。喬風踹她幾腳，硬拖她回去。喬風沒有後悔過，現在卻後悔。一次趕交流會，他和秀珍各要一碗涼粉，看鄰桌上了盤豬肉，他也想要一盤，秀珍反對。鄰桌男人看他一眼，那種眼神令他惱火。他要了一大盤，秀珍不吃，他說不吃拉倒，埋頭吃得乾乾淨淨，盤子下的蒜末也舔乾淨。怎麼就沒給秀珍留點兒？如果他說句軟話，她肯定會吃。後悔的事很多，但喬風想的

最多的還是初婚的夜晚，那個讓他難過和慍怒的發現。那是他背離她、安慰自己的理由和藉口。此時，喬風反覆回想，對自己的判斷產生了懷疑。是不是那樣呢？真是那樣嗎？他怎麼懷疑這個？依然回答不上。

喬風的腦子在紛亂中進入夢鄉，回想和夢攪在一起。他在荒漠中行走，又饑又渴，精疲力竭，眼前忽然出現一個村莊。他認出是自己的村子，不明白村莊為何跑到荒漠，他又驚又喜，奔過去，敲自家門。怎麼都敲不開，又去敲別人的門，還是不開。又一日，他站在鴛鴦湖邊，茫然四顧，忽然看見秀珍。她騎一頭豬，在空中飛行。他認出是那頭扎了窟窿的豬。他激奮地向秀珍說著，秀珍冷冷盯他一會兒，一言不發飛走。喬風追逐，撲到劉雲身上。

喬風不敢和劉雲說自己無休無止的夢，但憋心裏又極其難受，便想找吳大愣。他說去吳大愣那兒，劉雲警覺地問，幹嗎？喬風說去坐坐，有些日子沒見了。劉雲說喊他過來不行呀？喬風說，老讓他跑也不合適。劉雲讓他快去快回。喬風說放心吧，我想住那兒，吳大愣也不幹。劉雲瞪他，啥心都有。

8

吳大愣看見喬風，甚是吃驚，你怎麼來了？喬風說，咋？看見我害怕？是不是幹了見不得人的勾當？……不見那個安徽女人，喬風問，人呢？吳大愣努嘴，隔壁串門。喬風哦一聲，我還以為你給賣了呢。吳大愣沒理會喬風的玩笑，問，你是不是聽說了？喬風反問，聽說什麼？吳大愣寡寡地說沒啥沒啥。但吳大愣的神情已引起喬風懷疑，問到底怎麼回事。吳大愣說我下午剛聽說，正琢磨該不該告你，你就來了，我先去買兩瓶酒。喬風一把拽住他，說已經戒了。吳大愣斜他，戒色沒？喬風說劉雲想生個孩子。吳大愣恍悟，我說呢，你咋能戒酒？看來這個女人要和你紮根了。喬風盯住他，聽說什麼了？急死我呀！吳大愣說隨口一說，你可別當真，三言兩語講了。喬風愣怔

半晌，真這麼說的？吳大愣說，信口說說，哪有真假？喬風神情凝重了，他沒必要騙你，我想是真的。吳大愣說，也許只是玩笑，我明兒再問問。喬風說，一定要問清楚。吳大愣說，行，沒影兒的事，你別激動，就是真的咋樣？四川女人打算懷你的孩子了，你可別把抓在手裏的日子毀了。喬風當然不會，但這是好事不是？像吃了興奮劑，坐不穩站不住，兩眼放光。至於找吳大愣的初衷，早忘了。

安徽女人回來，喬風告辭。喬風慢騰騰的，腦子被吳大愣的消息脹滿，整個身子都沉甸甸的。他目光虛飄，沒看見路口的劉雲，就要錯過去了，劉雲喊他。喬風驚問，你怎麼在這兒？劉雲反問，你說呢？喬風埋怨，黑天半夜的，你一個女人跑出來，遇到壞人咋辦？劉雲說，你還想我呀，我不喊你，你不定跑哪兒去了。喬風說，我只顧走路了。劉雲氣乎乎的，我還當你眼睛長毛了。

喬風看看掛鐘，他出去也就兩小時。問劉雲為啥不看電視，劉雲說你不在，我哪有心思看？劉雲突然加深的依戀，喬風感動而又緊張。劉雲似乎沒有錯，喬風更無意挑她的錯。喬風哄她，她還是冷著臉。那麼只有熄燈了，劉雲不拒絕他的身體，他是個勤勞的農夫。但劉雲推開他。

還生氣呢？來，擰兩下解解氣。喬風又拱拱。

你去吳大愣那兒幹啥？劉雲冷不丁問。

喬風說，坐坐唄，還能幹啥？

劉雲問，幹嗎不帶手機？

喬風哎呀一聲，我走出老遠才想起來。

劉雲問，故意不帶的吧？怕我找你？

被劉雲看穿，喬風緊張得腦門都熱了，但口氣很硬，說哪兒的話？

劉雲說，還賴？我看你狐三鬼四的，瞪著兩眼看不見我，背著我幹啥了？

喬風說，那麼一會兒我能幹啥？我還能幹啥？你咋懷疑我？

劉雲說，沒鬼你急什麼？

喬風聲音粗了，我有鬼，行了吧？

靜默幾分，劉雲說，我也不知咋搞的，白天幹活不覺得，晚上看不見你，心裏老是慌。

喬風緊緊抱住她。一個男人盼的是什麼？

劉雲半是撒嬌半是警告，可不許丟下我。

喬風說，還怕你丟下我呢，我一個收破爛的。

後來，他們用動作代替了言語。

第二天下午，喬風去了菜市場。吳大愣說晚上再告訴他，可喬風等不及了，心裏像燃了火，要烤乾他。他要親口問問。他對劉雲的誓言是真的，老天作證，她把自己交給他，他怎能不把自己交給她？如他自嘲的，他一個收破爛的，奢望什麼？但是，他忘不了打算離婚的秀珍，忘不了女兒，忘不了突然消失的村莊，聽到關於一棵樹的消息，他怎會不燃燒？

這個鐘點，菜市場冷冷清清，喬風老遠就聽見吳大愣的笑聲。吳大愣光膀子和人甩牌，喬風拍他一下，他扭過頭。吳大愣剛說個我字，喬風便打斷他，帶我去！吳大愣丟了牌，嘰咕，你這個樣子嚇人呢！

喬風見到那個煙攤兒主人，四十幾歲，暗黃臉，煙熏過的樣子。可能是喬風過於嚴肅，暗黃臉不悅，我咋覺得像受審呢？吳大愣忙說，老兄，沒別的意思，他是急性子。暗黃臉問是仇家？仇家還是找公安，我見過一個尋仇的，一輩子都耗這上頭，也沒什麼結果。喬風說不是。暗黃臉說，那就是鄰居，欠你錢了？喬風按著性子說，也不是。暗黃臉沒再問。他確實是從牛城來的，確實在牛城見過一個自稱來自一棵樹的鞋匠。不過，暗黃臉語氣一轉，我不過隨便一問，他隨便一說，至於他說的真假，我就不曉得了。喬風問了詳細地址，又問那人長相，暗黃臉描述，喬風和吳大愣面面相覷，無法斷定是誰。

我要去趟牛城。喬風說出自己的決定，吳大愣盯住他，你沒瘋吧？真假還不一定呢，就算真是一棵樹的，同名的多了去了，咋能肯定就是咱們的一棵樹？喬風說去看看不就清楚了？好容易有個線索，

不能斷了。我還打算讓你跟我一塊去呢。吳大愣搖頭，我去不了，你也沒必要去，那個女人都要懷你的孩子了，你折騰啥？弄來弄去，我看你兩頭竹籃打水。喬風痛聲道，不去我不安生呀。說了自己噩夢連連。吳大愣說，好像我的心是石頭，不是啊，我也做噩夢，醒來就丟一邊了。丟不開夢，是和自個兒過不去。喬風說，沒辦法，我就這命。吳大愣問，劉雲那兒怎麼交待？喬風輕輕說，還沒想好。吳大愣說，過去對秀珍撒謊，現在對劉雲撒謊，走一圈兒又轉回來了。喬風愣怔片刻，有氣無力地說，我也不想這樣。

去牛城的藉口還是受了暗黃臉的啟發。喬風沒當劉雲面說，怕她阻攔，怕她戳穿。拖了兩天，劉雲上班期間，喬風急惶惶地打電話，說村裏一個人欠他三千塊錢，聽說人在牛城，他必須去一趟。劉雲不好在電話中細問，這麼急呀？現在就走？喬風說，夜長夢多，我快去快回。喬風想起吳大愣說的話，他並不是一個慣於撒謊的人，只能如此。

喬風乘的是帶臥鋪的長途大巴，車內溫度高，有股發酵後的氣味。睡在喬風旁邊的女人從上車就捂個大口罩。喬風想，出不上氣，不會比嗆著好多少。司機強調不許吸煙，喬風只好把煙放在鼻子下，抵擋著雜味入侵。喬風是下鋪，上鋪是個青皮。青皮坐喬風鋪上就一條雞腿喝啤酒，問喬風不躺吧，喬風說你喝你的。青皮喝完，抹抹嘴爬上去。喬風正要躺下，強烈的臭味幾乎將他掀翻。是青皮的鞋子。喬風和青皮說，青皮說那我擱哪兒？青皮態度粗硬，喬風閉嘴。出門在外，少說為佳。有人丟過塑膠袋，喬風把青皮的鞋套住。

雖說發生了小小的不快，喬風心情並未受影響。喬風像去約會，難以抑制想像的興奮。原以為全村人和村莊石沉大海，可突然間有了信兒。儘管喬風判斷不出那個他是誰，只要是一棵樹的就好，他可能揣著喬風渴望知道的消息和秘密。不管是怎樣的，知道總比蒙著強。

傍黑，大巴停在一個飯店門口。走得匆忙，喬風沒買吃的。飯店的飯是現成的，米飯，二十塊錢一份。喬風到旁邊的商店買袋麵包，好歹把肚子哄一下。車出發，已看不到外邊的景色。莫名其妙的，喬風情緒

低落下來。不知去牛城結果如何,他能否見到那個一棵樹的人,能得知什麼消息?紛亂的目光在車廂窒悶的擠壓中,漸漸柔軟而憂傷。

喬風也印製過名片,挨樓道塞,有時業主想賣什麼東西就撥他電話。接到那個電話時,外面下著雨。敲門前,喬風往腳上套了塑膠袋。門打開,喬風驚呆了,竟然是秀珍。喬風叫,你怎麼到這兒了?秀珍說怎麼是你,不賣了不賣了,啪地合上門。喬風在呼喊中驚醒。喬風坐起來發了會兒呆,慢慢躺下去。真是荒唐……在這些怪夢中,秀珍總是冷著臉,一言不發。是恨他吧?她更拗了。

車到牛城,天還沒亮,昏暗的燈光中,賣早點的已經在吆喝。喬風喝一碗粥,吃了數根油條,向攤主打聽東風街。攤主說東風街遠著呢,走路起碼得三小時。喬風問東風街是不是有個河岸市場,攤主說那就不清楚了,牛城這麼大,我哪知道那麼多?喬風想起在鄉村詢問一棵樹去向的經歷,啞然失笑。

幾經周折,終於找見河岸市場。看來,暗黃臉不是胡說。喬風先看見一個男鞋匠,不遠處還有個女鞋匠。喬風打量一會兒,並不認識。喬風在男鞋匠前蹲下,問,你是不是一棵樹的?男鞋匠一臉疑惑,什麼一棵樹?喬風說,我有個同鄉在河岸市場釘鞋,他是一棵樹的。鞋匠說我不知道什麼一棵樹兩棵樹,只知道釘幾個釘子。喬風問他哪裡人,鞋匠得意地說牛城,喬風又問他在這兒釘鞋多久了,鞋匠說二十年了。喬風起身,到女鞋匠那兒,打聽是否有來自一棵樹的鞋匠。女鞋匠問一棵樹是什麼地方,比牛城還大?喬風說是個村莊,女鞋匠不屑地笑笑,你去找算命的問問吧。喬風說,他就在河岸市場釘鞋。女鞋匠說市場兩個口呢,你說的是哪個口?

另一個出口果然還有鞋匠,但喬風不認識,那幾個鞋匠也沒聽說有來自一棵樹的鞋匠。喬風懵了,難道暗黃臉記錯了地方?或者胡說?他沒必要設這樣一個騙局。情急之中,喬風打吳大愣電話,找暗黃臉證實。暗黃臉說我怎麼知道?他長著腿呢,未必拴在那兒!喬風瞅著一張張陌生的面孔,滿目茫然。

喬風走完東風大街，又轉到別　找遍整個牛城，也未必有結果。

喬風失魂落魄，踏上返程。一棵樹不得不擱置一邊，得琢磨怎麼向劉雲圓這個謊。不安和歉疚從心頭湧起，絲絲縷縷，滴滴噠噠。不同的兩個女人，不同的兩棵樹，在喬風心裏結的卻是相同的果實。

分別了幾天，兩人卻像新婚夫婦一樣，看對方的眼神是滾燙的，粘稠的。喬風說白跑一趟，劉雲未作任何評價。喬風想，好歹蒙哄過去了。夜晚，正式審訊才拉開帷幕。

劉雲似乎不經意的，偶然的，那個人叫什麼來著？

喬風咯登一聲，裝出糊塗樣兒，哪個人？

劉雲聲音拉長，欠你錢的人啊。

喬風作恍悟狀，趙寬。

劉雲問，欠多少？

喬風說，三千。

劉雲問，以前咋沒聽你說過？

喬風說，一直沒他信兒，我以為沒指望了。

劉雲問，什麼錢？

喬風說，幾年前，趙寬賒我一頭牛。

劉雲問，你怎麼知道他在牛城？

喬風說，打聽到的，可能他躲了。

劉雲冷笑，編的吧？

喬風說，我又沒瘋，編這個圖啥？喬風裝出十分生氣的樣子。只有這樣，他才可能過關。果然，頓頓，劉雲說，我不是不信，你離開我心裏慌。喬風說，三千夠一年房租呢。劉雲服軟，好吧，算我不對。

喬風沒把牛城和牛城現身的自稱一棵樹的人逐出腦子，當然並不打算再去牛城，他們像一口生銹的古鐘，偶爾在腦裏撞擊一下，提醒曾經和現在的存在。生意不錯——如果收廢品也算生意的話，忙碌中日子過得總是很快。不是所有人都能包一個小區，散兵遊勇到處都

是。喬風防止別人偷襲自己的地盤，又伺機在別人地盤叼一口，辛苦了許多。當然，不管怎樣辛苦和勞累，他也要配合劉雲。那是她的願望，也是他的願望。

直到接到老孟的電話。喬風差不多將老孟忘了，愣半天才醒過神兒，霎時火一樣燃燒起來。

9

這次去的是嘎城。嘎城某建築工地發生一起事故，一個架子工從高空墜地身亡。建築方處理後事遇到困難，聯繫不上死者家屬。死者生前多次說自己來自什麼地方，於是建築方求助營盤派出所確認死者身份。老孟便給喬風打電話，並說給路費和適當的誤工費。喬風和劉雲說了實話。

老孟由營盤走，喬風從皮城出發，兩人約定在嘎城匯合。和去牛城不同，喬風的心極為沉重。不僅因為那個一棵樹的人已經死亡，還因為老孟的話。你代表的是一個村莊，老孟的話如珠子擊著喬風耳膜。去嘎城辨屍是不可推卸的責任。如果此前喬風只感覺一棵樹對自己的重要，現在喬風也意識到自己對一棵樹的重要。喬風絕無榮耀感，籠罩他的是辛酸和憂傷。

老孟先到一步，在火車站接他，喬風受寵若驚，孟所長，你怎麼親自來了？老孟開玩笑，你親自來了，我不得親自接呀。上車，喬風問，現在就去？老孟說累了吧？先歇歇。喬風忙說不累。喬風不由自主地急躁了。老孟說到這兒就得聽他們安排，放心，少不了你誤工費。喬風辯稱沒那個意思。老孟把喬風帶到一家豪華賓館，喬風走進裝飾氣派的房間，不安地問，住這兒？老孟說我在你隔壁，一會兒喊你吃飯。喬風沒住過這樣的房間，這兒摸摸那兒瞅瞅，然後在鏡子裏久久凝視自己。家裏有鏡子，喬風很少照，此時看著鏡子裏那個人，有種不真實的感覺。那個人是他嗎？

中午陪老孟、喬風吃飯的，一個是嘎城的公安，一個是包工頭。包工頭不是想像中的肥頭大耳，小眼睛尖下巴，臉上始終掛著笑，似乎刮都刮不掉。喬風等待包工頭或公安介紹那個摔死的架子工的情況，但兩人一直說別的。喬風不停地喝水，嗓子還是冒煙。他看老孟，老孟似乎不急。喬風幾次欲插話，都被包工頭截住，包工頭夾一筷子，這是嘎城的特色菜紅燒大腸，多吃點兒。

　　去殯儀館的路上，包工頭方說起死者。死者到他工地沒多久，當時正缺架子工，就留下了。死者一口很重的鄉音，包工頭沒聽清他的名字是楊子、梁子或強子。至於死者從什麼地方來，包工頭更不在意，他是從其他工人嘴裏瞭解到楊子、梁子或強子從什麼地方來的。老孟問，你們不登記？包工頭說，有時登記有時不登記，偏偏他就沒登記，不過，我的工地以前從沒發生過事故。

　　喬風看到躺在冰櫃裏的死者，儘管整過容，但面目模糊不清，根本無法辯認。幾個人都盯喬風，喬風心撲撲亂跳。他在腦裏費力搜刮、捏合，卻想不起與死者相近的人。喬風為難地看看老孟。老孟讓工作人員打開冰櫃。喬風往近湊湊，寒氣迎面撲來。盯半天，依然無法辨認。包工頭問，認識不？是不是你們村的？

　　喬風沒說是或不是，回答不知道。

　　老孟問，認不出來？

　　喬風搖頭。

　　包工頭說，那就不是嘍，如果是，你一定認識。

　　出了殯儀館，喬風問包工頭，工地在什麼地方。包工頭問幹啥，喬風說找那些工人問問。包工頭說既然不是你們村的，和你就沒關係了。喬風無言。晚上喬風沒跟他們一塊兒吃飯，他胸口被冷冰冰的東西堵滿。老孟說，也好，你自己隨便找地方吃一口，辛苦你了。再有一棵樹的消息，我會通知你。包工頭拿出一個信封，說是喬風的路費和誤工費。喬風不知這錢怎麼由包工頭出，看老孟一眼，接過來。回屋一瞅，整整一千。來回路費不過三百，那七百算誤工費。有點兒出乎喬風意

料，但喬風並不驚喜，錢有點兒燙，他幾乎捏不住。一個人傻坐半天，直到錢變涼，他揣進懷裏。沒偷沒搶，這是他應得的。仍想著冰櫃裏那個人，也許他永遠等不到家人了，家人也永遠尋不到他的蹤跡了。老孟說過，找不見家人就按無名屍處理了。

那是一個什麼樣的村莊呢？

很長一段時間，那個雪白的冰櫃躺在喬風腦裏，生了根一般，掀都掀不動。很長一段時間，喬風不得不歪著脖子，那是在豪華房間烙了一夜餅的代價。劉雲笑喬風沒享福的命，每天給他揉捏。喬風不辯駁。那個想法可能烙餅的時候就有了，只不過他當成自己的想像和夢魘。在歪著脖子走街串巷期間，在劉雲半嬌半嗔的揉捏中間，那個想法再次湧起。他看清了，明白了，但他說不行，毫不客氣，毫不留情。像什麼呢？像一個浮在水面的葫蘆，屢屢摁下屢屢冒出，而且他越用力，它的衝力越大。他被打敗，對手立在面前。

他想回村去，回到一棵樹。荒唐不是？可笑不是？瘋了不是？早這樣，還出來幹啥？在皮城立穩腳不容易，不只是時間問題。還有，劉雲和他不僅是同居關係了，而是沒領結婚證的夫妻。劉雲怎麼辦？丟下她？她一無所有，把希望全寄在他身上，他怎麼可以這樣？領著她？她會跟他回去嗎？他能給她什麼樣的日子？她不跟他回去，他一個人孤零零回來幹什麼？

喬風一次次質詢、說服自己，但毫無用處。他著魔一樣，一邊勸說自己，一邊在想像中瘋跑。那麼，還是和劉雲商量商量吧，看看她什麼意思。這一關難過，所以喬風遲遲沒有開口。

某個晚上，劉雲進屋就憤憤地罵，欺負人，真是太欺負人了，人有錢就不講理。那個乾癟老太太再次挑起是非，說劉雲罵她的狗，讓劉雲道歉，不然就讓物業辭退她。劉雲越說越來氣，她故意找碴，我憑什麼道歉？偏不！機會來了！！喬風說，人活一口氣，憑什麼受她欺侮，甭理她！劉雲問，她幹嗎這樣？我確實沒招惹她。喬風火上澆油，她是地主老婆啊？我敢說，你這次低頭，她下次還會找你麻

煩，她算瞄上你了。似乎澆錯方向，劉雲的火沒有燃得更大，反趨於
熄滅，口氣明顯弱了，我看她是寂寞，找個碴和人說說話。喬風冷言
道，有吃有喝寂寞啥？劉雲說，有錢人也可憐，別看她住那麼大房
子，出進就那條狗陪她，我從來沒見過她的兒女。喬風說，你怎麼替
她說話？劉雲說，其實她心挺好的。喬風看出劉雲已經妥協，怒衝衝
地制止，絕不低頭。劉雲擔心地問，辭了咋辦？喬風語速極快，辭
就辭了，大不了回老家。劉雲搖頭，說什麼氣話。喬風說，我沒說氣
話，我想好長時間了。劉雲盯住喬風，難怪……你真想回去？喬風鄭
重點頭。劉雲問，我怎麼辦？喬風說，跟我回去，村裏的日子也不
錯——劉雲打斷他，村裏好，當初跑城裏幹什麼？喬風說，當初是當
初，現在是現在，沒有比較怎麼知道？劉雲問，這麼說，你決定了？
喬風說，這不是和你商量麼？劉雲態度堅決，我不回，費那麼大勁兒
才跑出來。喬風問，你不願意跟我在一起？劉雲說，是你不願意跟我
在一起，我以為你能指靠呢，說那些話全是騙人的，我真是傻，還想
給你生個孩子。劉雲被抽空似的，歪靠在床沿，神情悽愴。喬風說，
我沒騙你，只是……怎麼說呢？我不是說這兒不好，可心裏亂得不
行。劉雲說，你非要回，我不會攔你。喬風問，哪咱們就分開？劉雲
說，是你要分，我不拴你。

　　喬風選擇沉默。他不敢說得太決絕，想法畢竟是想法，他自己也
很懷疑。更重要的，他不想和劉雲分手，不僅僅喜歡她，而且有一種
難以言說的依戀。

　　喬風挑起事端，自然主動平息。鬧彆扭對誰都不好，言語不投，就
讓身體說話。劉雲推喬風一把，別了，我懷了咋辦？喬風笑嘻嘻地，也
許早懷了。劉雲歎氣，讓你坑了，早知這樣，我不摘環兒了。喬風說，
我沒那麼壞，不是和你商量麼？劉雲說，壞又沒寫臉上。喬風耍賴，那
我就再壞一次。後來，喬風摸到劉雲的眼淚，說我不提了，別這樣。劉
雲說，你不提不等於你不想，我早看出來，你的心不在這兒。這麼下
去，你會出問題。喬風說，也許已經有了問題，我也不知道咋回事。劉

雲突然摟緊喬風，別甩下我，求你！喬風的心重重疼了一下，突然像劉雲一下淚流滿面，連說不會的不會的。

那就不提了吧。

如劉雲所言，不提不等於不想。兩人在對方心裏占著位置，早就如此了。可喬風不會因此把一棵樹逐出。劉雲自然瞧得出來。這次是劉雲主動提出，你實在想回，就回吧。喬風立即中套，問，你呢？劉雲說，我能養活自己，想找個男人也不是難事。喬風僵僵說，我不想和你分開。劉雲歎氣，天下沒有不散的宴席，咱倆怕到頭了。喬風搖頭，不，還是別提了。

吳大愣再次成為劉雲的說客。吳大愣似乎比劉雲還痛心，身在福中不知福，你他媽腦子真出了問題，去醫院瞧瞧吧，我只你這麼一個老鄉，你要是瘋了，我連個說話的人也沒了。吳大愣摸摸喬風的頭，你到底咋想的？是不是收破爛時間長了，腦袋全堆成破爛了？你掏掏呀？別把自個兒黴了。喬風訴說對秀珍的內疚，對女兒的思念，自己的恍惚，一次次的尋找，那個雪白的冰櫃。吳大愣說，我明白了，你受刺激了，不治還真是不行。喬風怒罵，你個驢，我說的你一點兒不懂？吳大愣毫不客氣，你才驢，我的話你懂多少？

喬風和劉雲爭吵，是因為劉雲要帶他去醫院。儘管她輕描淡寫，喬風的火還是竄出老高。顯然，這是吳大愣的餿主意。喬風不去，堅決不去。劉雲說，只是瞧瞧，你怕什麼？喬風惡惡地說，我瘋了，你想怎樣就怎樣吧。劉雲說，我是為你好。喬風說，我不要這個好！

冷了兩天。第三天晚上，喬風擋住看電視的劉雲，我有話對你說！

劉雲說，我也有話對你說。

喬風怔了怔，你先說。

劉雲說，你先說。

喬風說，不，你先！喬風意識到什麼，想起兩人在一起搭的日子，有些難過。

劉雲說，我去過醫院了。

喬風神情驟然抽緊。

劉雲說，我懷上了。

喬風眼睛瞪大，驚喜半天才撲出來，真的？

劉雲點頭。

喬風大聲說，太好了！

劉雲說，該你說了。

喬風遲疑一下，還是說了。他想回村蓋兩間房。劉雲用別樣的目光看著他，看來，你還是要回，什麼也拽不回頭。喬風強調，只是蓋兩間房。劉雲冷笑，你不回去，蓋房幹什麼？哄鬼也不信。喬風說，我琢磨了，必須蓋兩間房，這是為了咱倆的將來。你想想，這幾年咱倆搬了幾次家？拆一次搬一次。以後皮城的平房會全拆掉，到時候去哪兒住？樓哪住得起？所以現在必須準備個住處。蓋兩間房心裏踏實，算個退路。再說，過年過節回去也有地方住，不然就得住店。房子在那兒也是一筆資產。咱不可能在城裏蓋房，人總得有個自己的窩，哪怕是空的。這是喬風心裏話，這幾天他反覆思量，劉雲不跟他回，那他就蓋兩間自己的房。他必須尋個安慰。回與不回，是下一步的事。

劉雲目光慢慢縮回，若有所思。喬風看出她被說動，趁熱打鐵：你懷了，咱更得多一手準備，村裏蓋兩間房沒幾個錢。

劉雲問，一定要蓋？

喬風說，不做這個事，我的魂怕是真要丟了。

劉雲長歎一聲，好吧……小區那邊咋辦？地盤不會讓人搶了？

這也是喬風的擔憂，但他說得相當肯定，不會，我和物業簽了協議，不用多久我就回來。

兩天後，喬風回到營盤鎮。七月份，正是旅遊旺季，鴛鴦湖到處是人，當地攬生意的，外地遊人。湖面是衝浪的快艇和輕搖的小舟，湖邊則是卡丁車和驢馬世界。一個婦女追著喬風，勸說喬風騎她的馬。她說別人一小時三十，我收你二十。喬風再三說不騎，婦女咬著他不放，追出足有二里地。喬風說，你甭浪費時間。婦女說，二十塊

錢大哥何必看在眼裏，這樣，我再添兩個油饃給你。喬風不解，婦女前後瞅瞅，往前挺挺胸，隨你摸。喬風愣愣，喝道，滾！婦女策馬離去，「瘋子」兩字在空中飄蕩。

喬風選好地址，買了頂帳篷，交了王老五打井的訂錢。第二天上午，王老五在「院子」裏打了一眼壓水井。白花花的水流出來，喬風眼睛濕潤了，捧著水猛喝幾口，把頭伸過去澆了個夠。下午，喬風去林場買了一棵柳樹苗，路過鎮上，買了一瓶酒，一箱速食麵和相關生活物品。樹苗細細瘦瘦，和村裏的古樹自是不能相比，但立在那兒，一個村子的輪廓就出來了。幾十年，上百年，一樣枝繁葉茂。喬風似乎望見了盤盤曲曲的枝條在空中伸展的樣子，它們越過村莊，越過湖水，越過田野，一直伸向遠方。喬風的眼睛放著紅光，誰能想到這是他種下的一棵樹？誰能想到這是一棵樹的枝條？他知道它是，就算戳到月亮上，它也是，它的根不會挪到別的地方。房子蓋好，喬風還打算立個村牌。

那天晚上，喬風異常興奮，幾乎把一瓶酒喝光。睡在自己家裏，醉了又何妨？暈暈乎乎，朦朦朧朧，喬風在如風的想像中倒地。半夜，喬風起來小解，回頭卻怎麼也尋不見自己的帳篷。怪了，他走出沒幾步，莫非帳篷會飛？不但帳篷不在，那棵剛栽的柳樹也沒了蹤影。怎麼回事？喬風拍著腦袋問，難道他沒睡在帳篷裏？

放眼望去，四野空空，唯有殘月掛在西天。

向陽坡

1

馬達並不知道那輛甲蟲一樣的轎車和他有某種關係。車經過馬達身邊，沒有放慢速度，嗖地射過去。泥漿跳起來，在馬達褲子上咬出一片片黑痕。馬達罵了句髒話。他身上常常髒兮兮的，有時臉上也趴著泥點子。泥土是啥？莊活人的一張皮，馬達從不因別人弄髒他的衣服而惱火。可那天馬達心情不好。他兩手空空，一無所獲。父親得了重病，一整天吭吭哧哧咳嗽不止。醫生說父親的病治不好了，想吃啥吃點啥吧。馬達問父親，父親說啥也不想吃。馬達明白父親的心思，怕馬達花錢。馬達買了一顆牛頭，兩副馬板腸，這是父親最喜歡吃的兩樣東西。吃了一半，父親死活不吃了，直到馬達答應不再買。馬達想讓父親吃肉，於是就去野外套兔子，運氣好還能撿到一兩隻凍死的半翅。可天氣轉暖，積雪融化，套兔子不那麼容易了。一連數日，馬達空手而回。

村長莫四上門，馬達正在吳小麗身上騎著。不是夜裏那種騎法，馬達收拾吳小麗呢。馬達讓吳小麗去鎮上買二斤牛頭肉，吳小麗問要是沒牛頭肉呢，馬達說那就豬頭肉，吳小麗問要是沒豬頭肉呢，馬達火了，說營盤鎮賣屁股的都有。馬達不用吳小麗了，自己去。吳小麗拿錢的工夫，馬達想法又變了。他聲音軟下來，一副商量口吻，乾脆買頭牛算了。馬達早就有這樣的念頭。趙老漢也得了重病，醫生說不過一年時間了，該吃啥吃啥吧。趙老漢一生節儉，捨不得吃捨不得喝，在世時間不多了，咬牙大方一回，把耕地的牛宰了。一頭牛吃完，趙老漢的病竟然好了，他後悔不迭，見人就叨念他的牛。馬達認為父親吃一頭牛也會好起來，可一直拿不定主意。吳小麗不同意，說沒這麼個學法，遭人笑話。馬達和吳小麗爭執起來，後來就把吳小麗騎在身下。馬達魁梧，吳小麗嬌小，那架式像一隻老鷹摁著一隻母雞。馬達扇了吳小麗一巴掌，吳小麗哭叫，你個蠻貨，打死我吧。

莫四罵，你個狗日的，又打人啦？馬達瞅瞅頭髮已經散開的吳小麗，迅速撤下。莫四問清原因，笑了，天下沒你這麼笨的學法，吃牛能吃好，還要醫院幹啥？馬達說，一頭吃不好就吃兩頭。莫四瞪他一眼，沒這麼個糟蹋法。吳小麗說，就算你買了，爹怎麼吃得進去？這是問題關鍵，吳小麗知道什麼話對馬達有效，剛才沒來得及說就被馬達摁倒了。

馬達勾了頭，斷了脖子似的。

吳小麗麻利地沏杯茶，村長你坐。莫四在馬達肩上拍拍，他比馬達矮許多，樣子很是滑稽。莫四說，你小子撞大運了。馬達的臉仍錚錚地硬，沒理莫四。但吳小麗聽清了，捅捅馬達，村長和你說話呢。莫四罵，媽的，你小子福分不淺呢。莫四罵著髒話，卻是喜氣的。馬達和吳小麗對視一眼，盯住莫四。莫四嘴唇鼓凸，總是半張著，一副咬人架式。嘴唇下面還趴著一顆黑痣，據說這顆痣再靠下點兒，莫四就不止是村長了。莫四罵，這麼大個村兒，大運偏偏撞你頭上，你得請我喝酒。

馬達急了，我聽不懂你的話，啥意思？

莫四嘿嘿笑了，喜氣從鼻孔嗖嗖往外冒。向陽坡有你三畝地是吧？一個老闆看中了，要當墓地呢。

馬達更急了，他憑什麼看中，我還要種胡麻。

莫四點著馬達，急啥？我還沒說完。莫四說，老闆已和他商談過，老闆佔用向陽坡的地方，作為補償，給馬達三千塊錢，老闆給村裏修一座橋。村裏從別處給馬達調三畝地。

馬達梗了脖子說，我不同意。

莫四被砍了一斧子似的，表情突然凝固，你說啥？你小子說啥？你沒瘋吧？

吳小麗緊張地看看馬達，看看莫四。村長你坐下說，馬達沒聽明白呢。馬達大聲說，我聽明白了，向陽坡的地肥著呢，我不換。

莫四冷笑，能有多肥？還能流出油來？給你三千塊錢呢，要是都換成十塊的，能把你眼睛數藍。再說，人家還答應修一座橋，多

少年了，村裏也沒一座橋，到雨季出不來進不去的。村裏的事，也是你個人的事，你給村裏修一座橋，向陽坡的地就留給你。

吳小麗附和，眼睛卻盯著馬達，是啊，是該有座橋，去年爹差點讓水卷走。

馬達聲音虛了，我捨不得啊。

莫四訓他，你以為那是你的地？說到底是村裏的，你牛個蛋，我是照顧你。後半截我還沒說呢，老闆要找兩看墓的，並負責種花值樹，每月一千塊錢。你兩口子願意，這差事就留給你們，要是不樂意，我就另找人。

吳小麗捅捅馬達，馬達眼睛也亮了許多。問，他說話算話？不會坑人吧？

莫四嗤地一笑，人家是老闆，有閒工夫和你玩？

馬達當即道，我聽村長的。

莫四和吳小麗都鬆口氣。莫四罵，你小子倒賣起乖了，沒利你能聽我的？

馬達嘿嘿笑，問老闆給什麼人選墓地，爹？娘？還是他自個兒？怎麼就看中了向陽坡？

莫四說，這和你沒關係，只要他給錢就行。

馬達想想說，那倒是。

莫四一走，馬達討好地衝吳小麗笑笑。馬達缺半顆牙，一笑那半顆牙就露出來。吳小麗白他一眼，不理他。馬達笑出了聲，可忽然頓住。他大步出去，將院門關住。然後，笑聲蹦出來，劈劈啪啪的，炒豆子一樣。吳小麗不笑，臉緊緊繃著，她記那一巴掌的仇呢。馬達再次頓住，這是真的？吳小麗罵他什麼，馬達沒聽清。吳小麗說，你不是不同意麼？差點讓你攪黃了。馬達嘿嘿。嘿嘿嘿。誰讓莫四賣關子呢？三千塊錢，馬達確實捨不得向陽坡。可每月給一千，就是另一回事。一月一千，一年就是一萬二。老闆讓馬達看墓，肯定不是一年，而是十年、二十年……馬達一輩子不愁吃不愁喝了。馬達當然高興。

莫四說的沒錯，馬達確實撞大運了。馬達差點錯過，但到底還是被馬達抓住。

吳小麗仍然沉著臉。馬達撲過去，將吳小麗扛起來。吳小麗捶他，大叫，放下！馬達不放，在地上轉圈。直到吳小麗說頭暈，馬達才停下。吳小麗臉漲得雞冠一樣，罵道，你個瘋子，害死我呀。馬達伸出手，拿錢，我要去鎮上。吳小麗狠狠拍在馬達手上，馬達那半顆牙又露出來。

馬達騎上那輛破舊的自行車，忽左忽右扭著身子。吹完兩支口哨，營盤鎮就到了。沒有牛頭肉，但豬頭肉多的是。馬達買了二斤，想想，又買了二斤。一份給父親，另一份給吳小麗。馬達沒像過去買了東西急急回村，他想在鎮上逛一圈。鎮上什麼都有，商店、肉鋪、音像店、裁縫鋪……經過二妹髮廊，一個女孩衝馬達招手。馬達慌了慌，低頭走開。馬達說的賣屁股，就是二妹髮廊。大板牙說二妹髮廊的女人睡一覺三十塊錢。大板牙是二妹髮廊常客。經過自行車修理攤兒，馬達問一個車鈴多少錢。修車師傅瞟一眼馬達的自行車，淡淡地說，你那車，要車鈴也沒多大用，馬達本來只是問問，師傅一說，他決定買，而且買倆。師傅怪怪地看著馬達，問，倆？馬達聲音梆梆硬，倆！左邊一個，右邊一個。師傅樂了，你說安幾個就安幾個。馬達腰板硬了，雖然錢還沒到手。

回村，馬達先去看父親。馬達想讓父親和自己一塊兒住，父親不同意，嫌不利索，馬達只好讓吳小麗一日三餐送過來。莫四曾經說過，別看馬達愣，在營盤村，馬達最孝敬。絕無一點誇張。不管多忙，馬達每天都看父親一趟，哪怕半夜呢。父親在磨一把剪子，磨幾下咳幾聲。馬達一把奪過來，磨它幹啥？你就不能歇會兒？父親說，不幹點兒啥，我心煩……你是不是去鎮上了？馬達遞過去，剛切好的。父親生氣了，我說不吃了嘛！之後一陣猛咳。馬達說，我有錢了，你隨便吃。父親狐疑地盯著馬達，你哪兒來的錢，不是……？馬達說，你想哪兒去了。便把莫四的話擇要說了。父親聽得都呆了，半晌才說，有錢也不能糟蹋。馬達點頭，我記著呢。

吳小麗吃了馬達買回的豬頭肉，臉色卻沒有鬆動。馬達脾氣暴，一吵架就控制不住動手。每次打完，馬達又後悔又心疼。馬達不會說好聽的，他的哄就是讓吳小麗復仇。扇吳小麗一巴掌，一定要吳小麗扇他三巴掌。吳小麗不扇，他就抓住吳小麗的手替她扇。扇了三下，吳小麗沒抽回去，馬達說，再扇幾下。吳小麗不幹了，我手疼。馬達說，那我替你扇。啪！啪！！吳小麗恨恨地罵，你個蠻子，那是臉，不是鐵皮！馬達愧疚道，我不是東西，該扇。吳小麗跺跺腳，再這麼愣，不和你過了。撲進馬達懷裏，邊捶邊罵，你個蠻貨呀。

　　馬達是有點兒蠻。蠻不是傻，是愣，或許有幾分莽撞的意思。馬達因為蠻才把吳小麗娶到手。吳小麗二十歲那年，忽然得了癔症。附在吳小麗身上的不是死去的村民，就是狐狸。吳小麗瘋瘋顛顛，說著奇奇怪怪的話。她確實有特異功能，如頭髮能垂直豎起，在兩米高的牆頭行走如飛。吳小麗家人放話，誰娶吳小麗，不但不要一分錢，還陪送一輛自行車。沒人敢想，馬達不怕。馬達正愁娶不上媳婦呢。吳小麗嫁了馬達，癔病不治而愈。村民感歎，蠻人有蠻福呀。

　　那向陽坡也與馬達的蠻有關。向陽坡有棵百年柳樹，先是一個姑娘因婚姻問題吊死在柳樹下，時隔一年，一個老漢因兒媳虐待也死在那兒。向陽坡成了不吉利的地方，誰也不願意要那塊地。馬達想，不就吊死兩人嗎？沒人要我要。現在城裏的老闆相中了向陽坡。蠻人有蠻福，這話真是不錯。

　　馬達和吳小麗在炕上折騰了半天。有什麼喜事，比如冬天套一隻兔子，夏天落一場雨，春天撿幾個野鴨蛋，秋天多打半袋糧，他倆都用這種方式慶賀，簡單快樂，從不覺單調。

　　馬達坐起來，問吳小麗喝不喝水。吳小麗搖頭。馬達跳下地，灌杯冷水，然後盯著吳小麗，目光如蜘蛛網，抖抖顫顫。吳小麗愕然，你怎麼了？馬達一本正經，我想和你商量個事。吳小麗說，怎麼吞吞吐吐的？馬達說，有了錢，我想買頭牛。吳小麗歎氣，不買牛，你非

得病不可。不就一頭牛嗎？你說買就買，你說宰就宰。這下行了吧？馬達叫我的好老婆呀，將吳小麗緊緊抱住。

睡到半夜，馬達忽然推醒吳小麗，莫四不會誆咱吧？

吳小麗呵欠連天，想什麼呢？……不會！

馬達問，老闆怎麼就相中了向陽坡？

吳小麗說，誰知道呢，老闆的心思咱摸不著。

馬達不踏實，他不會反悔吧？

吳小麗說，你今天怎麼了？還不如我呢。

馬達遲遲疑疑睡了。過了一會兒，吳小麗捅捅他，老闆真會變卦？

馬達愣了愣說，我是老闆肚裏的蟲子就好了。

2

第二天下午，莫四火燒火燎找上門，說老闆打來電話，後天就要下葬，一天之內必須把墓穴打好。興奮在馬達背上竄著，樣子卻顯得意外，墓也要我打？莫四說，有大板牙麼，不過一個墓四百塊錢呢。馬達吃了一驚，大板牙給人打墓也就幾十塊錢，外加一條煙。馬達說還是我打吧。莫四說馬達沒打過墓，如果願意，就和大板牙一塊兒幹，再說時間緊迫，必須兩個人幹。

馬達在村口等了好一會兒，才看見背著手的莫四和扛著鐵鍬的大板牙。大板牙好像剛剛睡醒，頭髮擠向一邊，五粒扣子倒有三粒繫錯，但他的眼神卻賊亮。他說馬達搶了他的生意，方圓附近誰都知道打墓是他大板牙的活兒。大板牙說的沒錯，可馬達不甘示弱，說誰也沒規定打墓只是他大板牙的，若不是看在鄉鄰份上，這活兒他自己包了。大板牙說馬達貪，占了天大便宜還不知足。馬達說，誰還嫌錢扎手？莫四插話，都閉嘴吧，沒那個老闆，甭說四百，四毛也沒有。

向陽坡其實是雞公山下一個緩坡，距路百十米的樣子。莫四在柳樹前來回丈量幾步，說就是它了。莫四一走，馬達便開始挖。挖了

一會兒，見大板牙不動，便說，你是幹活的，還是監工？大板牙說，急啥？怎麼也得抽支煙吧，給我娘挖墳我也沒這麼著急。眼瞅大板牙抽完兩支煙還不動手，馬達火了，你啥意思？大板牙這才不情不願地站起來。大板牙嘴不閒著，馬達，天下的好事讓你占盡了。馬達不理他。大板牙說，看不出呢，你有這樣的福分，當初向陽坡的地是分給我的，我沒要。這可是一步趕不上，步步趕不上。大板牙說，你得感謝我，要是我要了這兒的地，你就沒戲了。

幹了一會兒，大板牙把鐵鍬一扔，又坐著去了。馬達招呼他，他只是嘻嘻笑，直到馬達再次沉了臉，大板牙才說，說你彎，你真是沒心計，幹活不能太快，太快雇主以為容易，覺得錢花得冤枉。馬達說幹不完，一分也掙不上。大板牙嗤地一笑，這是什麼季節？地和女人的肚皮一樣軟，照這麼挖，天黑就幹完了，明天幹啥去？馬達說明天歇著。大板牙說，那錢你怕是拿不到，來，歇會兒，明天挖好就是。馬達被大板牙說動，跳到坑外。

晚上，馬達和吳小麗說起大板牙的話，吳小麗說是該多個心眼兒，又話中有話地說，可別啥也跟大板牙學啊。馬達提出改天請莫四吃飯，吳小麗說請就趁早。兩人商定，明晚就請。次日一早，馬達和莫四說了。莫四說，是該為你慶賀慶賀。

莫四到墓地查看，馬達和大板牙挖了約三分之二。莫四罵，挖個墓也磨洋工。馬達有點兒心虛，沒吭氣，大板牙一嘴理由，面上化了，下面還凍著呢，再說給老闆挖墓，得用心不是？莫四哼了哼，天黑前必須挖好。大板牙笑嘻嘻地問莫四能不能先付工錢。莫四生氣地說，你不想幹算球了。大板牙說驢拉磨還得添點兒草料吧？莫四罵了句什麼，掏出一百塊錢，頓頓，又掏出一張。

莫四一轉身，大板牙便衝馬達擠眼，怎樣，要是昨兒個就挖好，要錢得追他屁股後頭。馬達說少廢話，趕緊幹吧。大板牙忽然問，你是不是要請莫四吃飯？馬達甚是吃驚，你怎麼知道？大板牙嘻嘻一笑，我是什麼鼻子？請上我咋樣？馬達猶豫，大板牙說，不就多添一

雙筷子麼？馬達說挖完咱倆早點兒回。大板牙得了錢，晚上又有酒喝，一下起勁兒了。

大板牙直接跟馬達回家。大板牙是光棍，家裏沒啥惦記。吳小麗已準備妥當。桌上放了六個盤子。其中五個用碗扣著，另外一個是熏雞，油光鋥亮，看著眼饞。就要掙錢了，大方一次也值得。馬達讓吳小麗給父親送飯，他去請莫四。

馬達和莫四進門，眼球忽然凝固。沒想到大板牙先吃上了。酒已喝掉半瓶，熏雞也吃掉大半，只剩雞頭雞爪雞脖。大板牙邊嚼邊說，我實在餓了，先墊個底兒，坐呀，愣著幹啥？馬達罵，你就不怕撐死？莫四說，算了，酒席不分先後，不是還有菜麼？馬達把後邊的話咽回去，臉仍忿忿的。酒桌上的話題圍繞老闆和馬達。大板牙說老闆眼睛厲害，看出向陽坡風水好，從遠處看，向陽坡像一把椅子，他的後人可要發達呢。莫四似乎怕馬達後悔，忙說，那要看他的後人有沒有這個福分，沒福分也是白搭。大板牙說，那倒是，看是看不出來的，就說我，長得有福氣吧，可硬是打了四十年光棍，馬達面相上也看不出啥呀，白娶個老婆，現在又有人上門送錢，狗往糞堆上廁呀。莫四罵，你他媽又喝多了。

大板牙話糙，可馬達心裏美滋滋的。他瞟一眼吳小麗，再瞟一眼吳小麗。

馬達起了個大早。他要和莫四迎接老闆。對老闆是個哀傷的日子，可對於馬達，卻是一個節日。這麼想，似乎不地道，有點兒對不住老闆。馬達對著鏡子，端詳著自己的臉，他怕臉上露出喜氣，惹老闆不高興。他擺佈著各種表情，終於從中選定一種。誰說馬達粗？也有細的時候哩。馬達越來越感到老闆的重要，越來越感到自己的福氣是和老闆聯在一起的。臨出門，吳小麗叫住他，勸他換換衣服。馬達哦了一聲，他忽略了衣服的重要。他的褂子是綠色的，太鮮豔了，太惹眼了，老闆看見會不高興的。吳小麗在包袱裏翻了半天，找出一件黑夾克。馬達想，還是女人細心啊。

馬達在村口守著，不時朝遠處張望，莫四沒說老闆什麼時候到，只說個大概。馬達沒見過老闆，他一遍遍在腦裏勾畫老闆的樣子，可畫著畫著，就成了莫四。馬達只好塗了抹了，再勾再畫。牽著牛的福旺女人經過馬達身邊，問馬達等誰。顯然，福旺女人還不知道老闆佔用了向陽坡。馬達忽然想開個玩笑，說我在等你。福旺女人臉一紅，警惕地往四周瞅一眼，大聲道，你個蠻貨，膽子倒不小。馬達說，我也沒咋著你啊。福旺女人聲音放低，等我啥事？馬達說，我想看看你的牛。福旺女人呸了一口，卻沒一點兒惱的意思，啥便宜你也想占。馬達目光落在牛身上，真是想看看你的牛。福旺女人牽兩頭牛，一頭乳牛，一頭肉牛。福旺女人眼神怪怪的，果真是個蠻貨，腦子進水了？馬達正色道，我沒說瞎話，你的牛賣不賣？福旺女人說，賣，你給錢，我現在就賣。馬達說，我現在沒錢。福旺女人笑笑，知道你也沒錢。馬達覺出福旺女人的輕蔑，叫，你的牛我買定了，你必須賣給我。福旺女人嗍了一聲，憑啥呀？馬達說，我不會少給你錢。福旺女人似乎懶得再說，在牛身上拍了一下。馬達在心裏大聲說，媽的，老子買定了。

過了一會兒，崔杆子經過馬達身邊。馬達說，這麼早！崔杆子說，早也沒你早，看你兩眼放光，要發財了吧？馬達謙虛地擺擺手，窮命一個，發什麼財呀。崔杆子說，我早知道了，你裝啥？錢是你的，誰也搶不走。馬達嘿嘿笑。

老闆沒影兒，莫四也沒露面，馬達不免有些擔心，老闆別不是又選了別的地兒吧？這麼一想，心裏就亂了，塞了雜草一般。他拔腿往莫四家跑，在門口險些和莫四撞在一起。莫四忙問來了？馬達說沒。莫四罵，沒有瘋跑個鬼？我這身板哪撐住你撞？馬達問，這麼晚了，會不會有變？莫四被問住，沉吟著說，也倒是。又嘀咕，這事鬧的，修橋的人我都找好了。

馬達和莫四先在路口等，之後又到向陽坡下。脖子拽細了幾次，眼睛酸脹得泛黑光時，老闆來了。不，是老闆的車隊來了。

來了！馬達興奮地向莫四報告。其實，莫四已經看見。

來了！莫四也長長出一口氣。

有十幾輛車呢，前面的全是黑色轎車，後面是一輛白色麵包。馬達知道麵包車是拉棺材的，老闆在哪輛車就猜不出了。正想問莫四，莫四已快步撲過去。馬達立刻咬在莫四身後。

馬達終於見到了老闆，他略略感到失望。老闆不高，或者說有點兒矮。相貌也很一般，可以說一同來的哪個也比他俊氣。老闆眼睛又細又小，咋一看，還以為瞌睡著呢。莫四介紹了馬達，老闆碰碰馬達的手，目光便滑到坡上。馬達暗想，老闆怎麼會是這樣子？但馬達很快覺出老闆的不同，那些人和老闆說話都低聲下氣，小心翼翼。

幾個人從麵包車上抬下棺材，棺材通體漆黑烏亮，幾乎晃眼。馬達沒見過這樣的棺材，好像木頭的，又不像木頭的。馬達試圖幫忙，但扛棺的後生衝馬達做個拒絕的手勢，馬達便往後靠了。

上坡途中，不知老闆衝莫四說了什麼，莫四轉身就走。馬達問他幹什麼去，莫四嗚嚕一聲，等於沒說。馬達想，老闆肯定安排莫四什麼事了。莫四急惶惶的，沒准是老闆先前安頓的，他忘記了。馬達暗怪莫四，還村長呢，丟三拉四的。

棺材放到墓穴邊，那些人都看著老闆。老闆卻不理會，他凝望著雞公山，好一會兒目光方拉回來，在柳樹上停了停，爾後回頭搜尋著。他衝馬達勾勾手，馬達趕緊過去。此時，馬達看到的是一張悲傷的臉。

老闆問，你叫什麼名字？

馬達說，馬達。

老闆問，莫村長都跟你說了？

馬達說，說了。

老闆說，你給我看好了，記住了？

馬達說，記住了。

老闆說，讓我再看一眼吧。老闆聲音不高，有氣無力，顯然是對手下說的。其中兩人上前揭了棺板。

馬達往後退時，隨意往棺材裏瞟了一眼。他的目光突然被絞住，死死的，怎麼也抽不動。

棺材裏是一條狗！

一條大狼狗。它歪在那兒，樣子有些可笑。它竟然穿著衣服！準確地說，是穿了一身西服，脖子上繫了紅色的領帶，領帶下端還有個金色卡子。但馬達沒笑出來，他像一根木樁，戳在那兒。

棺材合上，馬達依然呆呆的，丟了魂一樣。

一頭大汗的莫四來了，手裏牽了兩隻羊。馬達攔住莫四，結結巴巴地說，是……狗。莫四像沒聽見，對老闆說，我牽來了。馬達把莫四拽到一邊，說，是條狗。莫四愣了愣，狗？馬達說，狗！……怎麼會是狗？莫四說，哦，是……莫四沒往下說，兩人同時被羊的慘叫吸引過去。

已經添土了，兩隻羊分別擠在棺材前後。它們大約明白了等待它們的是什麼，可掙扎不動，只是慘叫。

咩，咩，咩。

咩，咩，咩。

咩，咩，咩！

3

馬達說，是一條狼狗。

莫四說，哦。

馬達說，還穿著西服。

莫四說，哦。

馬達說，還戴著領帶。

莫四說，哦。

馬達說，還陪葬了兩隻羊。

莫四說，哦。

馬達問，怎麼就穿著西服呢？

莫四說，狗是人家的，想穿什麼穿什麼。

馬達問，怎麼就戴著領帶呢？

莫四說，狗是人家的，想戴什麼戴什麼。

馬達說，怎麼還要埋兩隻活羊？

莫四說，那是人家買的。

馬達問，買的就可以活埋了？

莫四說，說過多少遍了，你煩不煩？

……

馬達說，埋的是一條狼狗。

吳小麗說，哦。

馬達說，還穿著西服。

吳小麗說，哦。

馬達說，還戴著領帶。

吳小麗說，哦。

馬達說，還陪葬了兩隻羊。

吳小麗說，哦。

馬達說，怎麼就穿著西服呢？

吳小麗說，狗是人家的，想穿什麼穿什麼。

馬達說，怎麼就戴著領帶呢？

吳小麗說，狗是人家的，想戴什麼戴什麼。

馬達問，怎麼還要埋兩隻活羊？

吳小麗說，那是人家買的。

馬達問，買的就可以活埋了？你怎麼跟莫四一個腔調？

吳小麗說，你說過多少遍了，讓我說什麼？

馬達的目光像蛇信子一伸一縮，似乎要尋找一個目標。尋了半天，什麼也尋不到，蛇信子忽然就蔫了，如秋風裏的枯草。老闆說話算數，給村子拉來水泥，給了馬達一萬五千塊錢。其中三千是換地補償款，餘

下的是種植花草樹木的工錢。這是今年的，明年還要給。不錯，馬達撞了大運，可馬達高興不起來。不，是難受。心裏硌了什麼東西似的，不管睡著醒著，總感覺那東西堅硬的存在。他腦裏不停地晃著那條穿西服戴領帶的狼狗，耳邊卻是綿羊哀傷的叫聲。馬達沒了精氣神兒，被秋霜殺過的樣子。老闆派人送來松樹苗，送來花秧。馬達硬著頭皮和吳小麗栽完，不願再到向陽坡。不願再想。但不想是辦不到的，馬達像一隻昆蟲，被巨大的蛛網罩住。馬達憋得難受，想找個人說說，但沒人想聽他的，連吳小麗都嫌煩了。

　　吳小麗起床，馬達的頭還在枕頭上埋著。其實，他早就醒了。馬達好覺頭，吳小麗說他像豬，剛剛還在她身上趴著，往下一滑就打起呼嚕。早上還睡不醒，常常是吳小麗拽他耳朵或將濕毛巾捂到他臉上。現在他睡不踏實，往往吳小麗有了鼾聲，他還睜著眼。吳小麗沒扯他耳朵，也許，知道他醒著。吳小麗備好飯，拎著桶走了。他知道吳小麗澆花去了。從河裏打上水，擔到向陽坡上，很吃力的。馬達沒幫她，他實在不想去那個地方。當然，馬達也沒閒著，家裏的地總要弄。

　　馬達打算去地裏轉轉，他不想病漢一樣窩在家裏。不找莫四了，莫四嘴裏吐不出好東西。可聽到莫四說話，馬達就身不由己了。莫四的聲音像一根鐵鏈子，一步步把馬達牽過去。莫四正和兩個婦女說笑，不知莫四說了什麼，兩個婦女笑得前胸亂顫。一個說，莫村長，你可不許哄人家啊，另一個撇嘴，你甭信他，當官的有幾個說話算數？牽羊的時候說好給一千，到手就不是這個數了。馬達暗想，原來羊是秋山家的。莫四說，比你賣合算多了。秋山女人哼了哼，羊還要下羔呢，羔也要下羔。莫四說，按你這麼推，雞比鳳凰都貴了，要是……莫四看見馬達，表情突然僵硬，我還沒吃飯呢，匆匆走了。

　　馬達幾乎和莫四前後腳進屋。莫四上炕，沒理馬達。倒是莫四女人問馬達要不要吃一口，馬達搖頭。莫四不願聽，可馬達還是想說。馬達說，埋的是一條狼狗。馬達說，還戴著領帶。莫四砰地將碗摔在桌上，氣咻咻地衝女人吼，放了多少鹽？想害死我呀？女人慌慌地

說，也沒擱多少呀。莫四罵，你這娘們兒欠揍！不吃了！！莫四從另一個方向下地，甩給馬達一個憤怒的背影。

馬達半張著嘴，似乎噎住了，撐著了。馬達不傻，知道莫四躲他。莫四煩了，可他再煩也沒馬達煩。馬達並不想煩他，只想讓莫四給他整明白。

馬達在河邊尋見莫四。村裏建橋，莫四自然是監工。馬達沒有絲毫畏縮，徑直豎在莫四身邊。馬達叫，莫村長！莫四惱惱地瞪著馬達，忽然就笑了，你怎麼像個尾巴？我活四十多年竟然長出尾巴，媽的，我成猴子了。旁邊有人捧場，嘎嘎笑。然後，莫四指著遠處，你看那是誰？馬達順著莫四的手指，看見下游的吳小麗。莫四聲音很是不屑，讓女人幹活，你雞巴夢遊，還是不是男人？

馬達目光顫了顫，聽到體內有冰塊撞擊的聲音。他沒再說什麼，甚至沒看莫四，順著河沿向下游跑去。

吳小麗剛剛打滿水。她挖了個引流槽，將細瘦的河水引進槽內。馬達突然降臨，她稍感意外，你怎麼來了？馬達沒說話，從她手裏奪過扁擔。走了兩步，馬達說，你歇著吧。吳小麗還是跟上來。吳小麗步子歡快，似乎要說些什麼，瞄馬達幾眼，終是沒開口。

馬達多日沒到向陽坡了，呈現在他眼前的是綠油油的生機。小松樹長勢喜人，那些花也半尺多高了。週邊是樹，中間是花，看起來像個大圓環。馬達的目光在那個墳包停停，迅即扭開，似乎被紮疼了。他彎腰澆花，吳小麗在他背後說，就算不下雨，七八天也不用澆了。馬達想，她可真用心呢，種自己的地也沒像這樣。當然，馬達不怪她，為了錢麼。如果馬達有錢，才不會讓她侍候……一條狗呢。其實，侍候一條狗也倒好了，可埋在地裏的不是狗，是什麼？馬達說不上來。

馬達讓吳小麗在坡上待著，他一個人挑水。下去，上來，上來，下去。他身上藏了太多的勁兒，它們嗷嗷叫著，像一群快餓斃的猴子，不放它們出來，就會咬斷他的骨頭。吳小麗說行了行了，都澆透了。馬

達不聽，她搶，他甩開，他不能被咬斷骨頭。馬達不是走，而是飛了。
硌在心中的堅硬，也漸漸柔軟。向陽坡埋個狗又咋樣？穿西服戴領帶又
咋樣？陪葬兩隻羊又咋樣？不關馬達的事，去他媽的吧，只要掙上錢就
行。去他媽的，去他媽媽的。最後一擔，馬達挑上來半桶水半桶沙子。
吳小麗又是心疼又是責備，你這個蠻子呀，讓你氣死了。

　　晚上，馬達和吳小麗狠狠好了一番。從吳小麗身上翻下，馬達呼呼
睡了。吳小麗長長地鬆口氣，在馬達後背摸了又摸。睡到半夜，馬達大
叫一聲，吳小麗忙問，怎麼了，做夢了？馬達做噩夢了。夢見兩隻羊追
著他咬，羊長著鋒利的牙齒，像畫上的夜叉。馬達沒敢說，他羞於說，
他什麼時候怕過？吳小麗說，你累了。頓頓又說，我想起個事，你不是
想買牛麼？明兒買一頭吧。馬達幾乎忘了，他有這麼大一檔子事要辦。
他得為父親買頭牛，就算治不好父親的病，他也要試試。

　　馬達把福旺女人堵在門口，她正牽牛出去。馬達說，我來買牛
了。福旺女人眉開眼笑，馬達呀，聽說你發財了？爾後忽然繃臉，我
不賣，誰說我賣牛了？馬達一臉嚴肅，你說的，你答應過我的。福旺
女人似乎要笑，但半路收緊表情，那天我是想賣，今兒不賣了。馬達
抓住她胳膊，我買定了。福旺女人說，媽呀，在我家門口耍流氓。馬
達燙了手似地鬆開。福旺女人沒繃住，笑了笑。她說，沒見過你這號
人，幹嗎非買我的牛？馬達說，我買定了。福旺女人一副不情願的樣
子，你逼我賣，我就賣了吧。馬達問，多少錢？福旺女人說，一萬
五。馬達險些跳起來，這不是坑人麼？正好福旺出來倒水，馬達叫，
福旺，你女人獅子大開口，要一萬五，你說值不值？福旺甕聲甕氣
地，你倆商量，我不管。馬達暗罵，悶葫蘆！啥事都讓女人做主。福
旺女人問，你買不買，不買我走了。馬達問，不能再少了？福旺女人
很堅決，不能。馬達說，我買了。

　　吳小麗飯還沒做好，馬達已把牛牽進院子。吳小麗眼睛頓時瞪得
燈籠一樣。得知馬達一萬五買了福旺家的牛，吳小麗臉都青了，你怎
麼不搞搞？馬達說，我搞了，搞不下去，拿錢吧。吳小麗說，幹嗎非

買她的？馬達說，我相中她的牛了。吳小麗不知說什麼好了，你這個呆子呀。她還是給馬達拿了錢，她攔不住他。吳小麗氣乎乎地坐了一會兒，慢慢釋然。馬達高興就好，她想。

馬達讓吳小麗放牛，他去找崔杆子。崔杆子是鎮屠宰廠臨時工，殺牛殺羊殺駱駝，沒他不敢殺的。難得崔杆子在家休息，馬達講了宰牛的事。崔杆子說，趙老漢也許是誤診，跟你爹的情況不一樣，還是買點藥吧。馬達執拗地說，藥不管事，只能吃牛了。崔杆子歎口氣，一條道偏走到黑，我看你是錢吹的。崔杆子讓馬達準備醃肉的缸，準備好他就動手。

馬達不再想那條戴領帶的狼狗，所有心思都用在殺牛上。他和吳小麗把兩個菜缸騰空，怕不夠，馬達把父親屋裏的半大缸也扛過來。父親問馬達做啥，馬達說等秋天醃菜。馬達沒敢說實話，不然，父親肯定攔他。父親很少出門，等他知道，馬達這邊也利索了。牛宰了，不吃也得吃了。但村民都知道馬達要宰牛，大板牙問馬達要不要幫忙。馬達斜他一眼，你那身板，幫不上的。大板牙笑嘻嘻地說，那我去看著叔吧，小心他來搗亂。馬達警惕地說，你別出妖娥子啊……你還是過來吧。大板牙說，這就對了嘛，我能吃成多少？

秋山女人在路上攔住馬達。她說，我等你半天了。馬達說，我也正要找你。秋山女人好奇地問，找我？幹啥？馬達說，我夢見你家的羊了。秋山女人咯咯笑起來，胸脯依舊亂顫。她說，真是好笑，夢見我家的羊了？馬達一點不覺好笑，認為有必要告訴她真相，就說羊被活埋了。秋山女人輕描淡寫地說，埋就埋了唄。馬達問，你不心疼？你真夠……心硬。秋山女人說，牲畜生來就是宰了吃肉的，你不是也要宰牛麼？馬達正色道，宰和埋是兩碼事。秋山女人不耐煩，都是個死，有什麼不一樣？不和你較真了，賣我一顆牛心。秋山女人說她總是心慌，想吃個牛心補補。馬達不賣給她，誰讓她心那麼硬呢。秋山女人往前湊湊，賣不賣？馬達硬硬地說，不賣！秋山女人忽地蹭他一下，馬達往後退一步，臉不由熱了。秋山女人擠擠眼，賣不賣？馬達

大聲說，不賣！秋山女人罵聲木頭，轉身就走。馬達卻心軟了，叫住她，說他不賣，不過可以送給她。

殺牛那天，來了不少人。秋山女人端個盆子，大板牙則牽著牛韁繩。崔杆子腰上別著刀，分派任務。馬達倒成了閒人兒。他蹲在那兒看他們忙活，不由自主地，目光落到牛身上。牛也在看他，它的眼神極其熟悉。馬達頭皮忽然麻了，豁地站起來，大叫，不殺了！

4

退牛費了不少周折。福旺女人很硬，說想買就買，想退就退，沒這個理兒。馬達爭辯，牛沒少一根毫毛，憑啥不能退？福旺女人說牛見了刀，嚇壞了，怕是再也不長膘了。馬達說她滿嘴胡言，牛又不是耗子。馬達跑了五六趟，福旺女人始終不肯。馬達火了，我好話說一籮筐了，你還要怎樣？退不退？福旺女人口氣變了，咋，你還想打？打呀！打呀！！福旺女人刁蠻是有名的，從來不肯吃虧。馬達捏緊的拳頭又鬆開，倒不是怕，他看出她的把戲，一打就退不成了。馬達改變了方式，把牛牽進她家院子，後來乾脆牽進堂屋。福旺女人又氣又惱，你這不是欺侮人嗎？馬達聲音突然放低，水一樣柔軟，我有難處嘛。福旺女人總算答應退，但只退一萬四。馬達瞪了眼，這是為啥？莫非我買的時候是大閨女，現在是娘們兒了？福旺女人說沒錯，現在牛落了價，它就是個娘們兒。馬達讓步，你真是個貪心女人。

馬達揣著一萬四千塊錢，在街上轉了一圈又一圈，似乎進了迷魂陣。他不是發愁和吳小麗沒法交代，而是覺得對不住父親，心裏難受。抓到手的藥又扔了，再抓就猴年馬月了。轉得腿細了，才走進父親家。得了病，父親連光也怕見了，窗戶擋得嚴嚴實實。馬達知道父親在哪個角落，不用看也不用聽。父親就像一棵草，除了幹活，不輕易挪動位置。父親說來啦，馬達嗯了一聲。父子倆面對面，良久無言，只有父親的咳聲在狹小的屋子裏彈跳。馬達觸到那一包錢，摸了

一下，又摸一下，慢慢縮回手，聲音泛著泡沫一樣的濕潤，我給爹買了頭牛。父親劇烈地搖晃著，你說啥？這不是犯昏嗎？馬達說，我又退了。父親喉嚨的聲音小了許多，這就對了麼，我要牛做什麼？馬達說，我有難處。父親好像沒聽見，而是說，別打女人了，不然老了會後悔。馬達說，我記著呢。父親說，記得把我的煙袋一塊兒埋了。馬達皺眉，都咳成這樣了，還想抽？父親說，有你娘看著，我不多抽。別在這兒耗著了，幫女人幹點兒活。

　　馬達出來，他還有重要的事。他要討回向陽坡。繞了一個大圈，馬達還是沒繞過去。不就一條狗麼，憑什麼占那麼大的墓地？憑什麼穿西裝戴領帶？憑什麼陪葬兩隻無辜的羊？憑什麼讓馬達兩口子守墓？不錯，狗是老闆的，錢是老闆的，老闆想怎麼折騰就怎麼折騰，本來不關馬達的事。可埋在向陽坡，那就不一樣了。向陽坡是屬於馬達的，馬達被衝撞了，馬達不舒服了。

　　吳小麗對馬達一直是遷就的，馬達像一股風，說買牛就買牛，說退就退，她都認了。她的抱怨只是順嘴說說，不當真的。儘管她心疼那一千塊錢——馬達被福旺女人坑了，但馬達就是這樣一個人，她又能怎樣呢？可一聽馬達要把向陽坡討回來，吳小麗突然口乾舌燥，像被點了火似的。她急切地說，不行！覺得口氣過於輕淡，又大聲補充，絕對不行！馬達說，我不換了，我要討回來。吳小麗叫，你是不是瘋了？你沒瘋吧？馬達很冷靜，我沒瘋，我不換了。吳小麗說，我不同意，不同意！不同意！！要遭人笑話呢。馬達像困獸在地上轉了幾圈，突地停下，折彎脖子，臉正對吳小麗，我難受啊。吳小麗扭轉身子，不理他。馬達身子一點兒一點兒彎下去，我真的難受啊。吳小麗甩一下胳膊，想躲開馬達，沒想到馬達像沒立穩的磚垛，轟然倒塌。

　　吳小麗拉馬達，手被馬達攥住。馬達說，我不換了。

　　吳小麗抽抽，沒抽動。她深深呼吸幾口，盯住馬達，是不是有人說啥了？

　　馬達說，沒有。

吳小麗說，那是為啥？

馬達說，我難受。

吳小麗問，錢讓你難受了？

馬達說，不是。

吳小麗冷冷一笑，到底怎麼回事？

馬達說，向陽坡埋狗了。

吳小麗問，埋狗咋啦？

馬達說，一條狗憑啥占那麼大地兒？還他媽的還穿西服。

吳小麗問，穿西服咋啦？

馬達說，還戴領帶。

吳小麗問，戴領帶咋啦？

馬達說，還陪葬兩隻羊。

吳小麗越發急了，陪葬羊咋啦，妨你啥事了？

馬達還是那句話，我難受。

吳小麗耐著性子說，你閉住眼得了唄。

馬達說，閉眼不管事。

吳小麗說，那你撞牆，撞暈就不難受了。

馬達說，除非撞死。

吳小麗再也忍不住，大聲說，那你撞死好了。

馬達說，你攔不住我的。

吳小麗叫，錢呢？那一千塊錢哪兒出？

馬達說，你拿給我。

吳小麗說，我沒錢，有錢也不給你！吳小麗明白怎麼對付馬達了，沒錢，馬達就沒法子折騰。

馬達也火了，聲音像枯死的樹木，梆梆硬，拿不拿？

吳小麗氣咻咻地，不拿！

馬達拎小雞一樣把吳小麗拎起，拿不拿？

吳小麗的眼淚秋雨一樣飛濺，你個蠻貨，打死我算了！

馬達揚起的手慢慢放下。父親說打女人老了會後悔，馬達根本等不到老，每次打完都後悔。馬達終於長出了記性。

馬達不再逼吳小麗了，要自己找。家裏有多少錢，馬達不清楚，但他知道是有點兒錢的。吳小麗從不往信用社存錢，她藏錢的地方很多，每次給馬達拿錢都不是一個地方，比方衣服包裏，炕席底下，枕頭芯裏。馬達揭開櫃板，拎出一個包袱，從一隻襪子裏找出二百，從一隻手套裏翻出一百。吳小麗撲上來，搯他咬他，馬達一點沒感覺。這些錢是他和吳小麗辛辛苦苦攢下的，馬達也內疚呢，可福旺女人硬要扣一千塊錢，他能怎麼辦呢？只能和吳小麗不講理了。吳小麗咬就咬吧，搯就搯吧。吳小麗出了氣，馬達也好受一點兒。

馬達終於翻找夠了，把一千和一萬四攏在一起，小心翼翼包好。吳小麗放棄了阻止，捂著臉嗚嗚哭。

馬達徑直去莫四家。已經很晚，街上空空的，貓都難覓一隻。現在找莫四不大合適，莫四畢竟是村長，不是隨便踢門就進的。馬達懂這個。可馬達一會兒也等不及了，他不知過了今夜會有什麼變故。莫四果然鎖大門了，馬達猶豫一番，還是拍了幾下。一會兒，傳來莫四女人的聲音，誰呀！馬達問，我是馬達，找莫村長。莫四女人說，你等等。顯然是請示莫四了。過了幾分鐘，莫四女人說他睡了，明天來吧。馬達說，我有重要的事。莫四女人不再理他，馬達便啪啪拍門，邊拍邊叫，莫村長，我真有事。莫四女人打開門，抱怨，你個蠻子，拍爛門你賠啊？

莫四半仰著，蹺著二郎腿，邊瞅電視邊斜馬達，深更半夜的，女人跑了還是否咋的？

馬達一本正經，沒跑。

莫四笑了，咋她就不跑呢，我要是你女人早就跑了。啥人啥福，你攤個好女人。

馬達啪地把紙包拍在炕上。

莫四一怔，這是啥？

馬達說，這是老闆的錢，一分不少，都在這兒。

莫四眼睛瞪圓，啥意思？

馬達說，那地我不換了。

莫四眉頭慢慢擰緊，擰成一個大疙瘩時，忽然鬆開，臉上勾出幾縷怪怪的笑，打上燈籠也難找呢，你不是說胡話吧？

馬達說，我清醒著呢。

莫四問，幹嗎不換了？

馬達脖子蠕動幾下，又蠕動幾下，那麼好的地，不能讓一條狗占了。

莫四臉肌抽了抽，似乎要笑，但終究沒笑出來，聲音冷得不能再冷，礙你啥事了？

馬達說，狗穿著西服呢。

莫四說，老闆的狗，有資格穿。

馬達說，還戴著領帶。

莫四說，老闆的狗，有資格戴。

馬達說，還陪葬兩隻羊。

莫四說，老闆的狗，有資格陪葬。

馬達說，可那狗東西沒資格葬在向陽坡。

莫四噎了一下，目光在馬達臉上敲敲，不是你的地了，你管不著。

馬達說，我不換了，要回來。

莫四突然玻璃一樣爆裂，你以為是鬧著玩的，想換就換不想就退？愣也不是這麼個愣法。

馬達一點沒被莫四嚇住，反正向陽坡是我的。

莫四聲音依然鋒利，你種過幾年就是你的了？榆木腦袋！你敢公開說，小心派出所抓你。

馬達說，抓我，向陽坡也是我的，你讓老闆把狗弄走。

莫四說，走走走，你犯迷糊了，我和你說不清。

馬達說，他要是不弄，我自己挖了。

莫四厲聲道，你敢！簡直反天了。莫四兩腮鼓出大包，好像撐了雞蛋，想讓你女人守寡，想讓你爹死了連個摔盆子的也沒有，你就去試試！

馬達不知挖出那條狗會犯多大王法，但他知道會惹麻煩。馬達不想惹麻煩，還沒到那一步。馬達又不想被莫四唬住，堅持說，地是我的，我想咋就咋。

莫四不再理他，開始脫衣服。脫了兩件，衝女人吼，你不睡還要熬年？莫四女人為難地瞅馬達一眼，馬達知道該走了。

莫四說，把你的錢拿走。抓起來拋向馬達。馬達伸胳膊一擋，紙包裂開，錢像凍死的樹葉紛紛揚揚撲到地上。

5

馬達不再去換給他的那塊地，已經不屬於他了，想要回向陽坡，先得放棄那塊地，他這麼認為。他種了三畝胡麻，長得都不錯，可只能割捨了。他不能啥便宜都占，他不是愛佔便宜的人，權當替別人種了。愛誰要誰要，馬達不管了。馬達也不和吳小麗去侍弄向陽坡的花和樹，坡是他的，花和樹不是，他早晚都要拔掉。種別的晚了，灑蕎麥還行。馬達沒攔吳小麗，她願意弄就弄吧，等老闆挖走狗，看她還弄？

馬達大部分時間都在追莫四。地是莫四換出去的，自然要找莫上討回來。馬達一天三趟，莫四家的門檻快踢平了。莫四先前還躲，可不管他躲到哪兒，馬達總能找見，村莊就那麼大，莫四不能變成螞蟻鑽洞裏，莫四乾脆不再躲。莫四先前還衝馬達發火，罵罵咧咧的，後來也不再罵，似乎是懶得開口。那錢莫四拿來一次，馬達很快送回去。莫四說先擱他那兒，算他替馬達保存。

那天下午，馬達和莫四理論完，莫四要留他吃飯。馬達甚是意外，不知莫四什麼用意。在營盤村，只有別人請莫四吃飯，什麼時候見過莫四請？馬達狐疑地盯著莫四，他多了個心眼兒。隨後說，算

了，我還是回去，在外面吃不慣。莫四笑眯眯地，咋？怕我下毒？馬達心一橫，吃就吃，莫四能把他咋樣？馬達沒怕過誰。

菜很豐盛，比馬達請莫四強多了，除了雞，還有魚和肘子。馬達請客最硬的菜就是雞，倒被大板牙啃去多半。看來，莫四早有準備。這麼硬的菜，只請他馬達一個人。莫四讓吃馬達就吃，莫四讓喝馬達就喝，既然拿起筷子就不客氣了。馬達等莫四下文，可莫四只是勸酒。直到馬達喝暈，莫四才問道，好吃不好吃？馬達說好吃。莫四身子往後仰仰，啥叫過生活？有肉吃有酒喝，夜裏有女人摟。你過去那不叫日子，那麼俊俏的女人跟了你，你讓她吃的是啥？穿的是啥？別的女人脖子都套一個金鏈鏈，你女人脖子套啥了？你對不起她，換成別的女人早跑幾十次了，你女人沒跑，野漢也沒給你招。這樣的女人，你憑良心說，好不好？馬達說好。莫四說，這就對了，女人好你得讓她跟你享福，你說你女人跟你享啥福了？一日三餐，沒別人家泔水裏的油花多，現在總算有點兒甜頭，瞧瞧你那德性，你就是二五眼豬，連三兩膘也攢不下！說到最後，莫四幾乎咬牙。馬達脖子下意識地縮縮，莫四說的是實話，吳小麗跟他沒享過福，想到這點兒，他就很愧疚。他不是不想，做夢都想，可折騰來折騰去，就是不如人。莫四說，你不要覺得看墓地委屈，人和人不一樣，有人當皇帝有人只能沿街要飯，那點活別人急著搶著要呢。莫四終於繞到向陽坡上，那是馬達心裏的坎兒。馬達問，狗呢？和人也不一樣？莫四說，那是當然，老闆的的狗就是比人值錢，起碼比營盤村任何人都值錢。村裏年年死人，誰占過那麼大的墓地，誰雇人栽樹養花了？沒有吧？可是馬達扭不過彎兒，他說，就算值錢，埋在向陽坡我就是不舒服。莫四說，你舒服不舒服算個球，低下你的骷髏再想想，啥重要啥不重要。

莫四要帶馬達去個地方，馬達不知他搞什麼花樣，讓去就去。已經是晚上，一彎月亮無精打彩地掛在樹梢。馬達腦袋發沉，腳底絆了一下，險些摔倒。莫四伸手扶馬達一把，夜色中莫四有幾分慈祥。莫四問沒事吧，馬達說沒事。兩人出了村莊，來到河邊，站定。馬達

想，莫四要幹嗎？把他推到河裏？河水細得像一根帶子，怕是連馬達的腳都淹不住。

莫四指著黑乎乎的東西問，看清了？不用看，馬達知道那是建了多半的橋。莫四聲音沉重，我當了十年村長，這條河已經淹死四個人。馬達當然記得。平時小河不聲不響，一下暴雨就像發了瘋的娘們兒，稍不小心就被咬一口。一個老漢急著去河對岸牽牛，邁了半步人就飄了，他閨女急著拽他，一塊兒被卷。還有兩個半大孩子，被衝出十幾多里，嘴眼塞滿泥沙。莫四說，我一直想修座橋，可咋也修不起來，多虧了老闆。人家憑什麼給咱修橋？還不是占了一塊墓地？你想要回向陽坡，就是和全村作對，除非你給村裏建座橋。

莫四說笑話呢，馬達能建一座橋，早當村長去了。馬達明白莫四黑天半夜為啥領他到這兒了，莫四在給他加碼。莫四老早就說過，可在黑乎乎的夜裏說，馬達的感覺不一樣。馬達呼吸困難，總是半口氣，想說什麼，可張嘴就窒息。

莫四說，不能太自私了，老想著自個兒。

……

莫四說，你那些亂七八糟的想法，統統見鬼去吧。

……

莫四說好好跟你女人過日子，別虧了她。

……

往回走的時候，莫四沒再說啥，街上只有兩人的腳步聲，撲、撲，好像魚被甩到岸上。分手，莫四在馬達肩上重重地拍了拍。

馬達進屋就吐了。馬達一次喝過二斤酒也沒吐，那是一塊五一斤的零打酒。莫四招待馬達是瓶裝酒，也就喝了七八兩，馬達竟醉成這樣。看來，那酒不該喝，那肉也不該吃。偏偏還吐在自己家。吳小麗扶馬達躺下，清掃了馬達的嘔吐物，又擦拭馬達衣物上的穢物。吳小麗已經好幾天沒和馬達說話，但一日三餐頓頓做好，頓頓給父親送。吳小麗是個好女人，莫四說了真話。馬達是不該打她，一陣難過，馬

達眼裏閃過淚花。吳小麗臉色突變，她還沒見過馬達如此。馬達伸手在吳小麗脖子上摸摸，吳小麗不知馬達幹啥，慌得後退一步。馬達慢慢閉上眼，他虛弱得眼睛都睜不開了。

第二天，馬達睜開眼，吳小麗已經不在。馬達瞄瞄桌上扣的碗，知道她又去了向陽坡。馬達的頭依然發昏，洗了臉方清爽些。昨夜的事清水一樣流過。他還是不能讓那條狗埋在向陽坡，不能。他答應過莫四嗎？沒有。他吃了莫四的，喝了莫四的，但都吐了，等於沒吃沒喝。村裏是需要一座橋，可在馬達看來，不是沒錢，而是莫四沒盡力。一家一戶出點兒錢就行嘛，馬達出得起，別人更出得起。沒有老闆，難道橋就不建了？誰知道老闆建橋是不是為過車方便？馬達想，自己差點讓莫四蒙蔽住。吳小麗脖子空就空吧，他看著順眼就好。

馬達在河邊尋見莫四。莫四不知為了什麼正訓斥一個漢子，罵一句，脖子往長拽一點兒，幾乎要抻成竹杆了，馬達不由替他捏把汗。莫四看見馬達，臉一下柔軟許多，彷彿一塊凍肉突然化開。馬達，剪綵那天你來放炮。

馬達說，我不換了，還是把向陽坡給我吧。

莫四眼睛頓時撐開，你……說啥？

馬達重複。

莫四嘴唇抽動幾下，罵出聲，我日你個娘。

馬達說，我娘早就死了，你就日土吧。

莫四罵，那麼好的酒，那麼好的肉，還不如餵狗呢。

馬達說，我都吐了。

莫四罵，有能耐你建一座橋，我把全村的地都給你。

馬達說，你是村長，那是你的事。

莫四氣得不知說什麼，罵一聲狗日的，再罵狗日的，然後狠狠踢飛腳底的一塊兒石子，想反悔，休想！急匆匆離開，走出老遠，仍罵著什麼，胳膊還一揮一甩的。

馬達低頭往回走，一個老漢說父親正到處找他。馬達怔了怔，拔腿猛跑。父親不輕易出門，他一定是有急事。幾隻雞被馬達驚得四處飛跑，濺起一街驚叫。馬達氣喘吁吁地站定，緊張地看著坐在石頭上的父親。父親像是死去了，一動不動，馬達不敢叫他。也不過幾十秒時間，父親劇烈咳嗽起來。父親的臉更黑更瘦了，像是一塊燒乾了的煤碴。馬達埋怨，不在家待著，跑這兒幹啥？父親說，你想要回向陽坡的地？馬達問，誰告訴你的？馬達明白莫四找了父親，吳小麗從不在父親面前告他的狀。父親唬著臉，只是臉上沒一點威嚴了，別管是誰，是不是吧？馬達皺皺眉，你管這幹嗎？父親猛咳幾陣，我是你爹，我啥不能管？馬達說，和你說不清楚。父親說，我還沒糊塗，算得清帳，一塊地給村裏帶來多少好處？給你帶來多少好處？只怕你兩口子這輩子吃不盡喝不盡。馬達蹲在父親身邊，爹，你不知道那地裏埋的是啥。父親氣哼哼地，我怎麼不知道，不就一條狗嘛。馬達說，那不是狗，是怪物，穿著西服戴著領帶還陪葬兩隻活羊。父親靜默片刻說，那又怎樣？關你什麼事？馬達說，爹一輩子也沒穿過西服。父親說，爹不稀罕。馬達說，爹一輩子也沒戴過領帶。父親說，爹不稀罕。馬達說，爹……到時，我只能給爹紮兩隻紙羊。父親眼角溢出淚珠，你有孝心，紮兩個螞蚱爹都高興。馬達說，我不高興。父親說，聽爹的話，別折騰了。馬達說，我難受。父親說，人活著總要難受，光圖痛快不行啊。馬達說，爹，我難受得要死了。父親又一陣靜默，然後問，折騰就不難受了？馬達無言。父親重重歎氣，爹不難為你了，記著，可別欺負你女人啊。

　　馬達眼睛發潮，父親沒逼他。可他知道父親沒有放下心，父親的心怕是揪成麻花了。狗日的莫四，還抬出父親壓他。莫四這一招失敗了，馬達是輕易被壓住的人？莫四是急了，他還能有啥招數？什麼招數也擋不住馬達。

　　馬達打算給父親買塊肉，已經好幾天沒買，父親渾身只剩骨頭和皮了。馬達欠父親一頭牛，不能再讓父親沒肉吃。馬達沒費什麼勁就

尋出一百塊錢，他從不這樣幹，偷偷摸摸像個賊。可現在，他挺難向吳小麗張嘴，有了錢，他再悄悄塞回去就是。

莫四派了好幾個人打勸馬達，有馬達的親戚，有村裏的幹部。那些人巴不得老闆把狗埋在他們的地裏，可老闆偏偏相中向陽坡，他們痛心而憤怒，質問、聲討、罵娘。但誰也勸不動馬達，馬達像一塊堅硬的石頭。

晚上，馬達吳小麗正吃飯，大板牙蹓蹓達達進來。吳小麗客氣地讓大板牙，大板牙毫不客氣，說我正好沒吃呢。吳小麗大約擔心飯不夠吃，吃幾口就出去了。大板牙在碗裏扒拉幾下，抱怨，怎麼連個肉絲也沒有？跟村長家差遠了。馬達沒好氣，白騎毛驢你還嫌硌。大板牙說，別忘了，你還欠我一頓飯呢。馬達問，我什麼時候欠你了？大板牙說，我白幫你宰牛了？沒宰成是你自己的事，總得管飯吧？馬達惱惱地說，不要提了。大板牙吃了兩碗菜，五個饅頭，仍抱怨，有油水我就吃不了這麼多了。大板牙嘴損，馬達懶得理他。大板牙問，你要把向陽坡要回來？馬達看他幾眼，說，你不是也來勸我的吧？大板牙道，怎麼不是，我不能看著你把咬進嘴的肉吐出來呀，你倒是為啥？馬達說，說了你也不懂。大板牙受了污辱似的，只有你不懂的，還有我不懂的？笑話！不就是一條狗麼？不就穿個西服戴根領帶麼？礙你啥事了？馬達大聲說，輪不著你教訓我。大板牙見馬達生氣，又嘻嘻一笑，是不是女人不讓你睡，你火氣這麼大？馬達怒道，滾！大板牙舉起手，好，就當我放個屁吧。我不勸你了，但你得幫我個忙，我給莫四說下大活了，勸通你，他給我一箱二鍋頭。你先應了怎樣？我拿上酒你再反悔。馬達搖頭，不行！大板牙咦了聲，這麼點兒忙也不幫？你一半我一半，咋樣？馬達說，閉上你的臭嘴吧。大板牙很是失望，看來你腦子不是進水，是進油了。老天爺真是不公，憑啥讓你娶上媳婦呢？你就該像我一樣打光棍。馬達罵，小心我把你的牙敲碎。大板牙噴噴的，一箱二鍋頭，操！

馬達想莫四是沒轍兒了，把大板牙都支使出來。還有啥轍兒？馬達和莫四說話的語氣比往常重了許多，你退也得退，不退也得退！

莫四沒有表情，地是老闆的，有能耐你找老闆去。

馬達氣鼓鼓地，找就找，我怕他個卵。

6

馬達沒去找老闆。他不知道老闆是幹什麼的，老闆住在哪兒，老闆叫什麼名字。他唯一清楚的是老闆有錢，手底下的人都怕他。馬達問莫四，莫四說，有能耐你自己找。莫四不告訴馬達。馬達真要找老闆，莫四還是害怕。馬達想了想，大板牙耳朵長，沒準兒清楚呢。馬達問大板牙，大板牙哼著鼻子，我當然知道了，我說過，只有你不知道的，沒有我不知道的。馬達求他，大板牙眼睛抬到眉毛上，你也有求人的時候？我怎麼求你來著？馬達說，不就一箱二鍋頭嗎？我給你！大板牙問，算話？馬達發誓，大板牙眼球轉了轉說，算了吧，我怕你闖出禍來，你出事不要緊，吳小麗就守寡了，你爹也沒人管了。馬達腔調變了，你倒是知道不知道？大板牙裝模作樣地歎口氣，我告訴你吧，老闆住在城裏。馬達瞪他，城裏大著呢。大板牙說，兔子還有三個洞呢，何況老闆？你甭費心思了，找不見的。不過，等橋剪綵，老闆肯定要來，你哪兒也不用去，就在橋頭候著。馬達的目光在大板牙臉上一圈圈繞著。大板牙頗為得意，怎樣？這法子你就是想爛腦袋也想不出來吧？馬達問，要是不來呢？大板牙說，咱賭一箱二鍋頭。馬達同意。輸一箱二鍋頭，也值。

馬達在河邊蹲了一上午，盯著盯著，馬達犯了嘀咕，老闆只出一座橋錢？絕對不止！莫四幹嗎這麼上心？他肚裏有貓膩。說什麼村裏有好處，馬達有好處，其實好處都讓莫四占了。馬達因這一想法興奮不已，難怪莫四怕他反悔，莫四有自己的小九九呢。

馬達去找大板牙，說打一個墓絕對不止四百，莫四貪了，咱得和他要。大板牙問馬達有什麼證據，馬達說還要什麼證據，一詐他就認了。大板結牙咧咧嘴，你以為你是貓，莫四是耗子？錯了，在營盤，莫四是貓，別人都是耗子，詐不出的。馬達不屑，你就這麼認了？大

板牙說，給人打墓幾十塊，給狗打墓二百，我知足。你說莫四貪，也很正常嘛，這叫雁過拔毛。經過村長村長拔，經過鎮長鎮長拔，經過縣長縣長還要拔，我是夠不著，夠著我也揪一綹。馬達罵大板牙跟瞎子一個樣。大板牙說，我眼瞎心裏亮堂，你眼不瞎心裏堵死了。

馬達又去找秋山女人。秋山女人對馬達沒有殺牛一直耿耿於懷，幾次碰面都耷拉著臉。一見馬達，秋山女人就拿眼白他，咋？又要殺牛了？馬達寡寡地笑笑，說不定什麼時候我還要殺的。秋山女人哼了哼，怕是下輩子吧？牛心沒吃上，害我差點兒犯病，還白白讓你占了便宜。馬達想，這娘們兒，明明是她蹭他，卻倒打一耙。這是理論不得的，馬達只好訕訕地笑。該殺不殺，讓福旺女人撿個大便宜，秋山女人難掩酸意中的好奇，你說你有啥好，你女人白天黑夜侍候你？馬達轉移話題，我找你有事。秋山女人將胳膊抱在胸前，一副對抗的架式，什麼事？馬達問，莫四那兩隻羊和你買的？秋山女人硬硬的，你知道還問？馬達問，給了你八百？秋山女人反問，關你什麼事？馬達說，你讓他坑了。秋山女人放下胳膊，眼睛卻沒離開馬達。馬達就說了自己的懷疑和理由。秋山女人說，你替我要回來，我分一半給你。馬達說，我會有辦法的，你等著吧。

馬達和莫四在街上碰個正著。莫四沒躲，反攔住他，問，你懷疑我貪了挖墓和買羊錢？馬達想，大板牙和秋山女人向莫四告密了，這兩個叛徒。好在馬達不怕，他就是要讓莫四知道。馬達說，我不是懷疑，你就是貪了。莫四冷笑，你這是誣陷，是犯法的，你知不知道？馬達說，那你把我抓起來好了。莫四罵，你是個渾球。馬達問，你拿老闆多少好處？莫四罵，你是個渾球。馬達說，你絕對拿了老闆的好處，我就不信碰不見老闆，我就不信問不出來。憑啥你家天天吃肉，憑啥你家焊鐵大門？莫四罵，和你說不清楚，你是個渾球。

馬達想，渾就渾吧，莫四不把向陽坡還給他，他就渾。馬達開始調查莫四別的事，當然，他調查不出什麼，沒人告訴他。但馬達沒有停止。馬達要讓莫四知道，不退給馬達地，他就沒有安寧日子。馬達

還跑到莫四家，當著莫四女人的面問莫四是不是和秋山女人有一腿，要不他和秋山女人說過的話，莫四不出半個時辰就知道了？誰的羊不能買，偏偏買秋山女人的？莫四罵，你就嚼吧，別爛了舌頭。

莫四終於被馬達搞怕了——至少馬達這麼認為。一天晚上，莫四把馬達喊到家裏，莫四把女人支走，神情嚴肅，馬達，咱倆得好好談談。

馬達慈祥地看著莫四。燈光下，莫四的鴨子嘴像一個大鏟子。

莫四問，你到底要幹啥？

馬達說，你清楚。

莫四說，我不清楚，我都讓你弄糊塗了，你腦子和別人不一樣。

馬達說，你是裝糊塗。

莫四往前湊湊，你想知道啥？我告訴你。

馬達問，你拿老闆多少錢？

莫四撲閃撲閃盯馬達半天，問，誰和你說什麼了？

馬達搖頭。

莫四說，要是換了別人，怕是要喊我爹呢，你……嫌錢少？

馬達說，錢都讓你吞了。

莫四說，說半天，你就是嫌錢少麼。你早說，繞這麼個彎子幹啥？你要多少？

馬達問，老闆給了你多少？

莫四罵，媽的，給我扣黑鍋。這樣，我跟老闆說說，再給你加三千，怎樣？一萬八，已經不少了。

馬達顫了顫，看來莫四說多少就是多少。

莫四說，可別折騰了。

馬達說，就是給我座金山，我也不換了。

莫四吸吸嘴，挨了一拳的樣子。你這個傢伙……你這個傢伙……，莫四忍著沒發作，你給我交個底兒，你咋想的？幹嗎非要向陽坡？

馬達說，我難受。

莫四眉頭皺得要脫下來了，不就埋一條狗麼，你難受啥？

馬達說，我就是難受。

莫四說，你倒是說說，怎麼個難受法？心疼？胃疼？眼睛疼？還是屁股疼？

馬達說，我幹嗎告訴你？

莫四話帶出火藥味，我看你就是吃飽撐的。

馬達也硬了，把我的地退回來！

莫四再次被激怒，胡攪蠻纏，休想！

馬達回敬，不退地，我讓你當不成村長。

莫四罵，媽的，我算瞎了眼。

馬達不是隨便說的，他要告莫四。莫四拿了老闆的好處，毫無疑問。因此，他不肯把向陽坡退給馬達。橋是莫四的擋板，莫四把全村人都哄了。他們還一個個念莫四的好，念老闆的好。馬達是蠻貨，他們是大蠻貨。馬達跑了趟營盤鎮，告狀當然找能管住莫四的。能管住莫四的自然是鎮長了。營盤鎮馬達來過很多次，鎮政府大門一次也沒進過。那與馬達太不搭界。沒人攔他，馬達大搖大擺走進去。政府又不是老虎，馬達不怕。進了院子，馬達的心跳快了許多，馬達有些懊惱，暗罵自己沒出息，故意踩出沉重的聲響。馬達向一個人打聽鎮長，對方打量馬達幾眼，問馬達找鎮長啥事？馬達說，我要告狀。對方馬上說，你跟我來。進屋，他問馬達姓名，哪個村的，告誰。馬達沒有隱瞞。對方說鎮長開會，讓馬達等一會兒。

馬達就在椅子上等，只要鎮長見他，甭說等一會兒，一天都成。等了很長時間，馬達幾乎犯困，腦袋忽忽悠悠地擺，忽然被開門聲撞醒。馬達以為是鎮長，目光撲過去，卻是一頭大汗的莫四。馬達愣住，你怎麼……莫四抅一把額頭的汗，狗日的，在村裏折騰還不算，竟來鎮裏搗亂。馬達糾正，我沒搗亂，我來告。莫四撲哧一笑，很快收緊臉，跟我回！馬達說，我憑什麼跟你回？莫四破口大罵，你女人暈倒了，你知不知道？你還在這兒鬧，活該你打光棍。

馬達奔回家，吳小麗在炕上躺著，額上敷塊毛巾。吳小麗姐姐數落馬達，那麼重的活，丟給女人，你還算不算男人？馬達不知說什麼好，他歉疚地凝望著吳小麗，吳小麗把頭扭到一邊。他抓吳小麗的手，吳小麗縮回去。馬達便抓起毛巾，冷水裏浸浸，折好，重新敷上。吳小麗姐姐數落夠，離去。她囑咐馬達，三天之內別讓吳小麗下地。

　　馬達問吳小麗怎麼回事，吳小麗咬著嘴唇不答。馬達埋怨，我說別澆了麼。吳小麗把整個身子扭過去，肩膀一聳一聳。馬達勾了頭，是我不好。聲音像蚊鳴。馬達又說，我不好，我不是東西，說著，摑了自己一下。這是替吳小麗出氣最有效的辦法，馬達沒別的招數。又摑一下，再摑一下，馬達不藏奸，每一下都實實在在。然後，馬達的胳膊被吳小麗捉住，吳小麗狠狠瞪他，馬達卻嘿嘿樂了。吳小麗不一會兒就爬起來，她要做飯。馬達說，我來吧。吳小麗不理他，馬達圍著吳小麗轉，吳小麗活面，他趕緊舀水；吳小麗燒火，他忙著添柴。吳小麗要給父親送飯，馬達說我去，吳小麗一把奪過去。

　　第二天，吳小麗挑著桶走，馬達攔不住，吳小麗兇得像護雛的母雞。馬達只好跟著他。到河邊，馬達搶過桶。吳小麗沒再爭奪。

　　向陽坡的花開了，像鋪了層金子，黃燦燦的。營盤村沒誰種過這麼大面積的花，吳小麗種了，可惜是給一條狗種的。它躺在那兒，還要人侍候，媽的。馬達儘管不去看，可目光總是被它牽過去。他看見它⋯⋯真的，他看見它了⋯⋯馬達想，怎麼會呢？他怎麼會看見它呢？可他確實看見了它。它穿著西服戴著領帶，左抓一隻羊右抓一隻羊。它傲慢地斜著馬達，向馬達示威，你能把我怎樣？馬達嘿了一聲，舀子飛出去，擊在墳包上。它忽然不見了。吳小麗叫，你幹什麼？馬達怔了怔，惱惱地罵，狗日的，還笑老子！吳小麗嘟囔，發神經！馬達假裝沒聽見，吳小麗總算說話了，儘管是罵他。吳小麗沒看見它那得意樣，要是看見，她不會這麼盡心，河水快讓她挑乾了。他已經把錢交出去，她還一遍遍澆，這女人，把花侍弄得這麼好，他都不忍心拔了。不拔是不可能的，他早晚要拔掉，除非⋯⋯馬達想出一個主意。

馬達找莫四，我認了，不換地了。

莫四長出一口氣，總算沒燒壞腦子，把錢拿回去吧，再保存我可要利息了。

馬達說，我有條件。

莫四忙說，你講你講。

馬達說，你把狗挖出來，除了向陽坡，埋哪兒都行。

莫四幾乎跳起來，媽的，這不是耍人麼？

馬達聲音沉重，我已經讓步了。

莫四說，說半天全是廢話，向陽坡不是你的了，你管得著？

馬達說，它狂著呢。

莫四冷冷的，就是你挪了腦袋，它也不會挪地兒。

馬達說，那就別怪我了。

莫四說，不顧女人死活，你就折騰吧。你個蠻貨！

馬達從莫四話裏咂摸出點兒味兒來。馬達本來有些懷疑，莫四這麼說他就更加懷疑。吳小麗那麼歡實，怎麼突然暈倒了？偏偏是馬達告莫四的時候？這怕是莫四的一個計。如果吳小麗沒什麼事，莫四就是捆，馬達也不會隨他回來。吳小麗站在莫四一邊，莫四的話她不會不聽。這麼想有點兒損，可馬達不得不琢磨。馬達想問問吳小麗，又開不了口。怎麼開口呢？萬一不是呢？吳小麗就傷透心了。馬達沒問，但陰陰的目光始終在吳小麗臉上繞。吳小麗受不住了，看不順眼，你就明說。馬達慌慌一笑，你順眼著呢，我想多……看看。

馬達終是沒問。一次沒成，告第二次麼，看莫四再有什麼招數？

7

馬達找大板牙，問鎮裏有沒有熟人。後來馬達琢磨過味兒，那個人根本沒打算讓馬達見鎮長，他穩住馬達是為了通知莫四。大板牙問

馬達什麼事，馬達沒有隱瞞。大板牙說人倒是有認識的，可告莫四不大好辦。直到馬達答應請他吃飯，大板牙方應了。

　　在鎮裏的小飯館，馬達給大板牙要了一個豬蹄、兩瓶啤酒、一碗面。大板牙邊吃喝邊教訓馬達，你不是和莫四作對，是和全村人作對，這麼點兒個彎兒，你咋就轉不過來？我看你是讓鬼纏住了，要不是咱倆交情好，我也絕不領你來。其實，問題很好解決，你再請我一次，我立馬就替你解決了。不信？……算了，我也不用你請了，我說說我的主意。你幹嗎找這個尋那個？偷偷把狗挖出去就是，隨便埋個地方，等你爹死了，你把他埋在向陽坡，老闆還為以埋的是狗呢，其實埋的是你爹。給你爹守墓，還能掙老闆的錢，絕不絕？老闆要來墓地，你就拼命磕頭，老闆一高興說不定還要賞你。老闆以為你給他的狗磕頭，其實你是給你爹磕頭。馬達罵，這是什麼餿主意？閉上你的臭嘴吧。大板牙抱怨，我這麼好的主意，諸葛亮也想不出來，你還不領情。馬達說，就是挖，我也光明正大地挖，才不偷偷摸摸。大板牙說，你看你，就這個毛病，直來直去，不懂得拐彎兒。光明正大挖還能瞞住老闆？老闆知道你挖走他的狗，不讓你吃官司才怪，雞蛋碰不過石頭。馬達目光堅定，我讓他自個兒挖。大板牙歎道，你這個夢做得可夠牛×。

　　酒足飯飽，大板牙帶馬達進了鎮政府。大板牙讓馬達在食堂門口候著，他去找熟人說合。過了一會兒，大板牙出來，說熟人答應引見鎮長，但不大情願，最好意思意思。馬達問怎麼意思，大板牙說給我錢，我去買兩盒好煙。馬達想想也是，摸出五十塊錢。大板牙囑咐馬達別亂跑，他去去就來。

　　大板牙一去就沒了影兒。馬達先前還耐著性子張望，後來沉不住氣，跑出鎮政府。馬達挨商店轉，卻不見大板牙。馬達不知大板牙怎麼就沒了影兒，他在鎮街上半走半跑尋了幾個來回，大板牙蒸發了一樣。馬達心疑，難道大板牙回村了？他怎麼能丟下馬達呢？馬達慢下來，他的腿困得利害。

馬達正要回村，忽然瞅見大板牙，馬達叫了一聲。大板牙埋怨，你往哪兒跑了，我找你半天。馬達審視大板牙，鎮長呢？大板牙生氣地說，鎮長等不見你，早走了。馬達看出大板牙耍他，儘管大板牙臉上不青不白，可目光躲躲閃閃。馬達說，你給我說老實話！伸胳膊揪他。大板牙撒腿就跑，馬達罵著追上去。

大板牙跑出鎮，回頭瞅瞅，跑進了莊稼地，又拐進林帶。隨後，臉色霎白的大板牙窩靠在一棵樹下，呼哧呼哧喘。

馬達揪住他，你敢……哄我！

大板牙喘著說，我……沒有……

馬達狠狠摑他一掌，還嘴硬！

大板牙叫，君子動口不動手。

馬達罵，君子個蛋，錢呢？

大板牙說給熟人買煙了。

馬達手一用力，捏住大板牙脖子。大板牙臉頓時紫了。

馬達怒問，說不說？

大板牙翻著白眼，僵僵地點頭。

大板牙終於承認他誆了馬達，鎮裏沒他認識的人。錢已被他花掉，不過，算他欠馬達的，等他有錢再還。馬達逼問再三，大板牙說錢花在二妹髮廊，都讓女人捋去了。馬達罵，你個驢，拿老子的錢填女人窟窿，那也花不完呀，餘下的呢？大板牙說，正搞活動呢，五十塊錢可以搞兩次。馬達踹大板牙一腳，驢，驢！急得像個陀螺。爾後揮揮胳膊，不行，你必須要回來。大板牙可憐巴巴地說，我用了人家，不可能要回來啦，這不是買牛，可以退貨。馬達大嚷，我不管，你必須要回來！馬達面色紫紅，一汪一汪湧動著，似乎臉上的血管崩裂了。那錢不光帶著馬達的體溫，還沾著吳小麗的汗跡，馬達怎能讓大板牙花在邪道上？

馬達押著大板牙往回走。大板牙縮著脖子，嘴卻不閒著，別去了，要不回的，我還你就是。

馬達喝道，走！

大板牙說，我是怕你跌了火坑呀。

馬達咬牙切齒，滾！

大板牙央求，你可別亂來呀。

馬達狠狠踢他一腳。

二妹髮廊敞著門，兩個女孩正在說話，看到大板牙便笑盈盈站起來。馬達問，哪個？大板牙指指那個黃頭髮，馬達一甩手，大板牙一個踉蹌撲在側面櫃子上。兩個女孩覺出異常，都有點兒發愣。馬達盯住黃頭髮，他是不是給你五十塊錢？黃頭髮緊張地後退一步。馬達說，那錢不是他的是我的，你不能要，你必須還我！黃頭髮抖抖地，我沒拿他的錢。馬達扭頭問大板牙，是不是她？大板牙幾乎帶出哭腔，別犯渾呀！馬達怒道，是不是她？大板牙點頭，語速極快地說，妹子還給他，我給你打個欠條吧。馬達直視著黃頭髮，聽見了吧？讓他給你打欠條，你馬上還給我。黃頭髮嘀咕，派出所就在旁邊。馬達冷笑，他什麼時候被嚇住過？聲音陡然提高，拿出來！黃頭髮慢騰騰地掏著，爾後突然轉身，衝進裏屋，砰地將門關了，就勢插住。馬達推了推，大罵，你敢耍老子。連踢兩腳，門爛成兩截。

黃頭髮正要跳窗戶，馬達一把揪下來。黃頭髮大叫，救命呀，搶劫啦。馬達掐住她脖子，吼，拿出來！黃頭髮歪著頭，費了老大勁兒，終於揚起手。兩個手指夾著五十塊錢，馬達認出正是自己那張，上面有個紅手印。

馬達一鬆手，黃頭髮像窒息的魚軟軟斜在那兒。

馬達在錢兩面反覆吹幾口，折好，裝進褲兜，緊緊貼著大腿。大板牙和另一個女孩都不見了，馬達拿了錢，他們在不在馬達無所謂。

可馬達未能離開。兩個員警堵住門口，讓馬達別動。馬達覺得有必要解釋一下，說他沒幹啥，只是拿回自己的錢。那個大個子員警樣子十分和善，他說，你沒幹別的就好，不過我們得調查一下。馬達無所謂地說，隨便。大個子員警走近馬達，拍拍他的肩。馬達發怔間，

兩個手腕已被銬住。馬達叫起來，憑什麼銬我？大個子員警再無剛才的和善，憑什麼？憑你搶劫！馬達叫，我沒搶，錢是我的，上面還有記號。大個子員警捅馬達一下，閉嘴，讓你說再說！馬達叫，憑什麼銬我？腰上又重重挨一下。

馬達被帶到派出所，同去的還有黃頭髮和另一個女孩。不同的是馬達戴著手銬，她們沒有。黃頭髮脖子上顯出青紫，可能馬達下手重了，她不停地咳嗽。其實馬達並沒打算動武。馬達想，一會兒給她認個錯，不該那麼招她。馬達四處搜尋大板牙，他得讓大板牙作證。大板牙幹了黃頭髮，錢該由大板牙出。

黃頭髮和另一個女孩敘述了過程便離開。期間，馬達不時強調，我沒搶，我只是拿回我的錢。話每次出口，大個子員警都要教訓馬達一下。但馬達不長記性，他憋不住。

輪著審訊馬達，馬達讓大個子員警打開手銬。他質問，憑什麼單單銬我？大個子喝道，老實點兒，還嫌自己舒服是不？馬達說，要銬都銬，要不銬都不銬。馬達挨了幾下，撲倒在地，但他並沒服軟，你們不公平！不公平！！大個子員警撲哧笑了，罵句棒槌腦袋，表情突然溫和了，說道，你是個爺們兒，戴個手銬算啥？交代完自然給你鬆開。馬達想，那就委屈一會兒，又不是沒受過委屈。

馬達講述了事情經過，發誓，如有一句假話，下輩子變王八。大個子員警問什麼，馬達也老實實實回答，如問他踹門沒，招黃頭髮沒。當然，馬達也替自己作了辯解，他沒想把黃頭髮咋樣，只想要回自己的五十塊錢。

但馬達的手銬沒有打開，馬達叫，我都講了，都是實話，你不能說話不算數。大個子員警狠狠瞪他一眼，這是搶劫，你懂不懂？馬達大叫，沒有，我沒多拿她一分錢！大個子員警喝道，嚷嚷啥？一分也算搶。馬達眼珠子血紅血紅，幾乎要凸裂，大板牙可以作證，那真是我的錢。大個子員警冷笑，憑什麼是你的錢？馬達脖子挺起來，就是我的錢！大個子員警說，你好好想想吧。大個子員警要離開，這怎麼行？馬

達手不能動，腳可以，他攔著大個子員警不讓走。大個子員警推他一把，鎖上門。馬達怒吼一聲，奮力踹門，咣、咣、咣。還用頭撞，砰、砰、砰。大個子員警返進來，讓馬達老實點兒。馬達叫，放我出去！馬達像頭瘋牛，橫衝直撞。大個子員警邊躲邊拿警棍捅，馬達撲　跌倒。馬達爬起跌倒，跌倒爬起，力氣終於耗盡，臉貼在地板上不再動彈。大個子員警也累了，抹抹臉，出去。

馬達是被莫四和吳小麗領回去的。已經是夜裏了。馬達軟得像棉花，吃了三碗面，力氣才恢復一些。馬達委屈地說，那真是我的錢，我沒搶她。吳小麗擦拭著馬達的頭，心疼地說，都流血了。馬達忙說，不疼，一點也不疼，員警不冤枉我，流點兒血也沒啥。吳小麗歎口氣，欲言又止。

第二天，馬達才感到腦袋脹悶，像塞了東西。他不恨大個子員警，腦袋是他自己撞的。吳小麗說多虧莫四周旋，不然馬達可能要坐牢。她停了停，勸馬達別再和莫四鬧彆扭了。馬達奇怪地說，我又沒犯罪，坐什麼牢？吳小麗說，你搶了人家，還說沒犯罪？馬達沉下臉，我沒搶嘛，我要是搶，能放我出來？吳小麗生氣了，你以為那麼好出來？不交錢能出來？吳小麗突然頓住，她原本不想讓馬達知道。馬達盯住她，你說啥？交錢了？交了多少？吳小麗索性說了，馬達的性質是搶劫，是莫四從中幫忙，交三千罰款了事。馬達氣就粗了，憑什麼交？幹嗎要交？吳小麗也火了，我能眼看你坐牢？馬達舉起手，但拍在自己頭上。要回五十，賠了三千，賠死了！馬達問吳小麗哪兒來的錢，吳小麗沒好氣，你存莫四那兒的，我哪兒來錢？馬達痛苦地閉上眼，連說完了完了。抽搐幾秒，怒氣漸漸捲上來，他並沒有搶，大個子員警憑什麼罰他？大板牙可以作證。現在就找大板牙！吳小麗沒攔住馬達，馬達像一個皮球，一蹦一蹦的。

馬達拎著大板牙出村，莫四追上來，後邊跟著吳小麗。莫四勸馬達冷靜，大板牙那身架經不住折騰，大板牙光棍一條，不值錢，你就不一樣了，有媳婦疼你，爹又重病。馬達頭腦並未發昏，他說，我不會把大

板牙咋樣，我讓他作證，那錢到底是不是我的？莫四說，你還是沒轉過腦子，錢是不是你借給大板牙的？馬達恨恨地說，不是，我沒借給他，他拿錢替我買煙。莫四說，不管怎麼說，錢在大板牙手上是不？大板牙拿去找女人，女人可不管大板牙的錢咋來的，大板牙搞了她，就得給她錢，你跟她要錢，她當然不給，你強行要就是搶。員警沒耐心跟你說這個，懂了沒？馬達似乎被莫四說動，他問，我真是搶了？莫四說，當然算搶了，員警不會胡亂定罪，掐死那個女的，還得償命呢。你只能讓大板牙拿錢，不能讓她拿錢，人家又沒直接從你手裏拿。馬達後悔不迭，我該讓大板牙追她要，狗日的大板牙，讓你坑了。馬達砸大板牙一拳，莫四和吳小麗強行拉開。

　　但馬達還是去了派出所。就算他搶，讓他坐牢好了，不能罰錢。那錢不是他的，是老闆的，他不能花老闆的錢。馬達讓大個子員警把錢退了，他寧可坐牢。大個子員警瞄馬達半天，說我幹半輩子員警，可從沒見過你這號人。馬達說，我也活了半輩子，從沒這麼賠過。大個子員警勸馬達別搗亂，不然款也罰，牢也要坐。馬達說，你把錢退了，怎麼著我都行。大個子員警不理他，馬達就賴著不走。馬達學乖了，沒有大吵大鬧。

　　吳小麗追來勸馬達，怎麼也勸不動，她索性和馬達待著。她說，我和你作伴吧。一直耗到晚上，馬達讓吳小麗回，他說，你不回爹咋辦？吳小麗說，讓爹餓著吧，咱倆坐了牢，爹天天餓著。馬達聽出吳小麗拗氣，痛聲道，我不甘心呀。

8

　　馬達順從了吳小麗，他不能讓爹挨餓。他攆不走她，她鐵了心要和他在一起。她哭著說，我離不開你呀，蠻子。罰走的錢還能要回來？除非狗頭長角。吳小麗不停地在馬達耳旁吹風。馬達終於洩氣，他想，認了吧，就算被偷了，燒了，讓老鼠啃了。馬達總能想出安慰

自己的法子。可到底是三千塊錢，自我安慰沒有輕易奏效，一會兒就開始鬧心。

馬達又去找大板牙，禍由他引起，他不能拍拍屁股就沒事了。大板牙躲了，直到晚上馬達才堵住他。大板牙齜牙咧嘴，咋還沒個完了？不是沒事了嗎？馬達恨恨道，我損失三千塊錢，就算白了？大板牙賠著笑，我倒是想替你出這個錢，可你瞅瞅，屋裏最值錢的就是我，你不嫌棄，把我領回去算了，你兩口子咋使喚都行。馬達瞪大板牙一眼，他根本沒有讓大板牙賠的打算，領回大板牙？更是笑話，大板牙巴不得呢。大板牙問，你說咋辦？你倒是說個法子。要不再揍我一頓？馬達真想收拾他一頓，可大板牙那身板確實撐不住。馬達真是拿大板牙沒一點兒辦法。他指著大板牙眼窩罵，我早晚騸了你小子。大板牙看出馬達也就如此了，語氣便帶出抱怨，你只記著我的不是，我給你出過多少主意，你怎麼不記得？我也不是故意的，路過二妹髮廊，實在是挪不動腿了。要說，你也有責任……大板牙揣測著馬達的臉，告什麼狀，莫四是那麼容易告的？馬達不由捏捏拳頭，他終於意識到，最大的禍根還是那條狼狗。是的，就是它！若不是它占了向陽坡，馬達就不會告莫四，馬達不告莫四，就沒那一出。大板牙勸，你就別折騰了，我給你出的主意多好，什麼時候挖，我幫你！馬達搖頭，讓他們自己挖好了。馬達絕不偷偷摸摸。大板牙說，你怎麼認死理兒？指望老闆挖走？做夢去吧。馬達強調，地是我的。大板牙哼了哼，原來是你的，現在不是，誰都知道向陽坡是狗的墓地。馬達大聲道，我說是我的就是我的！大板牙忙附和，好好，你說你的就你的吧。聲音極小地嘀咕，瘋子！馬達沒聽見，那條狗撞進他腦裏了。

馬達不打算告莫四了，告了兩次都不順利，還損失三千塊錢。馬達覺得繞這麼大個彎子是個錯誤。莫四愛有多少問題呢，愛收老闆多少錢呢，馬達不管了，他只管要回向陽坡，絕不能讓向陽坡變成狗的墓地。

吳小麗知道馬達仍拗著勁兒，痛得臉都綠了。她質問，已經罰了三千，還沒折騰夠？馬達說，那是兩碼事。吳小麗問，就算向陽坡

退給你，你拿什麼還人家？這確實是個問題，馬達不是沒想過，可馬達認為不是個大問題，他遲疑著問，家裏……不夠？吳小麗氣乎乎的，夠你個頭。馬達說，不夠就借，這麼大個村子，不信借不來三千塊錢。再說，他的狗埋了好幾個月，不能白埋吧？他得出點費用。吳小麗頂他，都由你了，你是誰？馬達說，我是我，我誰也不是。你個……呆子！吳小麗不知說什麼好了。

吳小麗氣歸氣，卻不敢再由著馬達。莫四警告過她，她心裏發慌。她變著法子勸他，有幾天她不讓馬達碰，她像一個刺蝟，但沒用；她還試圖不做飯，讓公公餓著，馬達肯定著急，可她又下不了這個決心，公公病那麼重，這樣太狠了。和馬達硬著來肯定行不通。

這天晚上，馬達回到家，聞到一股香噴噴的味兒。味兒是吳小麗身上的，她剛洗了澡，正穿衣服。馬達抽鼻子猛吸幾口，便有些躁，目光像個大舌頭，上上下下舔著吳小麗。吳小麗態度不大好，馬達好幾天沒碰她了，此時有點兒撐不住。吳小麗狠狠剜他一眼，看什麼，沒見過？馬達看到紅雲捲過吳小麗臉頰，嗷地叫了一聲，揄起她。吳小麗像一條滑溜溜的魚，奮力在馬達懷裏撲騰。她老老實實，馬達也許還溫柔些，她這麼鬧，馬達不能不瘋。

馬達摸到吳小麗眼窩的淚水，呆了呆，問，咋？

吳小麗哭出聲，馬達的心揪住，再次問，咋？

吳小麗往馬達懷裏縮縮，哽咽，抱緊我。

馬達摸不著頭腦，你到底咋啦？

吳小麗紅著眼窩，咋倆早晚要分開。

馬達猛地坐起來，你什麼意思？不和我過了？

吳小麗說，你這麼折騰，遲早要折騰進牢裏。

馬達唔了一聲，還為這個啊，我不信一條狗能讓我坐牢。

吳小麗說，狗是咋不了你，可老闆厲害啊，他能由著你？

馬達說，向陽坡是我的，我想咋就咋。

吳小麗說，過去是，現在不是了，早幹啥了？你別答應啊。

馬達說，當初只說埋人，沒說埋狗麼？埋人我就認了。

吳小麗說，人和狗有啥區別？

馬達咦了一聲，這還用問？人是人，狗是狗。

吳小麗說，狗就礙你事了？

馬達說，礙了。

吳小追問，礙啥了？

馬達罵，媽的，他憑什麼給狗穿西服戴領帶，還活葬兩隻羊？

吳小麗說，又來了，又來了，錢是人家的，想怎麼來就怎麼來。

馬達說，我心裏憋屈，還不如坐牢。

吳小麗氣就粗了，你是寧肯坐牢了？

馬達說，沒那麼嚴重。

吳小麗冷笑，你以為自個兒多能呢，在老闆眼裏，不如一隻螞蟻。

馬達說，坐牢我也不怕。

僵了一會兒，吳小麗傷感地說，那就讓我陪你坐吧，誰讓我離不開你呢？

馬達說，不行，爹得有人侍候。

吳小麗說，讓爹餓著，要不，你把他也帶上。

馬達嚴肅地說，你嚇唬我呢。

吳小麗說，我沒嚇唬你，我真離不開你，你不在，我不死也得瘋，到時候，還能顧上爹？

馬達沒再吭聲。

吳小麗臉上有一絲不易察覺的釋然。

第二天，馬達就把吳小麗的話丟到一邊。不是忘了，而是不相信一條狗能讓他坐牢。就這麼認了也太窩囊，他不能讓一條狗打敗。

馬達特意去找莫四，他說，我不告你了。莫四淡淡一笑，你告我也管不著呀，隨你便。馬達說，地還得退我。莫四說，不可能！莫四很硬，不給馬達留一個縫隙。說死了說絕了。馬達想，再纏莫四也就是這個話了，不能和莫四這麼耗，耗得橋都快建好了，向陽坡的花都快謝

了。馬達也說了狠話，不管你退不退，向陽坡都是我的。莫四說，你說了不算，已經換了，誰都可以作證，包括你女人。你是個男人，不能反悔是不是？馬達說，我讓你騙了，你沒說埋狗。莫四斜他一眼，你咋就這樣呢？咬住狗蛋不放了？馬達說，你別罵我，虧你還是村長。莫四說，你還當我村長？馬達說，你轉告老闆，讓他把狗挖走。莫四不屑地一笑。馬達一字一頓地說，他不挖我就挖了，到時可別怪我沒打招呼！莫四叫，你敢！馬達說，你等著瞧吧。

　　馬達不是嚇唬莫四，他從不嚇唬人。莫四不還地，不把狗挖走，馬達只能自己動手。馬達絕不偷偷摸摸，像大板牙說的那樣，絕不。把這個話傳給老闆，得讓老闆知道，到時別怪馬達沒通知他。莫四不肯傳話，馬達自己等好了。反正剪綵老闆要來。

　　馬達從河邊回來，看見吳小麗在前邊走，正要喊，卻見她拐進莫四家。馬達愣在那兒，吳小麗去莫四家幹啥？他等了一會兒，迅速走開。在別人家門口守候自個兒老婆，丟人。吳小麗幹嗎找莫四？他再次自問。想不出來。接下來的兩天，馬達發現吳小麗又去過莫四家，有時是下午，有時是晚上。馬達從不懷疑吳小麗，就算她反對他。可在這個時候，她一趟趟去莫四家，馬達覺得還是有些問題。

　　馬達厚著臉皮候了吳小麗一次。吳小麗猛然看見馬達，慌了慌，但她什麼也沒說，低頭疾走。馬達追吳小麗進屋，盯住她，你一趟趟找莫四幹啥？

　　吳小麗已然沒了驚慌，但她並不回答，舀了杯水，慢慢喝。

　　馬達說，你別讓他騙了，他嘴上一套肚裏一套。

　　吳小麗忽然說，咱倆離婚吧。

　　馬達怔住，怪怪地瞅著吳小麗，有點兒明白了。吳小麗和莫四商量治他的辦法呢。這肯定是莫四的主意。莫四沒招了，開始在吳小麗身上動腦子。馬達冷冷一笑，莫四教你的吧？

　　吳小麗別過頭，這日子沒法過了。

　　馬達不怕離婚，可……誰給爹做飯呢？

吳小麗似乎知道馬達想什麼，說，這幾天你先找個給爹做飯的，找見咱倆就去鎮上。

　　吳小麗臉繃得像黑鐵桶，她是要馬達害怕和投降。馬達是輕易被降服的麼？就算莫四和吳小麗加一塊兒，就算吳小麗施出離婚的絕招，馬達也不會把手舉起來。做飯是個問題，馬達在腦裏過了一遍，找不出一個可以給爹做飯的，那些女人連自己的公婆都不侍候。這麼一比，吳小麗的好就越發明顯。可她咬定要離婚，他有什麼辦法？離好了，他餓不死，爹就餓不死。馬達還有另一層想法，吳小麗沒動真格的，若不是莫四搗鬼，她不會提這個話。她不過下個通碟，並沒追逼馬達。馬達老實了幾天，不再理會吳小麗是否找莫四。橋已經建好，馬達靜心等待老闆。

　　剪綵的日期是大板牙悄悄告訴馬達的。大板牙說那箱二鍋頭我也不要了，我欠你一次，這次還你。馬達心裏有了數，在吳小麗面前裝作什麼也不知道。馬達要把話直接傳給老闆，醜話說在前頭，馬達對得起他。

　　那天早上，吳小麗起床，馬達也就起了。平時，他總比吳小麗晚。吳小麗做好飯，匆匆忙忙走了。馬達知道她去澆花，老闆要來了麼，她更得賣力了。馬達心疼吳小麗辛苦，又難抑憤怒，侍候一條狗，真是不值。

　　馬達正要出門，大板牙笑嘻嘻地進來，身後還有崔杆子和一個後生。馬達奇怪，問他們幹啥。大板牙說，找你幫個忙。馬達說，改天吧，我有事。話音未落，馬達突然被撲倒，臉頰挨著濕乎乎一片，是剛拉出的雞糞。馬達叫了一聲，三個人已摁在他身上，開始捆綁。馬達意識到自己的處境，奮力反抗，可終是耐不過三個人六隻手。大板牙一般，崔杆子和年青後生都是蠻力。

　　他們把捆得結結實實的馬達抬到炕上。馬達罵，你們要幹啥？……媽的，放開老子。

　　大板牙邊替馬達擦拭臉上的雞糞，邊勸，老實點兒，一會兒就給你鬆開。

馬達驀地明白過來，他們是莫四派來的。他想證實，問，誰讓你們捆老子的？是不是莫四？

大板牙說，你就別問了，不會難為你，咱們什麼關係？我還能難為你麼？

馬達呸了一聲，罵你個叛徒！唾液射在大板牙腦門上。大板牙甚是羞惱，真不知好歹，真不知好歹。

馬達逼視著崔杆子，是誰？

崔杆子抱抱手，對不住了，兄弟。又歎口氣，你不能和全村人作對啊。

馬達罵，你們這幫狗腿子，王八蛋！你們不得好死！找莫四去，給我把莫四叫來，有種的放開我，背後算計人，是狗！狗！！狗！！！停停，又喊，吳小麗，吳小麗！

大板牙說，她聽不見，你省點兒勁兒吧。她被你氣成啥了？我看著都心疼呢。

崔杆子狠狠瞪大板牙一眼，大板牙馬上閉嘴。

馬達叫，放開我，放開我！

沒人理他。馬達開始翻滾，像一條擱淺的魚。看著快要掉地，他們合力把他抬到中央，他再撲，他們再抬。沒一會兒，馬達衣服就濕透了，聲音微弱下去，求……你們，放開我。

求……你們，放開我。

……

9

馬達指著莫四眼窩，問是不是他讓人捆他。莫四正吃飯，說是又咋樣，不是又咋樣？莫四漫不經心，還跟女人要一頭蒜。馬達愈加憤怒，是，還是不是？聲音熱辣辣的，似乎烤熟了。莫四剝開蒜，往嘴裏丟一瓣。狗日的夠狠，那麼大的蒜瓣一口就吞了。馬達催問，說呀！莫

四噴著濃濃的蒜味，你別激動。馬達砰地砸莫四一拳。莫四鼻孔爬出一條蟲，稍稍一擺，便紅紅一片。莫四女人叫，你怎麼打人？她想推馬達，被莫四制止。莫四出奇的冷靜，是我派的，你別怪他們。莫四這麼說，馬達反沒有剛才激憤了。他問，你憑什麼？莫四說，不憑什麼，我不能讓你胡來。馬達罵，你個大狗腿。莫四哼喳哼喳咬著蒜瓣。罵了一陣兒，馬達偃旗息鼓。就算現在撕了吃了莫四，也沒用了。莫四算計了他，莫四根本沒讓他見著老闆。他跳得越兇，莫四越得意。

馬達說，你等著瞧吧。

莫四嘴裏的聲音更響了。

夜裏，馬達問吳小麗老闆去沒去向陽坡。吳小麗說去了。馬達問老闆說啥了，吳小麗說沒說啥。吳小麗不願多談，幾次轉移話題，都被馬達揪回來。馬達冷笑，我不信他沒說。吳小麗說，沒說就是沒說，你讓我編？馬達問，老闆臉上有笑沒？吳小麗搖頭，我沒看見。馬達說，你沒長眼？吳小麗說，我長眼不是看老闆的，老闆是我的？馬達說，我讓莫四捆了。吳小麗聲音柔順許多，還疼不了？馬達盯住吳小麗，你知不知道他要捆我？吳小麗說，我怎麼知道，我上山了。馬達問，莫四沒告訴你？吳小麗哭了，你咋這樣懷疑我？莫四憑啥告訴我？馬達說，沒有就是沒有，哭啥？吳小麗哭得更厲害了。馬達並沒因吳小麗哭泣而放棄對她的懷疑，這是他心裏的疙瘩。莫四捆他，馬達能斷定，吳小麗是不是預先得信兒躲出去，馬達確定不了。吳小麗不知情，馬達還好受些。若她是躲出去，馬達饒不了她。馬達被這個問題纏住，走站想著。第二天，馬達又問吳小麗。吳小麗惱了，罵，馬達，你不是人，你非要我說知道是不是？馬達說，我問問。吳小麗叫，什麼問問，你都把嘴問爛了。吳小麗氣成這樣，馬達倒鬆口氣。吳小麗站在莫四一邊沒什麼，吳小麗如果像莫四一樣坑他，就是另一回事了。

中午，馬達開始行動。他早跟莫四說過，他不是嚇唬莫四。原本要跟老闆說的，但他見不上。見不上，就甭怪他了。太陽明晃晃懸在頭頂，嗷嗷叫著，似乎在給馬達助威。馬達爬到向陽坡，一眼看見那

條蹲在墳包上的狼狗，穿著西服戴著領帶，左拎一隻羊右拎一隻羊。它齜著牙，似乎隨時會向馬達發起攻擊。馬達衝過去，狼狗倏忽不見了，馬達的拳頭落在土包上。馬達罵，你膽你出來！狼狗不再露面。但躲進包裏的它肯定嘲笑馬達，就算它不敢露面，馬達兩口子照樣侍候它。馬達罵，休想！發了瘋地拔那些花。有的謝了，有的正開著，泥土還濕淋淋的，因為吳小麗剛澆過。吳小麗愛花，可她不是替自己養，而是替狗養。馬達心疼但絕不手軟。

馬達不知道吳小麗什麼時候上來的，聽見她驚慌的叫聲，還未等他回頭，吳小麗已撲上來，大叫，你個蠻子，住手！馬達怎麼可能住手？吳小麗抓馬達，馬達一甩，她彈到地上。她跳起來再抓，再次被馬達甩到地上。吳小麗拍著自己的腿，闖禍了呀！闖禍了呀！忽然起身，跌跌撞撞往坡下跑去。

莫四帶人上來，馬達正拔那些松樹，手被扎得血淋淋的，臉上趴著橫七豎八的泥道子，衣服濕透了，緊裹著身體。莫四衝他喊什麼，馬達根本沒往耳朵裏收。莫四讓那幾個人摁馬達，可馬達有了防備，誰也不能靠近。莫四氣得跺腳，媽的，全是廢物。大個子員警一到，馬達就沒那麼兇了。馬達不怕員警，卻怵他手裏的警棍。馬達栽一個跟頭，啃一嘴土，再栽一個跟頭，又啃一嘴土，直到被戴上手銬，塞進警車。

吳小麗想讓莫四阻止馬達，沒想到莫四叫了員警。她求莫四別往走帶馬達，損壞的花和樹她賠。莫四說，我說了不算，現在已經晚了。吳小麗求大個子員警。她拍著車門叫，別！別！！警車射出去，留下一道長煙。吳小麗一屁股坐在地上，號啕大哭。

馬達看見吳小麗拍門了，看見她霎白的臉和彈跳的淚珠，他終於斷定：這個女人沒生二心。馬達鼻子酸了。

直到晚上，大個子員警才審訊馬達。馬達昏昏欲睡，他有了經驗，不那麼鬧騰了。大個子員警似乎對馬達也頭疼了，說，又是你小子，喜歡這個地方？馬達說不喜歡。大個子喝道，不喜歡怎麼

盡干犯法的事？馬達問，我犯法了？我犯了什麼法？大個子員警火了，裝什麼糊塗？你不知道幹了什麼？馬達停了停說，那是我女人種的。大個子員警說，你女人種你就有權利拔？馬達說，那是我的地，你可以去調查。大個子員警說，我早調查清楚了，地不是你的，花和樹也不是你的。馬達說，原來是我的，他們騙了我，他們沒說埋狗。大個子員警說，埋什麼和你有什麼關係？馬達說，當然有關係。那條狼狗又在馬達眼前出現了，神氣活現。馬達說，一條破狗，占那麼大個墓地，還──，大個子員警打斷他，我看你是吃飽撐的。有錢不掙，窮個屁股舒服不是？馬達說，我不稀罕狗日的錢。大個子員警說，不稀罕也不能胡來！馬達說，是他們逼我。大個子員警一拍桌子，還不老實？！馬達看大個子員警又要離開，忙問啥時候放他出去。大個子員警冷笑，你還想出去？馬達說，出不去了？關我也好，可你不能罰錢了，我沒錢。大個子員警氣笑了，你以為是買東西，還搞價？你不是不稀罕錢麼？馬達糾正，我是不稀罕狗身上得來的錢。

馬達在派出所待了一夜。

第二天，馬達見到吳小麗。吳小麗嘴唇蒼白，眼睛紅腫，神色黯然疲憊。馬達的心狠狠疼了一下。馬達問，是不是罰錢了？你別給，讓他們關我好了。吳小麗聲音嘶啞，你個蠻子，你說了算嗎？馬達急忙問，你又交了？吳小麗說，交了！馬達破口大罵，你個死娘們兒，憑什麼……馬達突然頓住，他看見吳小麗流淚了，紅紅的，血染的一樣。馬達小聲說，哭啥？由他們罰好了。吳小麗說，她已經向員警保證，最短時間把花樹補齊，若馬達保證不再毀壞，她就能帶馬達走了。馬達脖子又挺了，種？你還種？吳小麗有氣無力，我求了半天人，才換來這句話，你想關就關著吧，我沒時間陪你了，我得回去幹活。馬達想，就算坐牢也得把死狗挖出來，就這麼太不值了。於是，馬達服軟。馬達被帶回。

吳小麗問，還鬧不了？

馬達說，不鬧了。

已經鬧到這樣，馬達停不下來，他雖然心疼吳小麗，可他不能讓一條狗打敗。被狗打敗還不如坐牢。坐牢好歹有個年頭，被一條死狗打敗馬達就永遠栽了。

馬達瞞過吳小麗，拎著鐵鍬上了向陽坡。馬達要和這條穿西服戴領帶的狗進行最後的較量。馬達沒有拔花時的瘋狂和憤怒，他平和而冷靜，周圍靜靜的，只有鏟土的嘶啦聲和鐵鍬與陽光碰撞的嘎巴聲。挖了沒幾下，吳小麗上來了，她警惕性頗高。吳小麗罵他不長記性，你要氣死我呀。她不能阻止馬達，便趴在墳包上，張開手臂護著。馬達躲開她，從另一方向挖。兩人正抽扯著，莫四來了。看來，他對馬達更加不放心。莫四看兩人在土包上折騰，罵，反了，反了。

後來，大個子員警就來了，馬達再次被銬住。吳小麗罵著馬達，卻又護著馬達，不讓大個子員警帶馬達走。她說我賠我賠，我賠就是。大個子員警不理她，拽著馬達閃開。吳小麗哭叫，墓是我挖的，不關他的事。隨後螞蚱一樣跳過去，抓起鐵鍬，奮力揮舞。在場的人全愣了，馬達也懵了，張著嘴卻無聲。還是大個子員警反應快，衝上前制止吳小麗。吳小麗忽然咬住大個子員警的手腕。大個子員警奮力甩開，吳小麗重重摔倒。馬達沒見吳小麗那麼狠那麼兇過，大個子員警疼得臉都歪了。

大個子員警放了馬達，銬走了吳小麗。彼時吳小麗披頭散髮，看不清她的臉，只聽見她在罵，罵什麼誰也聽不哺。馬達腦袋徹底停止運轉，待醒過神兒，坡上只剩他和莫四了。馬達叫，不關她的事呀。莫四瞪他一眼，現在沒人管你了，你挖吧。

馬達再沒有心思拿起鐵鍬。他追到派出所，說挖狗墓是他幹的，與吳小麗無關，他要替換吳小麗出來。大個子員警不理他，而是端詳自己的手腕。吳小麗咬得重了，大個子員警手腕上滿是紫青的傷痕。馬達聲音軟下去，求他放了吳小麗，他把馬達怎麼著都行。大個子員警根本不理他。

馬達求了一下午，連吳小麗的面也沒見。馬達想到莫四，這個時候竟然想到莫四。可除了找莫四，馬達又能找誰呢？莫四狠狠寒磣了馬達一頓，你鬧騰呀，你不是很有能耐麼？我還以為你鐵雞巴硬到底呢，半天也有耷拉的時候。這下好，把女人鬧進去了。你以為我是你手裏的風葫蘆，你讓我怎麼轉我就怎麼轉？馬達第一次流淚了，莫村長，救救吳小麗。不管莫四怎麼挖苦，馬達只那一句話。莫四出完氣，說我試試吧，這次不比上次，他瞞不住，已經報告了老闆。莫四說，你真是闖大禍了，沒准我也得栽跟頭，你以為你是跟我作對？你個蠻子！

　　果如莫四所言，這次是闖禍了。大個子員警說上兩次他能說了算，這次不行了。馬達問莫四，還有什麼辦法？莫四沒好氣，你問我？我還想問你呢！馬達抓住莫四胳膊，你得想個法子，只要放吳小麗出來，我肯定不再鬧了，我向你保證，我鬧就不得好死。莫四罵馬達一陣，無奈地說，只能找他了，我也得給人家賠不是。

　　馬達終於見到老闆。馬達忘記怎麼坐車、怎麼上樓、怎麼走進那個屋子的。那矮矮的個子，那光光的頭，馬達是記得的，在向陽坡見過一次。但老闆的臉，馬達沒看清，還沒等看清，馬達就低下頭。莫四先低頭，莫四的腰幾乎彎成大蝦，馬達見狀，忙跟著低頭。那個過程不說也罷，因為莫四出來第一句話就是警告他，今天的事爛在肚裏，不准說出去。但保證的內容馬達記得清清楚楚，他不敢忘。

　　吳小麗放出來了，沒罰一分錢。她完好無損，大個子員警沒怎麼難為她。

　　馬達把墳包修好，然後在向陽坡搭了間草坯屋。這是老闆說的，馬達得日夜守墓，不跟老闆要一分錢。除了挑水，偶爾看看父親，馬達基本在向陽坡待著。吳小麗則是兩頭跑，因為她要給父親送飯，晚上她也住在草坯屋。毀了的樹重新補栽過，花呢，種了一些，又從城裏買了幾十盆菊花圍在墳包周圍，圍成一個大大的圓環，那樣子，好像花們在手拉手跳舞。老闆來過一次，挺滿意。留下話，會適當給點兒錢。

那對馬達已無關緊要。馬達終是被一條狗打敗了。馬達變得沉默了，一天說不上三句話。吳小麗對馬達的狀態深為擔心，有時故意問他，馬達不是搖頭就是點頭，偶爾吝嗇地吐一兩個字。

　　一天夜裏，吳小麗撫摸著馬達日漸消瘦的胸脯，心疼地說，我知道你在想啥，咱倆偷偷挖出來吧。馬達嚇了一跳，不知她怎麼就揣透他的心思。他確實在想大板牙的話。吳小麗說，沒人知道的，別憋瘋了。馬達緊緊抱住吳小麗，還是沒說一句話。

　　幾天後一個夜晚，馬達和吳小麗挖開墳包，撬開棺材，把那個腐臭的傢伙裝進麻袋，然後把那兩隻羊放進去，重新埋好。馬達事先在雞公山坳挖了坑，那是給麻袋準備的。馬達終於把它打敗，雖然這種方式馬達不恥，但沒有別的選擇。其實很簡單。

　　忙活完，天快亮了。兩人把花盆擺好，相依坐下。浸了夜露，花開得更豔了，好像少女的臉，在等待心上人親吻。

夜色撲面

1

出獄那天，石洋的眼睛又澀又脹。日光敲過來，眼皮突然抽緊，目光便迫不及待地撲出去。幾米遠的地方，站著他的父親。父親一個人。他怕自己看錯，揉揉眼，再次望過去。瓦藍的天，銀白的雲，灰色的牆，一棵看不出顏色的歪脖樹。他的目光一寸一寸縮回，聚到一個點，依然是木樁樣的父親。他沒看到那個身影。他的心迅速墜落。

父親說了句什麼，他懵懵地哦了一聲。父親與上次看他時沒什麼兩樣，駝背蟒腿，黑黃的臉上趴滿高高低低的皺紋，如同蓋了一張撕爛的籮筐。石洋看父親，父親卻躲閃著石洋的目光。石洋依然捕捉到隱藏在破筐底部的不安。沒錯，父親騙了他。石洋不死心，問，她呢？父親沉默。石洋再次問，她呢？？石洋脖子抽搐著，那個名字只在嗓根兒炸裂，沒吐出來。

父子倆一前一後離開那幢灰色院子。他們得到三里外的小鎮乘車。先到市里，再轉通往縣裏的車。當然，到縣還要倒車到鎮上。父親弓著腰，走路速度卻極快，石洋追得氣喘吁吁。待石洋攆上，父親卻慢了，和石洋拉開距離。父親顯然在躲避石洋。石洋意識到這點兒，心更加沉重了。

小鎮通往市里的客車一天往返一趟，車一到，人們忽拉圍上去。父親一改佝僂樣兒，矯健得如同猴子。他從側面貼過去，幾步擠到門口，回頭招呼石洋，快，快點兒！石洋遲鈍地站在人群中，根本擠不過去。他也不想擠。父親占了座位，石洋上車，父親趕緊招呼他。石洋感覺周圍投來異樣的目光，他本不想坐父親身邊，可車上已無空座，只好挨父親坐下。車出站，父親打開包，掏出燒餅遞給石洋。石洋搖搖頭，閉了眼。沒幾分鐘，父親碰碰石洋的手，石洋睜開眼，父親捏著一顆剝了皮的雞蛋。石洋說，我不餓。父親說，那也得吃點兒，路遠著呢。父親表情執拗，石洋只好接過來。

這情景是如此熟悉。幾年前，石洋和于曉敏也是在長途車上，石洋給于曉敏雞蛋，于曉敏不吃，石洋硬塞她手裏。那時，他和她揣著滿肚子美好的願望，可……石洋眼睛濕了。

　　車載電視播放著小品，引起陣陣笑聲。父親伸了脖子──他知道父親的眼睛已經不好使了。看幾眼，父親瞄他一下，心事重重的樣子。石洋便閉眼裝睡。哪睡得著呢？腦裏被于曉敏擠得滿滿的。他入獄後，于曉敏只來看過一次。父親說于曉敏又出去打工了，她留下話，刑滿後她來接他。他問于曉敏去了什麼地方，父親總是搖頭。他問過年也不回來？父親聲調裏帶著傷感，沒回來啊，這孩子。四年了，于曉敏連一封信也沒有。石洋隱隱覺得，于曉敏出了問題，但他心存僥倖，數著日子盼出獄。這一天終於到來，石洋卻意識到自己是多麼愚蠢。石洋想知道于曉敏怎麼了，這個願望突然異常強烈。他碰碰父親，父親滿臉驚駭，怎麼了？石洋咽口唾沫，沒什麼，你看吧。石洋再次閉上眼，他要等父親開口。

　　到縣城已是黃昏。兩人找個小店住了，到門口吃飯。石洋不說話，菜是父親要的。醬牛肉、豬頭肉、溜肥腸、麻辣豆腐，外加半斤白酒。記憶中，父親從未這樣奢侈過。他明白父親的用意，想父親該說于曉敏了。直到吃完，父親隻字未提。

　　石洋讓父親先回店。父親問他去哪兒，他裝沒聽見。他沒地方去，只想走走。春天的夜晚依然寒氣逼人，街上冷冷清清。偶有相伴的男女走過，石洋就死盯著。走了一陣兒，他覺出父親不遠不近地跟蹤他。石洋有些惱火，加快步子，想把父親甩掉。這麼做不大對，可他管不住自己。先在大街上，爾後竄進巷子。他沒甩掉父親。他前腳進店，父親後腳就到了。父親大喘著，頭上汗津津的。石洋扯了毛巾遞給父親，父親沒接。

　　父親總算開口了。他語速極慢，每拽出一個字都極其艱難，石洋還是聽清了。于曉敏在石洋入獄當年便嫁給本村的劉拐子，孩子都三歲了。石洋低著頭一聲不吭，臉上的青色一層層加重。

父親看著他，小心翼翼地，這不怪她，哪個女娃能等你四年？過去的事甭想了，新打鼓另開張吧，你出來比啥都強。

石洋始終沒吭聲。

石洋做過這樣的猜測，可從父親嘴裏得到驗證，石洋的心還是滴血。于曉敏不必等他，但她怎麼也該給他個話啊。于曉敏可以嫁人，但怎麼也得等等吧？當年她就嫁了。她一點兒沒把他放在心上。過去，她不是這樣的。為什麼？就因為他坐牢？事實是，石洋坐牢因她而起。

第二天起得晚，到營盤鎮已是半上午。街還是過去的街，不同的是兩邊蓋了幾棟二層樓。回村還有十里路，石洋讓父親先回，他在鎮上待會兒。曉得于曉敏的消息，石洋不想回家了。父親看著他，沒說話。石洋看出父親的擔憂，笑笑，沒事，我下午就回去了。這是和父親見面後第一個笑。父親說，那包我給你帶回去吧。石洋說不用，可馬上從父親眼神裏看出意思，將包遞給父親。包下端有四個小字：××監獄。

石洋走走停停，目光散漫，似乎在尋找什麼。找什麼自己也不清楚。聽有人喊他名字，石洋驚愕地抬頭四顧。一個罩著頭巾的婦女衝石洋招手。她笑得很燦爛，如盛開的向日葵。石洋有些遲疑，何嫂？何嫂說，你的臉捂白了啊。石洋苦澀地笑笑。何嫂似乎沒什麼變化，細腿蜂腰，臉頰印著蛋樣的酡紅。何嫂說剛才見著他父親了，又問石洋想買什麼，她的貨全著呢。石洋低頭瞅去，確實夠豐富。瓜子、大豆、麻籽、花生、煙葉，塑膠桶、磨刀石、笤帚、簸箕……生活用品應有盡有。石洋說我啥也不買，何嫂抓把大豆給石洋，石洋不接，何嫂硬塞給他。石洋客套地問何嫂生意怎樣。何嫂說，就那樣，不好不壞，賣東西是捎帶，我主要等何魁。石洋突然想起什麼，還……沒回來？他怕刺激了何嫂，有些結巴。何嫂說，沒呢……他回來我還擺什麼攤兒？何嫂的目光移到半空，一點點拉長，彷彿何魁在空中飄著。

何嫂的丈夫何魁出外打工，一直沒有音訊。傳言很多，有說何魁發了財把何嫂甩了，有說何魁已經死了。何嫂不相信何魁會甩她，不相信何魁已經死在外面，如果死了，何魁會在夢裏告訴她。何魁沒托

夢，說明他還活著；他活著，早晚會回來。何嫂每天趕驢車到鎮上等何魁，後來就邊等邊做小買賣。石洋坐牢前何嫂就開始守候了。石洋坐四年牢，何嫂竟然還在這兒等著。石洋驚愕得下巴幾乎錯位。

石洋想著何魁何嫂，不知不覺出了鎮。看見那塊白底黑字的牌子，猛然醒過神兒。怎麼到獸醫站了？並沒有馬上走開，站那兒發愣。劉拐子就在獸醫站上班。他能找劉拐子質問麼？石洋悻悻掉轉頭。

下午，石洋搭何嫂的驢車回村。何嫂坐左首，石洋坐右首。何嫂說聲走，毛驢便邁開四蹄，孩子般聽話。何嫂不抓韁繩，更不抽打毛驢，毛驢不緊不慢地走著。石洋沒想到何嫂這樣趕車，不由抿嘴樂了。

何嫂側轉頭，樂啥呢？石洋說，你不怕毛驢把你領溝裏？何嫂說，好驢不靠眼睛走路，靠心。見石洋不信，何嫂叫住驢，用頭巾罩住驢眼。果然，毛驢走得同樣平穩，有坑窪的地方繞過去，拐彎也沒一點兒猶豫。何嫂得意地說，怎樣？我不是瞎說吧？石洋問，你怎麼調教它的？何嫂說，我沒調教，它通人性，也盼著何魁回家呢。石洋不知怎麼接碴，閉了嘴。

驢車。田野。靜立的楊樹。兩個沉默的人。

石洋琢磨著找個話題，何嫂開口了，你怎麼不說話？我記得你挺能扯的麼？那次你和曉敏鑽我家柴草垛讓我逮住，你那個掰乎勁兒。

石洋臉臊臊的，都是老皇曆了。

何嫂歎口氣，你要是不攤上這事，這會兒也是孩子爹了。

石洋尷尬地笑笑。

何嫂說，這也不怪你啊，到城裏就不由自個兒了是不是？我估摸何魁也遇到難事了，沒準兒也坐了牢。這楞貨，也不懂往回捎句話。

石洋問，一點兒消息也沒？

何嫂頓時憤憤的，消息多著呢，沒一個有準兒。他們幹嗎哄我？不就想給我說個人家麼？讓我丟下何魁找人嫁了？嘿，我不鑽這套子。

石洋嘀咕了一句，自己都不明白說的是什麼。

何嫂突然問，你說，何魁會不會坐牢？

石洋遲疑著說，也……許吧，啥事都有可能。他不知道該順著何嫂說，還是逆著說。

何嫂一拍腿，就是嘛，他肯定有難處。

石洋暗想，何嫂腦子真出了問題？

已經看見村莊了。何嫂說，你爹等你呢。石洋順著何嫂手指望去，村口站著一個人。模模糊糊的，根本辨不出是誰。走近，果然是父親。石洋心裏驚了驚，不由打量何嫂幾眼。

<h1 style="text-align:center">2</h1>

石洋昏睡了兩天，睡得骨頭都軟了。其實，他不缺覺，只是疲憊。迷迷糊糊中，聽見父親喊村長。兩人嘰咕半天，石洋不知他們說什麼。傍晚，石洋從炕上爬起，邊吃飯邊問父親誰來過。父親說武村長。石洋問，就他來過？父親點點頭。石洋問，他來幹啥？父親說，知道你回來了，來看看。

石洋出門，父親問他去哪兒？石洋慢慢回過頭，看著父親。父親對他不放心，在縣城和鎮上倒也罷了，現在回村，父親還是這樣，石洋有些惱火。父親討好地笑笑，天晚了，早點回來。石洋沒說話。這是他生活了二十多年的村莊，還怕不安全？

石洋昏睡中一直等待于曉敏。她知道他回來，她該過來看看。甚至，他等她說點什麼。他的等待落空了。她為什麼不過來？害怕見他？羞於見他？好吧，她不過來，他過去。

村莊的夜晚很安靜，偶有一兩聲狗吠，如同秋天墜地的黃葉，輕飄飄的。石洋碰到的第一個人是劉祥女人，劉祥女人眼神兒不好，夜色中就更差。她問石洋，誰？石洋說我。她說你是誰，湊到石洋跟前，隨即跳開，這不是石洋嗎？……你回來了？石洋說回來了。劉祥女人說我借小三家的鞋樣，得趕緊還去。慌慌張張逃了。看那樣子，似乎走得慢點兒，石洋會要她的命。在中心街，石洋遇到六老漢。六

老漢沒躲石洋，但石洋詢問劉拐子的住處時，六老漢拿煙的手明顯在抖。石洋拍拍他的肩走開。石洋很不是滋味，他們幹嗎怕他？他坐過牢就不是人了？這麼一想，他對于曉敏的氣就粗了些。

石洋不過和六老漢證實一下，他當然知道劉拐子住哪兒。劉拐子是村裏少數蓋磚瓦房的人家。劉拐子父親是獸醫站站長，早早蓋了房想給兒子討一門媳婦。說了幾個都不成，沒有女孩看上劉拐子。劉拐子頂了父親的職，還是討不到。石洋怎麼也沒想到，是他的于曉敏嫁給了劉拐子。他的？石洋嘴角飄起一縷苦澀。

大鐵門從裏面插著。石洋靜立片刻，考慮劉拐子在家該怎麼辦。又想劉拐子能把他咋的？他倒要看看劉拐子和于曉敏演出什麼戲來。便用力拍了兩下。一會兒，傳出于曉敏的聲音，誰？石洋理直氣壯，我！

裏邊沒音了，沒有追問你是誰。于曉敏顯然聽出來了。石洋沒再說話，等著。

門緩緩拉開，于曉敏站在那兒，一手扶著門邊，站立不住的樣子，又好像隨時要關門。屋裏的燈光洇過來，于曉敏被塗成桔黃色。她胖了，頭髮也剪了，還燙過。石洋的心顫慄了一下，也被燙了似的。

石洋直視著于曉敏，于曉敏也看著石洋，很快，她把頭偏開。她一定讀懂了石洋眼裏的內容。就這麼對峙著，兩人的喘息聲越來越重。于曉敏要是撲到他懷裏，要是大哭一場，石洋的怨恨很快會釋放乾淨。

但沒有。不過是石洋一廂情願。

回來了？終於擠出幾個字。

石洋點頭。

再沒有任何話語，于曉敏原來挺能嘰喳的，石洋不讓她說都不行。

突然傳出孩子的哭聲，于曉敏得了救星，轉身就跑。她趿拉著鞋，由於跑得急，一隻鞋甩掉了。她沒撿，光著腳跑進屋。

石洋沒有跟進去。自始至終，于曉敏沒讓他進屋。哭聲沒有停下來，斷斷續續的。石洋明白，于曉敏不會出來了。好吧，日子長著

呢，石洋倒要看看，于曉敏能躲到什麼時候。石洋替她合上門。有一點兒，石洋搞清楚了，劉拐子不是天天回來。

父親和武村長在等石洋。石洋進屋，話聲嘎然而止。石洋猶猶豫豫地站著，彷彿走錯了門。父親說，武村長看你來了。武村長粗聲大氣地招呼石洋坐。武村長個頭兒不高，但聲音總比村民高出半截。石洋想武村長一定有事，不然不會三番五次地看他。說了幾句寡話，武村長拋出正題，讓石洋去派出所登記一下。石洋愣住，登記啥？武村長說，這個……剛出來的都要到派出所登記，沒啥事，登記一下就行。石洋氣乎乎地說我不去。他已經出獄，現在又沒犯法，幹嗎還要登記？父親欲說什麼，被武村長用手勢制止了。武村長解釋，派出所不是針對石洋規定的，剛出來的都得這樣，派出所也是為了治安需要。石洋忿然不應，想，我不過坐幾年監獄，還讓社會不安定了？武村長並沒因石洋的態度生氣，而是指出利害，你不去，我也不能綁你去，這樣等於村裏不配合派出所工作，派出所不會拿你咋樣，不過會把責任推村裏，村裏以後發生什麼案件，他們都不管。這可是大事呢，侄子，你不知道這幾年村子有多亂，派出所不答理你，那可沒招架啊。石洋說，愛咋咋，反正我不去。父親急了，大聲道，你小子犯什麼強啊。武村長說，那我報告一聲，讓派出所上門好了。我是考慮，你剛回來派出所就找上門，傳出去不好聽，不知道的還以為你又犯事了呢。父親徵求武村長意見，要不，我去？武村長看石洋一眼，也只好這樣了。

第二天，石洋還是自己去了。哪兒有哪兒的規矩，誰讓你犯過事呢？讓駝腰父親跑一趟，石洋不忍。

接待石洋的杭民警四十幾歲，一張烏青臉，看人不從正面，而是從斜面刺出來。從頭到腳刺了石洋三四遭兒，才問，你叫石洋？石洋回答後，杭民警聲音猛然提高，怎麼才來？石洋解釋回來就病了。杭民警盯石洋足夠兩分鐘，問，好了？石洋老老實實說好了。石洋看出來，杭民警要麼脾氣不好，要麼心情不好，自己不能惹他。杭民警丟

給石洋一張表。石洋想找支筆，杭民警朝筆筒努努嘴。石洋一欄一欄寫了，雙手交給杭民警。杭民警說，字不錯麼。石洋差點告訴他，念初中那會兒，自己是壁報組組長。

杭民警看了半天，不知看內容，還是欣賞石洋的字。石洋正要問還有事兒沒，忽然傳來吵罵聲，緊接著兩個人扭打著擠進來。石洋驚愕地瞪大眼，其中一人竟然是何嫂，另外是個後生。何嫂揪著後生領子，後生抓著何嫂胳膊。何嫂罵後生騙子，後生罵何嫂訛人。杭民警厲聲道，這是什麼地方，都給我閉嘴。何嫂和後生馬上噤聲，都鬆了手。

後生拿一百塊錢買東西，何嫂收了錢方認出是假幣，她追住後生，後生咬定何嫂偷換過了。杭民警不說話，盯一會兒何嫂，又盯一會兒後生。末了問，錢呢？何嫂忙掏出來，杭民警並不審驗，捏了捏丟在桌上。杭民警問後生，你買東西前看過自己的錢？後生說，看過，天天花錢，我還認不出真假？何嫂叫，他拿的就是假錢。杭民警喝斥，沒問你！何嫂樣子很委屈，石洋替她捏了把汗。杭民警又問後生，沒說假話？後生指著何嫂發誓，我說假就是她養的。杭民警甩手就是一巴掌，他力氣大，後生嘴角頓時泅出血跡。不光後生呆住，石洋和何嫂也愣了。杭民警罵，咕咕鳥想哄鷂鷹，瞎了眼！後生還要說什麼，杭民警又是兩嘴巴。何嫂嚇壞了，杭民警，別打了，就算我的吧，我不跟他要了。杭民警掃她一眼，她怯怯地後退一步。杭民警再次問後生，是不是你的？後生小聲說，是。杭民警罵，我以為你小子還要硬。後生賠了何嫂錢，杭民警讓何嫂走。何嫂替後生求情，杭民警，饒他一回吧，看樣子他還沒成家，傳出去找不上媳婦。杭民警不耐煩地揮揮手，這兒沒你的事，你不想離開咋的？何嫂低頭離開，挺難過的樣子。

石洋想問杭民警還有沒有自己的事，杭民警不理他，他不敢走。杭民警審問後生，假幣哪兒來的。後生遲疑了一下，大約覺得和杭民警對抗沒好處，交代賭博贏的。杭民警步步緊逼，問後生什麼時間什麼地點什麼人參加，後生都交代了。石洋暗想，難怪杭民警不正眼看人，還真有幾把刷子。

錄完口供，杭民警問石洋，你怎麼還在這兒？

石洋忙抬起屁股，我走了。

杭民警又喊住他，如果有事，石洋須隨叫隨到。石洋摸不准「有事」是什麼意思，他有事還是杭民警有事？隨叫隨到？這和犯人有什麼區別？杭民警莫不是要把他和別人區別開？他愣怔的工夫，杭民警加重語氣問，聽清了？石洋含混地說，聽清了。

何嫂在門口等著，石洋出來，她急巴巴地問，後生又挨打了？石洋說，沒有，他騙你，你怎麼替他求情？何嫂說，誰沒個犯傻的時候？想來他也沒錢，有錢哪會坑人？石洋說，你心眼兒太好了，虧得員警眼睛毒，要不你就讓那小子坑了。何嫂歎道，杭民警人是不錯，就是下手忒狠了，他肚裏窩著火呢。何嫂問杭民警沒難為你吧，石洋搖搖頭。何嫂說上個月有個出來的，杭民警找好幾天他也沒露面，後來不知因為啥事撞杭民警手裏，可整慘了。石洋淡淡一笑，何嫂說出來，而沒說出獄。她這麼心細，神經哪有問題？何嫂說，和員警對頂沒好果子吃，唉，也不知何魁這楞貨懂不懂這理兒。她的目光再次向遠處探去，迷迷茫茫的。石洋本想詢問一下于曉敏的事，見狀只好做罷。

幾天後，石洋終於明白杭民警所說的有事是什麼意思。北灘共五個自然村，石洋所在的村最大，其他村相隔二三里，都是幾十戶人家。一天夜晚，一個村出了事。幾個蒙面人闖進高寬家要錢。據說高寬央求了半天，誰料蒙面人知根知底，你閨女剛找人家，會沒錢？高寬無奈，只得交出一萬塊錢。好在這些人只是要錢，並未傷害高寬家人。

石洋聽後馬上想，蒙面人對高寬家熟，沒准還是他家親戚。他不會想到自己和這件事有什麼聯繫，直到杭民警上門。杭民警支開石洋，詢問父親，這幾天石洋都去了什麼地方，那天夜裏在不在家等等。門半開著，石洋蹲在門口，聽得清清楚楚。自己成了懷疑對象。石洋屈辱而憤怒，他雙手死死扣著地，似乎一鬆開自己就會彈起來。門口有人探頭探腦，探詢的目光從各個角落、各個縫隙擠進來。石洋

終是沒忍住，衝進去質問杭民警，憑什麼懷疑我？你有什麼證據？父親嚇壞了，拽住石洋胳膊往後拉。杭民警審視著石洋，聲音平靜而冷淡，我沒懷疑你，但你有義務配合調查，北灘的每一個人，我都可以問。石洋臉上的肌肉錯動著，一時想不出話反駁。

杭民警要石洋跟他去村委，父親推石洋。石洋氣乎乎地想，去就去，沒做虧心事，怕他？！兩人出來，圍觀的人立刻做鳥獸散，有一個人沒動，是抱著孩子的于曉敏。石洋沒想到于曉敏會來，她擔心他，還是看笑話？目光相撞的瞬間，石洋捕到她眼底的擔憂。隨即，她低下頭，疾疾走了。

杭民警沒有難為石洋，問了一些問題便讓石洋離開了。他說，你好好配合我，我問是為你好。石洋什麼也沒說，心想，還想讓我感恩？我不是傻子！

3

那個案子不久告破，果然與高寬一個親戚有關。石洋被摘乾淨了，但他高興不起來。蹲一次監獄，就被打上印記一樣，扒都扒不掉。人們見了他依然躲著走，躲避不及，便堆出爛土豆一樣的笑，生怕惹著石洋。而派出所像一根無形的藤，無論石洋走到哪兒，都感覺那根藤在身上纏著，揪不斷砍不掉。在裏面那會兒，他無時無刻不想著外面的世界。誰料出來便當頭一棒：女友已為人婦。剛醒過點兒神，卻發現自己陷入一片泥潭，拔左腳一腿泥，拔右腳還是一腿泥。

一切都是從那個冬天開始的。當時，石洋已在城裏幹了兩年。第三年，于曉敏跟石洋進了城，說好掙了錢年根結婚，不想再鑽柴草垛了。夏秋之季，隨便找個地方就能約會，冬天只能鑽柴草垛，塞外的天實在是冷。石洋答應有錢先給于曉敏買項鏈。石洋在工地當架子工，于曉敏在食堂做飯。天氣變冷，工程終於完工，石洋和于曉敏卻沒拿到工錢。包工頭哭喪著臉，不是他有意拖欠，而是沒能從開發商

那裏拿到錢。激憤的工人把包工頭狠揍一頓，包工頭掉了一顆牙，缺了半拉耳朵，還是拿不出錢。石洋不願天天堵著包工頭耗時間，領著于曉敏在大橋上攬活兒，做保潔，掙點現錢。便遇到那個女人。那是個下午，剛剛下過一場雪，石洋袖著手在橋墩上靠著。那個女人問石洋幾個人幹，多少錢一平方，令石洋意外的是，女人沒和石洋搞價，她給石洋留個地址，讓石洋第二天過去。是個闊女人，石洋判斷。但並沒什麼想法，只是慶幸。第二天，兩人去幹活，石洋證實了自己的判斷。石洋再次注意女人是因為于曉敏。于曉敏有意無意掃著女人的脖子。女人脖子上掛著鉑金項鏈，很粗。石洋的心彷彿被咬了，生疼。于曉敏悄悄告訴石洋，女人項鏈上鑲著寶石呢，晃眼。石洋隨意唔了一聲，有種被撕裂的感覺。那個念頭就這樣冒出來。他有點兒怕，可恐懼感最終被于曉敏的眼神壓回去。石洋想，自己只要項鏈，一根項鏈對女人不算什麼。結了錢，石洋和于曉敏離開。次日傍晚，石洋一個人溜出來。等了一會兒，女人露面了。剛遛完狗。石洋悄無聲息地跟上去，待女人走到樓道口，他突然從後面抱住她，低聲道，別動！他的計畫是揪了項鏈就跑，讓他沒想到的是，他揪下項鏈，女人一下暈在那兒。石洋慌作一團，招著女人喂喂地叫。他的腦子徹底亂了。女人蘇醒過來，石洋已失去逃跑機會。

石洋為于曉敏去搶劫，搶劫卻讓他失去于曉敏。何止是失去于曉敏呢？在裏面石洋只是後悔，現在除了悔，更多的是忿恨。沒錯，于曉敏沒讓他去搶，可他畢竟是為了她。他和她多年的情分就這樣完蛋了？消逝了？石洋不甘心。當然，他不能把于曉敏怎樣。但他要讓她給個理由，她不會無緣無故嫁給劉拐子吧？

幾天後，石洋再次見到于曉敏。石洋拎瓶酒從小賣部出來，看見抱著孩子的于曉敏。她似乎愣了一下，爾後衝石洋點點頭，匆匆進去了。石洋站在門口，想等她出來。好一會兒，于曉敏也沒露面。他明白，她不想再和他碰面。他想算了吧，可走幾步又停下來。拗勁上來了，我又不是瘟神，別人躲倒也罷了，你于曉敏也躲？石洋哼了哼，

不信她能躲到天黑。約半小時後，于曉敏終於出來。石洋緊緊用目光逼住她，她不自然地笑笑，逃了。

　　石洋尾隨于曉敏，于曉敏開大門，方發現身後的石洋。于曉敏臉一白，問，幹嗎？石洋說，光天化日，我能幹啥？看看你總行吧。要是你怕我進去，我就站在這兒。于曉敏左右掃掃，擠出三個字，進來吧。像一綹風，輕輕的。

　　于曉敏給石洋沏水，她的孩子靠近石洋，圓乎乎的眼睛看著他。孩子眼睛、嘴巴像于曉敏，鼻子有點兒瘟，和劉拐子的鼻子一個形狀。石洋輕輕一攬，將他抱在懷裏。石洋窺見于曉敏眼裏滑過一絲緊張，她大聲「提醒」，小心他尿你身上！石洋裝沒聽見，她怕他抱，他偏抱。于曉敏抓起撥郎鼓搖了兩下，孩子便掙脫石洋。于曉敏緊緊把孩子抱了。石洋想，她可真有辦法。一時無語，石洋看她逗弄孩子。孩子一手搖撥郎鼓，一手抓她的胸。石洋的目光便定在那兒。于曉敏顯然覺察到了，臉漲得番茄似的。石洋暗想，我又不是沒見過你的。

　　于曉敏先開口了，不出去了？

　　石洋裝糊塗，去哪兒？

　　于曉敏不答，顯然知道石洋的意思。

　　石洋哦了一聲，還沒想好。

　　于曉敏緊緊地抿著嘴。石洋想，她是怕他留在村裏呢。便補充道，就在村裏耗著吧。于曉敏抽抽嘴角。

　　你還好吧？于曉敏終於又擠出幾個字。

　　石洋乾脆地說，不好！

　　于曉敏便僵了。

　　石洋說，看樣子，你過得不錯？

　　于曉敏沒肯定也沒否定，她轉移方向，你有事？

　　石洋說，我想知道——為啥？

　　于曉敏說，不為啥。

石洋沒從于曉敏臉上看到想像中的愧疚，未等他說什麼，于曉敏突然拍孩子一掌，斥責，不許吃手！猛把孩子攔到地上。孩子哭著往她身上撲。她不讓孩子靠近，但兩手護著，生怕石洋抱起。她這是逐客了，石洋悻悻離開。

晚飯後，石洋又一次來到于曉敏家。石洋越想越生氣，哪怕她說聲對不起呢，不為啥三個字就打發了他。他必須問個清楚，她不說他就賴著不走。但未能叫開門。于曉敏說她睡了，有事明天再說。石洋叫不開，借著酒勁猛拍。他惡狠狠地想，反正我就這樣了，我怕啥？

石洋沒叫開門，倒把父親引來了。父親抱住石洋，斥責，你這是幹啥呢？回家！石洋說，沒你的事。父親悲愴地叫，你就給爹省省心吧，爹還想多活幾年！石洋抬腳就走，父親追回家，石洋已勾頭坐了。父親默默吸了半天煙，方開口道，石洋，過去的事，別再想了，你這麼鬧，曉敏過不好，整個村子也不安生。石洋一愣，整個村子不安生？他讓整個村子不安生了？父親說，算爹求你了。石洋瞄父親一眼，父親從未用這種口氣和他說話。是父親老了，還是他讓父親害怕？石洋輕描淡寫地說，我沒想咋的，不過說說話。父親說，她是結了婚的女人，你能說啥？石洋梗梗脖子，彷彿被塞住了。

石洋老實了幾天，又憋不住了。那天本來只是走走，可三轉兩轉到了于曉敏家，幾乎沒加思索就拍門。劉拐子今天在家。劉拐子問石洋有什麼事，石洋語塞。劉拐子說，我沒著惹你，你也別攪得曉敏不安生，再敲門我就報警了。石洋的火噌地竄出來，老子不過敲敲門，你能咋的？

石洋！父親的暴喝令石洋悚然一驚，手便停在半空。

父親疾步過來，扯了石洋就走。父親的力氣出奇地大。

進屋，父親便丟了剛才的威風，臉上呈現出乞求和討好，歇歇吧，可別折騰了。石洋不知說什麼好，尤其父親用這種口氣。石洋發現，父親和別人說話也是綿軟無力，低人一等的樣子。父親從前不是這樣，石洋這次坐牢，把父親的精氣神兒抽走了，在村民面前矮，在石洋面前也

夜色撲面　221

矮。石洋既內疚又生氣。父親實在是躲不開石洋，如果能躲開，也許早就躲了。父親說要和石洋商量個事，石洋心不在焉地聽著，能有什麼事？父親提出給石洋說門親。父親說你老大不小了，該成個家了，爹攢了點兒，再借點兒，估摸差不多了。石洋說算了。他瞧出父親的用意，有個媳婦石洋就安生了。他以為石洋只是缺個媳婦？石洋沒這份心思。再說，就他目前這樣子，誰跟他？父親是在說夢話。父親說，怎麼能算了？爹咽氣前怎麼也得看見孫子，你別較勁了。石洋冷冷地想，你不怕碰釘子就張羅吧，躲還躲不開呢，指望哪個女人嫁過來？

幾天後，父親喜眉喜眼地和石洋說，他托的人回話了，提了趙王村的一個，女的要來家裏相相。石洋覺得突然，愣愣地看著父親。父親讓石洋到鎮上割肉買菜，他在家打掃屋子。石洋問，沒跟人家說我……父親馬上打斷他，誰頭上沒個疤，別人不揭自個兒揭呀。石洋說，我不去。父親的臉突然漲成青紫色，瞪著石洋，要燒了石洋似的。片刻工夫，父親眼裏的火焰暗淡下去，漸漸熄滅，浮出混濁的水色，都說好了呀，算爹求你了。石洋耐不住父親這樣軟泡，只好去了鎮上。石洋心裏並非一潭死水。

相親那天，父子倆起個大早。父親嫌割肉檔次不夠，又宰了一隻雞。家裏僅有九隻雞，剛開始下蛋，父親一點兒沒表現出心疼。石洋掃了一遍院，父親嫌不乾淨，又掃了一次，還淋了兩桶水。父親翻出一張舊紅紙，石洋擔心父親寫對聯什麼的，那可羞煞人了。還好，父親看了一會兒，又卷回去。半上午，父親把村長請過來，他是要讓村長撑場面的。村長帶來一副舊掛曆，父親一一拆開，讓石洋幫他釘在牆上。穿得半露的女明星貼在黃白的牆上並不覺得委屈，依然搔首弄姿。村長背著手盯了一會兒，感慨，這麼好的女人，不知道都讓誰睡了。

雞塊已經燉好，一屋子香味。父親不時跑到門口張望，回來總要嘀咕，咋還不到呢。中午了，相親的仍然沒影兒，父親掩飾不住的焦急。石洋表面不急不躁，心裏也敲起小鼓。張羅到這個地步，泡了湯咋也不好。

半下午，媒人才露面。父親急惶惶地問，人呢？媒人把父親扯一邊耳語幾句，父親的臉頓時黃了，煙熏了一樣。

4

石洋去何嫂那兒，一半是躲避父親。父親好像中了邪，不停地找人提親。當然沒一次提成。父親不甘休，白天求人，晚上做石洋的工作。有同意見面的，他讓石洋到女方家裏。他說，哪怕見個面呢。到目前為止，連女方的眉眉眼眼也沒見過。石洋不去。堅決不去。沒希望，何必找那個羞？他揣摸透了父親的心思，父親急於給他找女人，是怕他找于曉敏鬧，怕他攪得村子不安生。石洋憤憤不平，他怎麼就成了村裏的禍害？他製造過什麼麻煩？他找于曉敏也不是和她怎樣，他只想從她嘴裏掏句實話。他敵視過誰？相反，是眾人對他充滿敵意和戒備。想想，哪一椿不是呢？石洋不想聽父親用巴結的口氣念經，就躲出來。

也只能找何嫂。何嫂是全村唯一不懼怕石洋的人，她沒給石洋打記號。跟何嫂在一起，無論說話還是靜坐，石洋都很輕鬆。這是另一半原因。石洋總得找個人說說話吧，不能老這麼憋著。何嫂家沒院門，兩根椽棒往牆垛中間一插，算是門了。石洋貓腰鑽進去。何嫂在院裏餵驢，問沒吃吧，石洋說吃了。何嫂責備，告你今兒不吃飯過來麼，吃了還來幹啥？石洋笑笑，問賣得咋樣。何嫂答不咋樣。餵完驢，何嫂才開始做飯。她說驢侍候我一遭，我才侍候它一頓，很對不住驢似的。

何嫂麻利，一會兒便端上兩盤菜。她說，你吃過也得陪我喝兩盅。何魁在家那些年，何嫂滴酒不沾，何魁音信全無，她就迷上酒了。何嫂說不喝睡不著，但從不過量，每次二兩。石洋沒推辭，盤腿坐了。何嫂說，不許喝多了啊，喝多你又要敲曉敏的門了。同時，責怪地橫石洋一眼。石洋說，你也知道了？何嫂哼哼，誰不知道？你害得劉拐子天天往家跑。石洋垂了頭，我也沒想咋的。何嫂說，我正要和你說說呢，你沒

想咋的，就別敲人家的門。石洋疑問，誰讓你勸我的？何嫂說，沒人，隨後歎息一聲，我知道于曉敏有難處，像我家何魁，肯定有難處，不然六七年不會連個信兒也沒有。說到何魁，石洋就不知怎麼接碴了。還好，何嫂沒有停在何魁身上，她說，你這麼糾纏，是要毀人家呢。石洋說，我沒糾纏她。何嫂說，還嘴硬？虧得是于曉敏，要是我，幾擀杖就把你搡出來了。隨後呵呵笑了。石洋也不自然地笑笑。何嫂的神色嚴肅起來，聽嫂子的，各人有各人的福份，安心過自己的日子。石洋暗想，我倒是想安心，誰讓我安心？何嫂追問，記住了？石洋點頭。何嫂說，有啥抹不開的事，就和嫂子說，別再鬧了，不好。石洋再次點頭。何嫂忽然哎呀一聲，差點忘了，明兒有空沒？石洋苦笑，我一個閒人，什麼空不空的。何嫂說她明兒上縣進貨，讓石洋幫她看一天攤兒。石洋忙說沒問題。事後，石洋回想，如果他不答應何嫂，不去鎮上，後來的一切也許不會發生。可他明白，這和何嫂沒有絲毫關係。

第二天，石洋和何嫂坐驢車到鎮上。何嫂囑咐石洋，讓他中午從對面飯館要個盒飯，別委屈自己。石洋知道何嫂平時都從家裏帶飯，他哪好意思叫盒飯？三個麻餅了事。

大約後半晌，石洋百無聊賴地瞅著行人發呆。實在是沒賣多少貨，石洋不知是何嫂的生意清淡，還是自己沒經驗。這時，一個長頭髮踱到攤兒前，石洋忙站起來，問他買什麼。長髮不答，緊緊盯著石洋，同時抿抿嘴。石洋覺得面熟，稍一頓便叫出聲，蕭大軍？！

蕭大軍嘿嘿樂了，還記得哥呢？我盯你半天了。

石洋問，你怎麼到這兒了？蕭大軍是石洋的獄友，比石洋早一年出來。

蕭大軍說，找你啊，出來也不打個招呼，太不夠意思了。

石洋說，我懶得動。

蕭大軍抓起一把花生，捏開一顆丟進嘴裏，問，做起生意了？

石洋忙說是幫別人看的。

蕭大軍問石洋在哪兒發財。

石洋苦苦一笑，發什麼財呀，在家窩著呢。

蕭大軍說，好久沒見面了，老哥請客，走，喝二兩去。

石洋推說走不開。他不想和蕭大軍攪一塊兒，儘管在裏面蕭大軍沒少照顧他。蕭大軍說，反正時間還早，等一會兒唄。石洋納悶，蕭大軍為什麼執意請他？

何嫂回來，蕭大軍帶石洋去了鎮上最有名的五里居。石洋說找個小飯館算了，蕭大軍甩甩頭，哥請你，得找個像樣的地方啊。蕭大軍似乎混得不錯，石洋隨便問了問，蕭大軍說湊合做點生意。

兩人喝得猛，一瓶酒很快光了。石洋擺手，不能再喝了。蕭大軍咧咧嘴，喝酒圖啥？不就圖個醉嗎？又要了一瓶，他倒了多半，給石洋少半。蕭大軍興致很高，說總算熬出來了，能痛快一次咱就痛快一次。他問石洋今後有什麼打算，石洋搖搖頭。蕭大軍說，跟哥幹吧，我找你就為這事。石洋搖頭，我不是做生意的料。蕭大軍嗦地一笑，好像用聲帶擠碎了玻璃瓶，你以為我做啥生意？隨後脖子抻長，將一臉疙疙瘩瘩的肉送到石洋眼皮底下，詭秘地說自己又幹上了老本行。石洋一下清醒許多，嗖地站起來，我不幹。蕭大軍因盜竊入獄，讓石洋跟他幹老本行？萬萬不行！蕭大軍及時伸出手，按住石洋胳膊，還把你嚇成這樣？坐下！我還沒說完呢。石洋頓頓，坐下。

石洋總算聽清了。蕭大軍雖然幹的是老行當，但和過去不同。過去在城裏幹，現在在鄉村幹。鄉村不好踩點兒，得布一些暗線。暗線不出面，只向他報告哪家有錢，或哪家恰好哪天有收入，如賣了牲畜閨女訂婚等，他就知道在哪家下手。現在兩個人和蕭大軍幹，但他已布了七八個暗線。蕭大軍找石洋，就是讓石洋當暗線。每次按收入給暗線提成。

石洋不幹。他已昏過一次頭，還能再昏一次？蕭大軍卻不放棄遊說，你不用出面，只要打個電話，告個方位就成。鄉村員警少，根本管不過來，我幹了好幾起，沒一次失手。就算有個萬一，我絕不會把你供出來。你不信？哥的為人你還不清楚？石洋說，我當然信你，可……你還是找別人吧。蕭大軍說，先別說這個，咱哥倆乾一杯。然

後，蕭大軍又將疙疙瘩瘩的臉湊過來，一個村幾十戶人家，總有你的對頭吧？對頭裏總有有錢的吧，咱就搞這種人。我擠完這塊兒的油水就換地方，你想接著幹更好，不想幹就洗手，你走你的道，我走我的橋，從此各不相干，有幾筆收入，總比坐著強。石洋沒想到蕭大軍還有一條利害舌頭，說得頭頭是道。石洋打定主意不攪和，什麼暗線，見鬼去吧。蕭大軍問，你到底怕啥？石洋低頭道，我剛出來，派出所盯著呢，有風吹草動肯定懷疑我。蕭大軍說，懷疑頂個屁用？證據呢？哥不是說了麼，就算有事兒也不供出你。我明白你的心思，你想做個清白的人，哥可是告訴你，只要你在裏面待過，這輩子就甭指望清清白白的。就算你老老實實，屁大點兒事還是懷疑你，沒辦法，誰讓你有前科呢？石洋看蕭大軍一眼，蕭大軍說到他痛處了。蕭大軍趁熱打鐵，你出來有一陣子了，明白別人怎麼看你了吧？

石洋弓著腰，縮著膀子，好像突然犯了胃病。蕭大軍的話釘子樣射進他心裏。但石洋總歸是清醒的，他已經這樣了，不能再陷進去。

蕭大軍問，怎樣？

石洋為難地說，你還是找找別人吧。放心，今天的話我爛肚裏，絕不說出去。

蕭大軍往後仰仰，你不幹，哥也不強求，不過，你還是再考慮一下。

石洋告辭，蕭大軍問石洋有手機沒，石洋搖頭。蕭大軍說這年頭兒沒手機就是瞎子聾子，喏，先把我的拿去。蕭大軍死拖硬拽，石洋說什麼也不要。後來，蕭大軍將一個卡片塞石洋兜裏，讓石洋有事打電話。

走出飯館，石洋的手再次觸到那張卡片，稍一用力，卡片折回去，之後他又鬆開了。他並不清楚自己要幹啥，完全是下意識的。

那天回家已經很晚，石洋步態踉蹌。父親追問石洋跟誰喝的酒，怎麼喝成這樣？石洋含糊地應一聲，倒頭就睡。只一小會兒便醒了。他看著頂棚，蕭大軍疙疙瘩瘩的臉彷彿就在那兒掛著。石洋沒想到蕭大軍找他，更沒想到蕭大軍想出這樣的歪點子。暗線？這不是特務那

一套嗎？說實話，石洋對蕭大軍挺感激的。他剛進去那陣兒屢遭人欺侮，蕭大軍站出來說話，他方少了許多麻煩。如果是別的事，石洋會幫他，可這事沒法幫。搞幾次洗手不幹？萬一呢？……栽一次就完了。二進宮，那是什麼滋味？想想就難受。石洋決定把蕭大軍忘掉，他夠煩的了。可蕭大軍的疙瘩臉總在眼前晃，石洋只好側著。依然沒用。他又向另一個方向側，還是不行。

父親說，石洋啊，爹還得跟你說說。

石洋想糟了，父親知道他醒著，那一套又來了。石洋不聽都不行了。父親說，**爹今兒找村長了，村長做過媒，一個是劉家的二小，一個是三毛，都成了。村長答應給咱提一個，這次你得好好準備準備。**石洋不吭聲，他只能沉默。

5

清早，石洋剛睜開眼，便聽到街上有叫罵聲。他以為有人吵架，再聽，似乎只有一個人的聲音。早些年，只要街上有叫罵聲，石洋肯定往街上跑。不單是孩子，大人也是。吵架讓鄉村變得熱鬧。那些賣豆腐的、賣水果乾貨的碰上這種場面，總比平時多賣些。現在石洋沒那份閒心了，依然懶懶地躺著。這幾天，石洋和父親把地種了，忙著地裏的活兒，父親總算消停幾天。父親早就起來了，他是村裏數得著的勤快人。

父親進屋，石洋欲起身。父親說，躺著吧，又沒事。父親伸出手，似乎要把石洋摁住。當然，他很快抽回去。石洋挺納悶，平時父親最怕他這麼閒躺著。見石洋沒動靜，父親出去了。

罵聲依舊，石洋想聽出是誰的聲音，聽了半天也沒琢磨出來。父親探進頭，馬上縮回去。石洋覺出父親的異常。父親顯然有事，他的事不外乎給石洋說媳婦。可他的樣子，好像又怕石洋知道。

石洋穿了衣服出去，父親突然有些緊張，幹嗎……起來了？石洋問，怎麼了？父親說沒什麼，低下頭修那把鏽損的鋤頭。石洋盯父親

一會兒，父親心神不定。石洋猜不出父親何以這樣，隨口問道，誰在罵街？父親神色再次緊張，不知道誰，馬上意識到答的不妥，補充，好像劉祥女人。石洋哦了一聲，往外走。父親噌地躥到石洋面前，慌張地說，別出去。石洋嚇了一跳，盯住父親，怎麼了？父親說，先……吃飯吧。石洋再次問，到底怎麼了？父親說，大清早的出去幹啥呀。父親這樣，石洋偏要出去。他繞開父親。父親一把揪住石洋，石洋身子往後仰仰，父親鬆開，語速極快地說，劉祥家丟了一隻雞。石洋沒反應過來，可他馬上明白了。劉祥家丟了雞，在街上叫罵的是劉祥女人。石洋的火氣騰地起了，她懷疑我幹的？父親說，沒有，人家沒指你。石洋說那你攔我幹嗎？父親說，和咱沒關係，咱躲遠點兒。石洋仍要出去，父親急得眼睛都凸出來了，死拽著石洋胳膊不放，石洋皺皺眉，回轉身子。

石洋憋了一肚子氣。劉祥女人肯定懷疑他了。因為他是最大的嫌疑對象。媽的，爛泥蹭到肉裏，洗都洗不掉了。可是，就算她懷疑他，她也不敢指桑罵槐。這點兒石洋心裏有數。父親幹嗎那麼緊張？他清楚這和石洋沒關係。昨天回來石洋根本沒出門，人家一罵，父親就害怕。他的心裏揣著鬼，那個鬼是石洋。他攔石洋，是怕這個鬼闖出更大的禍事。石洋有這麼傻嗎？人家一罵就去和人家叫板？石洋沒法和父親說，不想說，也未必說得進去。他這個鬼成了父親的心病。

丟雞事件讓父親給石洋說媳婦的心更加迫切，三天兩頭往村長家跑。每次去都不空手，要麼拎二斤雞蛋，要麼拎一斤紅糖。父親迷信村長，村長面子大。父親迷信女人，有女人石洋就安分了，有女人的石洋就會洗掉蹭到肉裏的爛泥。

武村長終於給石洋提了一個，和武村長還沾點親。父親喜顛顛地告訴石洋，這次武村長和女方講了石洋的過去，女方沒意見，同意見面。父親特意把過去兩字咬得很重。石洋耐不過父親，答應去女方家看看。

那天，父親、武村長和石洋一塊兒去女方家。石洋不讓父親去，父親不幹，那樣子他不去石洋會半路跑掉似的。父親再三囑咐石洋，

嘴要甜，要有眼色，不能挑人家毛病。父親說不聾不瞎，能過日子就行。石洋走在中間，父親和武村長一左一右，那陣式很像押解犯人。

半路，武村長對父親說，還是跟石洋說了吧。

石洋聽武村長話裏有話，便盯住父親。父親說，沒啥，沒啥，就這麼定吧。

武村長吧唧兩聲，早拿主意的好。

石洋站住，問武村長，到底怎麼回事？

武村長說，要是成了，你得過去。

父親趕緊補充，一樣的一樣的，只要人好，在哪兒不是過？

石洋明白，這是讓他倒插門呢。他狠狠瞪父親一眼，我不同意。轉身就走。

父親從背後抱住他，都到這份上了，不能打退堂鼓啊。倒插門怎麼了？我都能想通，你有啥想不通的？憑咋的條件，還想娶個金枝玉葉回來？爹沒和你說，是爹認為這根本不是個事兒。只要人家同意，咱還有啥挑的？

石洋說，放開我！

武村長說，我可是全說了，你父子倆商量吧，同意就去，不同意趁早拉倒。他蹲在地上，點了一支煙，事不關己的樣子。

父親繼續勸說，直到他的腿軟下去。這是父親的殺手鐧，每次都有效。石洋痛苦地閉了眼，管他娘的呢，到個陌生的地方也好。

石洋提了多次親，第一次見到女方的面。武村長做了介紹，石洋便愣住了。那女人臉色黔黑，眼角的皺紋又密又深，鬢角還有幾根白髮。她倒是挺大方，指著凳子對石洋說，坐呀，走這麼遠的路。父親捅石洋一下，石洋只得坐了。石洋的心已經堵了，父親沒說歲數，這女人怕是四十大幾了。她倒水的工夫，武村長對石洋耳語，長的老相，歲數並不大。

女人顯然提前做了準備，不一會兒就端上飯菜。武村長說，吃飯前，咱先把話說定了吧，人我領來了，你什麼態度？女人一邊在圍裙上擦手一邊說，我不嫌，誰身上還不濺個泥點子？武村長說，那就

好，閏月是個過日子女人。父親碰碰石洋，讓石洋表態。石洋不語，如果不是看女人還善良，他早離開了。父親便替石洋說了，別看他老大不小了，還害羞呢，你別介意，找個會過日子的，踏實。女人坐在石洋旁邊，不住地給「羞澀」的石洋夾菜。

這時，一個半大後生跑進來，衝女人喊媽。個頭兒差不多趕上石洋了。石洋再也忍不住，拍了筷子就走。

過去提親失敗，父親垂頭喪氣，這次父親激憤難忍，他又不敢衝石洋發火，因此忍得無奈而痛苦。他的臉黑中帶青，肌肉一塊塊鼓漲著，聲調倒不高，咱這條件還要咋樣呢？帶個孩子又咋樣呢？石洋先是不吭氣，後來猛地將那話捧父親臉上，讓我找女人，還是找娘？父親猝不及防，臉成了凍硬的膠皮。

石洋沒理父親。父親哪是為他找媳婦？分明是想把他這個鬼打發出去。石洋離開村莊，父親就心靜了。不是父親逼他，是整個村子在逼他和父親。石洋不想讓父親為難了，還是自己離開吧。

石洋和何嫂喝了頓酒。石洋一肚子委屈要向何嫂傾述，可幾次張嘴又咽回去。石洋難，何嫂比他更難，男人一走六七年沒有音訊，他咋好意思嘮叨自己那點兒破事？何嫂問起相親的事，石洋說沒相中，我這個樣子誰能相中？何嫂勸，不急，慢慢等吧。石洋苦笑，這村子，不，這世上怕是沒一個人有何嫂這樣的耐心。

石洋原本沒打算找于曉敏，喝了酒就不由人了。他出外打工是因為于曉敏，坐牢是因為于曉敏，現在他又得離開，似乎和于曉敏沒關係，細想，仍和于曉敏有關。石洋不知道，再次回來是什麼時候。一個朝思暮想的女人成了別人的妻子，石洋不甘心。他不想把她怎樣，他只想問問，她的心咋說變就變了呢？

石洋又敲門了。敲了幾下沒人應，他就用力拍。仍沒人應。石洋的氣粗了，揮拳猛砸。

終於有人說話了，還是劉拐子。

石洋說，是我，你開門。

劉拐子極為惱火，問，你要幹啥？

石洋說，你開門，我告訴你。

劉拐子說，睡了，有事明天再說。

石洋說，明天就晚了。

劉拐子不耐煩了，晚就別說。

石洋說，不行，我一定要說，你不讓我進去，就讓于曉敏出來。

劉拐子氣哼哼的，憑什麼你讓出去就出去？

石洋說，我不會咋了她，我就想問問她。

劉拐子說，你再糾纏，我就報警了。

石洋說，你報呀，我正愁沒地兒去呢。擂得更響了。

門突然就開了。石洋愣了一下，便看見披著衣服的于曉敏，她沒有一絲慌張，相反，出奇地平靜。她說，你要問什麼？

石洋的舌頭僵住。直到父親拖他走開，他再沒說一句話。

第二天，石洋還沒睜開眼，武村長便通知石洋去派出所一趟。武村長強調，杭民警讓早點兒去。父親一邊催石洋起床，一邊唉聲歎氣。石洋不知哪兒又發生了案子，杭民警一直惦記著他呢。有心不去，又想這麼不聲不響走了，豈不有了潛逃的嫌疑？石洋沒做什麼，他不逃。石洋慢騰騰地穿衣、穿鞋，完全不顧父親的著急。憑什麼讓早點兒去我就早點兒去？我又不是犯人。

杭民警劈頭就問，怎麼才來？

石洋說，起晚了。

杭民警問，咋就起晚了？未等石洋回答，便冷笑著說，晚上砸人家的門，早上睡懶覺，你蠻自在的喲。

石洋馬上坐直，劉拐子還當真報警了。

杭民警問，敲過幾次？

石洋說，我沒想咋的。

杭民警厲聲道，回答我的問題，幾次？

石洋說，可能是三次。

杭民警道，到底幾次？

石洋說，四次，就四次。

杭民警聲音再度提高，你老實回答，別惹我來氣。你敲人家門幹什麼？

石洋能和杭民警解釋嗎？根本解釋不清楚。他說沒惡意，只想看看于曉敏。

杭民警的目光上上下下撐著石洋，看看？黑天半夜跑去看別人媳婦？不給開門就砸？你是土匪還是惡霸？知道這是什麼性質？說輕點兒是騷擾，重了就是恐嚇。你也不掂量掂量，坐幾年牢就覺得腰硬了？告訴你，收拾你們這些破爛兒我憋泡尿的工夫。

石洋再三保證，今後絕不再騷擾于曉敏。從派出所出來，石洋沒有舒口氣的輕鬆，他悲憤不已。他怎麼就活成這樣了？一個個都這樣敵視他？石洋改了主意，不能就這樣離開，必須幹點兒什麼。他想起蕭大軍，掏掏，那張卡片還在，皺皺巴巴的。

石洋從東走到西，又從西走到東。後來，他給蕭大軍打了電話。

6

劉祥家進去人了。消息是父親帶回來的。半夜，劉祥女人睡得好好的，玻璃嘩啦碎裂了。一杆黑油油的槍伸進去，讓她拿錢。劉祥女人哆哆嗦嗦地說沒錢，歹徒說不拿錢就要她的命。劉祥女人拿出一千。歹徒讓她全拿出來，耍心眼兒就不客氣了。劉祥女人把家裏的四千塊錢全交出去了。這些錢是劉祥郵回來的，她白天剛取回來，沒想到夜裏就遭了劫。劉祥女人嚇壞了，幾個人都沒看清楚，好在聽清是外地口音。

儘管石洋已有準備，頭還是脹大了。他忽略了最重要的一點兒，蕭大軍不是盜竊，而是敲詐搶劫，這比盜竊性質嚴重得多。他咋沒想到這點兒呢？鄉村人家白天黑夜都有人，蕭大軍只能恐嚇敲詐，他根本就沒法盜。還好，蕭大軍沒傷及人命。石洋慌亂了一陣，漸漸穩住

自己，事情已經發生，他絕不能露出什麼。也該讓劉祥女人吃點苦頭，誰讓她動不動就懷疑石洋？

是外地口音，父親再次說，憂慮中透出隱隱的輕鬆。

石洋明白父親的心思。他是說給石洋，更是安慰自己。昨夜石洋哪兒也沒去，父親可以替他做證。但父親放心的不是他守著石洋，而是搶劫者的外地口音。石洋拒婚，父親已經很長時間沒和他說話，也不再張羅了。

石洋沒去劉祥家觀看。說到底，是心中有鬼。他怕自己露出點兒什麼。父親不斷帶回消息，公安局來人了，劉祥女人顛三倒四話也說不清楚。她的眼快哭爛了。石洋沒接父親的茬，好像根本沒聽。其實，父親說一句他的心就被撞擊一下。他以為自己會很痛快，沒想到痛快短暫倉促，如一個肥皂泡，閃閃便爆裂了，緊張和不安剛壓下去又浮上來，漸漸漲滿胸膛。表面上，他若無其事。

石洋等待杭民警調查，琢磨杭民警會問什麼，他怎麼回答。他想像自己做出什麼樣的姿勢和表情，以防杭民警看穿。杭民警眼睛厲害，一定得鎮靜，不能慌，一慌就完。夜裏，石洋再也睡不踏實，他怕父親瞧出來，不敢頻頻翻身，仰躺著固定的姿勢，極其難受。好容易睡著，卻又被人追著跑。一會兒是提著鋤頭的父親，一會兒是拎著手銬的杭民警。跑著跑著撞了牆。醒來，大汗淋漓，被子都濕了。石洋有些後悔，早知這樣，不該給蕭大軍打那個電話。鬼使神差的，他還給蕭大軍畫了一張村莊的草圖。

一天、兩天……一個星期過去，杭民警也沒找石洋。看來，杭民警把他排除掉了。真是天大的笑話，八杆子打不著的事，杭民警一趟趟找他，真與他有關係了，杭民警卻不往他頭上想。很快，石洋又犯了嘀咕。杭民警為什麼不找他？等他自首？還是放長線釣大魚？

杭民警沒找他。看來，杭民警把他忘了。劉祥家的案子沒有進展，至少石洋沒聽到什麼信兒。曾經恐慌的村莊又恢復了平靜，劉祥女人也從驚嚇中醒過神兒，那天她和石洋碰面，還衝石洋笑笑。雖然

有點兒苦相，但她沒有慌慌地逃走，躲瘟神那樣。她大概意識到了，石洋沒那麼可怕，可怕的是另外一些人，外地口音。

一個午後，石洋揣著手機出村，他打算給蕭大軍打個電話。手機是蕭大軍給他的，平時石洋藏在柴草房的牆縫裏。他不敢帶在身上，父親發現肯定要追問。當然也不敢在村裏打，石洋小心謹慎。

石洋來到河邊，過去他和于曉敏常在這兒約會。他前後左右瞅瞅，沒人。他蹲下去，掏出手機。通了。石洋懸著的心落下來。說明蕭大軍沒出事。

通完話，石洋馬上把手機關掉，揣進懷裏。他不敢有絲毫大意。石洋和蕭大軍約了時間地點，他有點兒迫不及待。剛站起身，石洋的眼睛黑了一下──他看見了于曉敏。她牽著牛，朝這邊走來，離他幾十米遠的樣子。石洋告誡自己別慌，可他穩不住，不由摸摸手機。他不知于曉敏大中午到這兒幹嗎？不知她看見他打手機沒。于曉敏定住，牛拽著她走，她死死勒住。

兩人久久對視著。

石洋垂下頭，離開。他沒問她什麼，他很緊張。他走得很快，幾乎是逃。可忽然間，他想到什麼，又頓住。他意識到這麼離開是不正常的，難免讓于曉敏想到什麼。他折回來，朝于曉敏走去。于曉敏仍在原地站著，大概沒想到石洋突然離去，更沒想到石洋突然返回，驚得嘴巴撐開個大口子。

直到石洋走到跟前，于曉敏才試圖離開。石洋攔住她，于曉敏往另一個方向走，再次被石洋攔住。

你要幹嗎？

不幹嗎。

走開！

偏不走開。

我喊人了！

喊吧，我反正這樣了，還怕人？

于曉敏瞪著石洋，臉忽青忽白。石洋想，至於嗎？我能把你吃了？于曉敏的眼睛漸漸蓄滿淚水，石洋感覺到淚水中的惱怒。他在于曉敏心中沒一點兒位置了，石洋悲哀地想。爾後，他緩緩扭開身子。

兩天後，石洋和蕭大軍在縣城一家旅店見面。蕭大軍數出幾張錢推給石洋，這是你那份兒，可惜油太少。石洋的目光碰了碰，馬上移開。他掏出手機，和錢一塊兒推到蕭大軍面前。蕭大軍做不解狀，你這是什麼意思？石洋說我不幹了。蕭大軍的神色便抽緊了，盯石洋幾秒，忽然一笑，嫌少？嫌少就說嘛，這是幹啥？石洋說我不是這個意思，我真不想幹了。蕭大軍臉上的疙瘩一個個突起，為啥？怕了？石洋說，我不是怕。蕭大軍說，我看你是怕了，沒想到你這點兒膽子。我怎麼說你才放心？過去這麼長時間了，你看我不是好好的嗎？再說，就算有個閃失，我保證不供出你。石洋說，你還是另找人吧。蕭大軍捏捏臉，又捏捏嘴，聲音裏帶了些辛辣味，你總得說個原因吧。石洋怎麼說？說他不安？夜裏睡不好覺？這其實就是害怕。而石洋不想承認自己是因為害怕。害怕是有，可又不止這些。蕭大軍說，有什麼困難，我替你解決嘛。石洋說，沒啥，就是不幹了。

蕭大軍陡地站起，在地上轉了幾圈，又坐下。他盯住石洋，就是不幹了？石洋疲憊地說，不幹了。蕭大軍拍拍石洋的肩，兄弟，現在咱是一條線上的螞蚱，同甘苦共患難呢。石洋聽蕭大軍的話味兒不對，說你這是什麼意思？蕭大軍嘿嘿笑，臉上卻無笑意，我把底兒全告你了，你不幹，等於背後多把刀。石洋急了，我怎麼會說出去呢？絕對不會，我保證。蕭大軍說，我不聽你保證，我對你自然放心，我的兩個弟兄不同意呢。石洋問，你的意思是我非幹不可嘍？蕭大軍說，我不會逼你，只是希望你考慮一下。一次也是幹，兩次也是幹，你以為從此不幹就啥事也沒了？

石洋沒想到蕭大軍這樣。石洋是一條魚，被蕭大軍釣住了。看樣子，他想要掙脫，就會掙得血淋淋的。如果順著蕭大軍，他的身子就全進去了。

蕭大軍說，兄弟，男人活一世，不能前怕狼後怕虎、縮頭縮腦的，要活出個樣子。

石洋眼睛帶出血色，不幹不行？

蕭大軍說，我不強迫你，你自己拿主意。

石洋一橫心，愛咋咋，我就不幹了。

蕭大軍說，兄弟，你這麼聰明，真是可惜了，你那張圖畫的，瞅一眼就能摸清道。不過，你得再提供一家，這是咱這行的規矩。你別緊張，聽我說完。你到公司上班，還得交個保證金吧？萬一你做了什麼事公司好牽制你。咱這行也這樣，你明兒告發，兄弟們全玩完，就算你曾提供資訊，可你有立功表現，不會把你怎樣。你提供兩次資訊，弟兄們才能相信你不會告發。就算栽了，也不會咬你。這還公平吧？如果你連這一條也不答應，那就沒什麼話好說了。

石洋明白了什麼是上賊船。他不提供情報，蕭大軍會糾纏不休。提供就提供吧，反正就一次了。提供誰呢？石洋一個個過濾著，最後定格在于曉敏身上。他很快搖搖頭。他不能這麼做。腦裏又過了一遍，還是定住于曉敏。石洋不想把于曉敏怎樣，只想讓她嚐嚐挨宰的滋味，也讓劉拐子知道，可怕的不是他石洋，而是……外地口音。男人在獸醫站上班，家裏肯定有錢，石洋對蕭大軍說。石洋列出「盜竊」于曉敏的數條理由，心仍然輕鬆不起來。

蕭大軍讓石洋把錢和手機裝起來，石洋不要。蕭大軍說，這是規矩，有你的分成你必須拿。至於手機，完後給我。石洋只好裝起來，他清楚這叫分贓。

那幾天，石洋魂不守舍。事實上，和蕭大軍分手他就後悔了。他怎麼能提供于曉敏呢？于曉敏有錢沒錢、有多少錢，石洋並不清楚。再改不可能了，蕭大軍會認為石洋耍他。再說，換誰呢？于曉敏孩子還小，就算劉拐子在家，難保于曉敏不受驚嚇。石洋幾次轉到于曉敏家，想給她提個醒兒。手碰到門，還是放棄了。他能說什麼？告訴她有人要搶劫，讓她小心點兒？那豈不是自投羅網？算

了。他不是想害她，只讓她吃點苦頭。他在監獄吃了四年苦頭，她吃一次算什麼？

7

石洋在醫院門口徘徊半天，終是沒敢進去。于曉敏沒損失多少，但她受到驚嚇，住院了。石洋打算看看她，又怕劉拐子和于曉敏不歡迎。也許他進去會是另一個結果，他倆不會撐一個探望的人，他沒惡意，更沒外地口音。同上次一樣，仍然沒人懷疑石洋，杭民警也未找石洋詢問。但石洋並不輕鬆，「暗線」的身份如兩把大鉗，死死地夾著他，喘息都困難。他是被逼的，先是他們，後來是蕭大軍。他找出種種理由，還是不行。父親不停地歎息，不停地抱怨，這是什麼村子啊，活得提心吊膽，這麼長時間也破不了案，公安的腦袋讓雞啄了？要麼替于曉敏擔憂，可別落下毛病，一個拐子，再加一個有毛病的女人，那就慘了。父親說一句，石洋頭皮就緊一次，他封不住父親的嘴，只好躲出來。父親的話起作用了，他開始替于曉敏擔心，可別落下毛病。他買了奶粉、罐頭，還買了于曉敏愛吃的果丹皮。有一次他跟于曉敏開玩笑，你這麼愛吃酸的，將來肯定生兒子，于曉敏狠狠擰他一把。真被他說中，于曉敏生的是兒子，只是和他無關。雖然買了慰問品，但石洋心裏清楚，說是看望，其實是想打探。就算兩口子看不出石洋的真正用意，難保不起別的疑心。

石洋把塑膠袋往何嫂攤上一放，何嫂瞪大眼，怎麼回事？當真把你撐出來了？他們哪能這樣？就算你做了啥事，現在也是好意啊。石洋說他根本沒進去。何嫂捋捋頭髮，吃吃笑了，你幾時變膽小了？石洋說，求你了何嫂。何嫂連聲說，好吧好吧，我最怕人求我了。

半小時後，何嫂空著手回來。石洋問，咋樣？何嫂半笑半嗔地看著石洋，看把你急的，還能咋樣？人家問你怎麼不進去，還說了許多對不起你的話，提到不該報那次警。石洋臉直發燒，他伸出手，似乎

想把那層燒皮揭下來。何嫂得意地說，我的任務完成得不錯吧？石洋重重點頭，小心翼翼地問，于曉敏沒大事吧？何嫂說，沒大事。石洋問，她和你說話了？何嫂說，當然說了。石洋又問，沒什麼問題？何嫂咳了一聲，我說沒有就沒有，咋這麼囉嗦？石洋忙說，那就好那就好。何嫂說，放心吧，她就是受了點兒驚嚇。石洋哦哦著。這時，有人買東西，何嫂便丟下石洋。

石洋找個地兒坐了，看何嫂忙活。石洋是乘何嫂的車來的，兩人聊了一路，石洋仍覺得沒說夠。其實沒什麼明確的話題，東一句西一句的。

何嫂問石洋喝水不，石洋搖頭，何嫂抱起瓶子喝了一陣，用袖子揩揩嘴邊的水跡，突然問，你有心事？

石洋啊了一聲，頭皮都炸了，沒……沒有呀。

何嫂嗤嗤笑，你緊張啥？你那心思瞞不過我，還想于曉敏？

石洋鬆口氣，沒有。

何嫂說，沒有是假的，你重情義這沒錯，甭說人了，驢都懂得。不過可不能想歪了，那會害了她。人活在世上各有各的難處，你不知道罷了。像我家何魁，好多人都說他發財變心了，所以不回來，我不信，他肯定是有難處。女人有女人的難處，男人有男人的難處。何嫂的目光仰起來，往空中伸展，如枝繁葉茂的鑽天楊。石洋覺得整個天空變得暗淡了。片刻，那棵鑽天楊縮回身子，樹梢處騰起白色的霧氣。

要是何魁哥真變心了呢？石洋問。這是他第一次接何嫂關於何魁的話題。

何嫂狠狠瞪石洋一眼，怎麼會呢？似乎覺得語氣輕了，又快速地說，他不會的。頓了半晌，她的臉色恢復正常，就算他變心，也不是嫌棄我，他有難處麼。

石洋問，那你還等？

何嫂似乎覺得石洋的問題奇怪，說，當然要等，我還是他女人麼，這兒還是他的家麼。我不等他沒準兒真不會回來了，我等著，早晚有一天他要回來。

如果不是數日來和何嫂在一起，石洋肯定和別人一樣，認為何嫂腦子出了問題。現在他不這麼看。尤其是經歷了一系列變故，石洋越發覺得何嫂的心是敞亮的，只不過別人瞧不見那裏的光景。

石洋說，只是苦了你。

何嫂反問，誰不苦？你以為何魁不苦？你以為于曉敏不苦？不過是你不知道。有盼頭，啥苦都不怕，就怕沒盼頭。就說這搶劫案吧，別看現在逮不住，總有一天得逮住。這是全村人的盼頭，全村人盼還盼不到頭？

石洋臉色突變。沒想到何嫂說著說著就拐了，沒想到她拐到案子上，更沒想到這「盼頭」讓他如此心驚肉跳。

何嫂覺察到了，問，你咋啦？

石洋掩飾，昨兒沒睡好，腦袋發飄。

何嫂說，一會兒坐車回吧。

石洋說不了，沒大事。他擔心何嫂瞧出他回避案子這個話題，想想，覺得還是評說一兩句妥當。便道，現在的賊太倡狂了。

何嫂哼了哼，躲了初一，躲不了十五。

石洋附和，是啊，不過也沒準兒，現在的員警太笨。

何嫂說，公安也難呢，他們在明處，賊在暗處，賊臉上又沒記號。黑夜是賊，白天都人模狗樣的。

石洋心裏悚然一驚。何嫂莫不是話有所指？他虛虛地衝何嫂笑笑，藉以從何嫂眼裏窺探出什麼。當然什麼也沒有。石洋想自己是多慮了，除了蕭大軍，沒有誰知道他是那個暗線。如果懷疑他，也只有杭民警。但石洋不敢再和何嫂說了，他真怕何嫂瞧出點兒眉目。

于曉敏出院那天，石洋躲到河邊給蕭大軍打電話。他想把手機還給蕭大軍，似乎這樣才能和蕭大軍斷得乾乾淨淨。當然，他還想探聽一下蕭大軍的行蹤。石洋開始怨恨蕭大軍了，但他不希望蕭大軍出事。蕭大軍雖然一再發誓，栽了也不把石洋供出來，真栽了就說不準了。就算他有這個意思，由得了他麼？公安有辦法撬開他的嘴。一旦

蕭大軍供出他，他就徹底完了。石洋不敢想像那個結果。坐牢是小事，反正他坐過一次，再坐一次又算什麼？可出來怎麼辦？他怎麼面對劉祥女人、怎麼面對于曉敏、怎麼面對何嫂？村民的目光會圍成一座牢房，這可是沒有期限的牢房啊。他在村裏待不下去可以走，但父親走不了。村莊是他的牢房，也是父親的牢房。一時痛快帶來的卻是沒有盡頭的麻煩，這是石洋始料未及的。

　　沒打通。再打，還是嘟嘟的聲音。石洋慌了，莫不是蕭大軍出了事？他前後左右瞅瞅，賊賊的，彷彿公安已朝他撲過來。沒有人。遠處有兩頭吃草的牛。再遠處遊動的黑點，是羊群。又打了一次，石洋確信打不通了。他想蕭大軍是換卡了，如果蕭大軍栽了，就算不供出他，村民也會得信兒。看來，蕭大軍是不打算和他聯繫了，蕭大軍轉移陣地了。石洋一陣竊喜，彷彿占了大便宜。可他很快又犯了難，手機怎麼辦？聯繫不上蕭大軍，自然不能還他。一部手機對蕭大軍實在不算什麼，乾脆扔掉算了。石洋揚揚手，又猛地撤回，萬一被人撿到呢？萬一撿到的人交給公安呢？公安順藤摸瓜就會找到他。還是找個地方埋了吧。石洋沿著何邊走了一段，又想埋了也不穩妥，每年春天刮大風，難保手機不刮出來。還有，村民常挖土，萬一正好把手機挖出來呢？手機埋在土裏，更會引起公安懷疑了。砸了？也不好。除非砸成一粒一粒的沙子。若是砸成碎片，免不了被人撿回去。比如六老漢，整天在地裏轉悠，見了鏽銅絲、骨頭子兒都要撿回去，何況手機碎片？思來想去，石洋覺得還是藏在自己家妥當。

　　石洋依舊把手機藏在柴草房的牆縫裏，牆縫靠近房頂，外面塞一團爛紙。父親常去柴草房，但他從不抬頭。就是抬頭也不會發現。房頂牆壁亂糟糟的，父親沒那個眼神。雖是這樣，父親每次去柴草房，石洋還是緊張。有一次他悄悄跟父親身後，觀察父親在柴草房的動作，把父親嚇了一大跳。

　　最後，石洋還是把紙團取出來，塞了一團泥。手機凝固在牆裏，成了牆體的一部分。這就萬無一失了。

石洋大大舒了一口氣──不，只是半口，另半口卡在嗓眼兒了。他想到那張草圖。草圖在蕭大軍手裏，那就等於他在蕭大軍手裏，他和蕭大軍算是綁在一起了。還有，要是蕭大軍再回來呢？這是很有可能的。這麼一想，彷彿看見蕭大軍乘著夜色摸進村莊。石洋不能讓他再幹了，一次也不能。

8

石洋出門，父親幾乎是跳到他跟前，你到底要幹啥？你說呀？父親滿臉皺紋幾乎疊在一起，眼睛因此陷得更深，但他竭力瞪著，眼球突起，彷彿要從層層疊疊的蛛網裏飛出來。石洋說，你睡吧，我出去轉轉。石洋聲音疲憊，沒有筋骨。父親痛聲道，你可別再出啥事了。父親伸手想摸石洋的頭，石洋甩開。石洋說，我沒毛病，你甭瞎想。父親愁眉不展，你還敢說沒毛病，你都活倒轉了。石洋說，我喜歡，又不礙別人事。父親問，你圖個啥嗎？……不行，我不讓你出去。石洋生氣了，你睡你的，管我幹嗎？父親慢慢錯開身，石洋聽到身後沉痛的歎息。

五天了，石洋白天睡覺，夜裏在村莊遊蕩。石洋能和父親說原因嗎？他說不出，他不敢說。那個秘密只能埋在心底，隱藏在黑暗中。

石洋先往村東走，在村口嗅嗅，折身往西。對面有個黑影，石洋聽出是六老漢。六老漢的腳後跟永遠抬不起來，和地面磨擦出嚓嚓的聲音。六老漢問聲誰，石洋沒說話，繼續往前走。六老漢站住，再次問誰？石洋用手電筒照照，六老漢抬胳膊擋住臉，生氣地說，你要瞎我眼睛啊？我身上就這一樣兒好用的零件了。石洋關了手電筒，站到六老漢身邊。六老漢往前湊湊，石洋啊，嚇我一跳。石洋問，還逛呢？六老漢說，一個人過就怕黑夜，難熬啊。不緊不慢地離開。

石洋在村西口站了一會兒，往村裏遛達。街道熟悉的不能再熟悉，閉著眼也撞不著牆。甚至靠鼻子也能嗅出來。村莊的夜晚飄蕩著艾草和

蒿子混合的氣味，可各家附近的氣味又不同。于曉敏家飄蕩著玉米味，何嫂家飄蕩著葵花味，武村長家飄蕩著雞蛋味，劉祥家飄蕩著豬糞味，六老漢家飄蕩著腐木味。石洋還分析了氣味不同的原因：于曉敏家大概用玉米餵牛，何嫂種了一院向日葵，武村長喜歡吃雞蛋，一日兩餐離不了，劉祥女人養的豬多，六老漢呢，撿腐木燒飯。

每到一戶院外，石洋都要站一會兒。他的目光像一把掃帚，在牆基處掃幾掃，然後向上，沿著牆頭掃到房頂、煙囪。如果蕭大軍潛進這家，他會從什麼地方進？是撬門還是跳牆頭？這麼想著，他會久久盯著某一處，彷彿蕭大軍就在那兒藏著，他的頭皮也會因為緊張而收縮。

石洋停歇最久的還是于曉敏和何嫂門口。石洋沒再敲于曉敏的門，甚至玉米味稍稍往鼻孔一鑽，他落腳都悄無聲息。他也不再像過去拗著那個疙瘩——于曉敏為什麼不聲不響就嫁給劉拐子。過去他總覺得于曉敏虧他，現在被他扯平了。于曉敏出院後，石洋還沒和她說過話。有時走個對面，不等于曉敏有什麼反應，他就掉轉方向。不是她躲他，而是他躲她。可是到了夜晚，他又喜歡到于曉敏這兒。他知道于曉敏此刻躺在別的男人懷裏，她的胳膊纏繞著男人的身體。他不管。他不嫉妒。他站在這兒回想過去的事，四年前于曉敏是屬於他的。他喜歡看于曉敏嘰嘰喳喳的樣子，喜歡聽于曉敏嘰嘰喳喳的聲音，他說于曉敏的前身一定是隻麻雀。于曉敏反問，你是啥？石洋說，我是蟲子。于曉敏撇嘴，髒死了，我才不吃你呢。石洋說那就讓蟲子吃麻雀吧，趁機抱住她。根據季節變化，兩人不斷變換約會地點，河邊、樹林、場院……有一次躲進地窖，差點兒沒了命。春天地窖空了，主人打開窖口通風。石洋和于曉敏趁機鑽進去。沒想到兩人摟摟抱抱之際，主人將窖蓋住。于曉敏要喊，石洋捂住她的嘴巴。主人粗心大意，沒發現窖裏有人。石洋說，這下好了，誰也不會發現咱倆，想幹啥就幹啥。于曉敏讓石洋弄開窖蓋，她憋得慌。石洋爬上窖口，才發現主人上了鎖。窖蓋是木板，死沉死沉的，根本推不動。于曉敏嚇哭了，這可咋辦呀，咱們要憋死在這兒了。石洋安慰，就是打

洞也要打出去。他解下褲帶，用褲帶頭兒挖窖框兩旁的泥土。整整四個小時，終於把窖蓋打開。于曉敏一出來，便淚巴巴地說，咱結婚吧。石洋緊緊抱住她。

一聲狗吠，一聲蟲鳴，割斷了石洋的回憶。石洋身子前傾，兩臂交叉，這是擁抱的姿勢。當然，他懷裏只有淡淡的清風。于曉敏麻雀一樣飛離了他的懷抱。石洋衝她飛離的方向凝視良久。

何嫂家的院牆沒于曉敏家高，還有一處豁口。當然院牆高也沒用，她的大門只是擺設。石洋提醒何嫂弄個大門，何嫂說，想進的擋不住，于曉敏家那麼高的院牆，擋住賊了嗎？石洋承認她說的沒錯，可弄個門總歸心理上踏實些。石洋讓何嫂小心點兒。何嫂說，小心啥？賊還把村子攬個遍？何嫂總是把事情往好想，石洋說服不了她。何嫂越是執拗，石洋越是惦記她。別人遭災是兩人頂著，何嫂遭難只能一個人抗。石洋常往何嫂這兒跑，父親似乎看出石洋有想法，不時拿話敲打石洋，勸石洋甭打何嫂主意，根本是瞎忙活。父親說，那女人不是肉身子。石洋反感父親這麼說何嫂，卻又喜歡父親嘮叨她。石洋從父親嘴裏聽到更多何嫂的事。何嫂娘家一直勸何嫂別再等了，活也罷死也罷，這麼多年沒消息，和她沒啥關係了。傻老婆等漢子，自找罪受。為了絕何嫂的念頭，娘家人還在報上登了離婚啟事，大意是見報幾個月何魁不露面算自動離婚。娘家人讓何嫂看報紙，何嫂撕了報紙，和娘家人大鬧。何嫂說除非何魁先提出離婚，她決不會甩下何魁。娘家人還把一個男人領到何嫂家，何嫂侍候男人吃了喝了，指著門讓男人走。男人非要住下，還試圖對何嫂動手動腳。何嫂惱了，拎菜刀追著男人滿街跑。父親歎息，她受刺激了。石洋當然不認同父親的看法，往何嫂那兒跑的更歡了。何嫂身上讓他喜歡的東西越來越多。

石洋幫不上何嫂大忙，他沒有辦法從茫茫世界中揪出何魁，能做的就是在何嫂院外多轉幾遭。還有，得把牆上的豁口補上。

黑夜並不漫長，石洋繞幾遭天就亮了。村裏第一個出門的是六老漢，聽到嚓嚓的聲音，石洋知道自己該回去了。

上午，蒙頭大睡的石洋被弄醒。眼前吊著一張絲瓜樣的長臉。石洋正要起身，絲瓜臉嚴肅地說，別動！石洋這才發現絲瓜臉正給他號脈。父親手裏端著杯，恭立在絲瓜臉身後。父親動真格的了。他認定石洋腦子出了問題。石洋猛地一抽，大聲道，我沒病！絲瓜臉沒有任何表情，沒病也能號號脈，不礙事。石洋斥責，你趕緊走！絲瓜臉看看父親，父親忙把水遞給絲瓜臉，討好地笑笑，麻煩你了。石洋的怒氣轉向父親，你這是幹嗎？父親央求，聽爹的，號號脈，有病治病，沒病也不能把你咋的。石洋不顧父親阻攔，跳下地就走。還好，父親沒追出來。

　　石洋把何嫂牆上的豁口補了，去河邊繞了一圈，估摸絲瓜臉走了，方回去。

　　絲瓜臉竟然還在。他在炕中央盤腿坐著，嘴裏念念有詞。櫃上的碗裏插著三柱香，滿屋子繚繞的煙霧。

　　石洋沒想到絲瓜臉身兼數職，還會施法術。石洋再也忍不住，抓起碗摔在地上，衝絲瓜臉大吼，滾！

　　父親驚駭萬分，忙著向絲瓜臉道歉，別管他，你忙你的。絲瓜臉便閉了眼，只是沒剛才那麼緊，欲睜不睜的樣子。

　　石洋吼道，你滾不滾？

　　絲瓜臉身子往後挪挪，仍沒有離開的意思。

　　石洋跳上炕欲揪絲瓜臉，父親手疾眼快，搶先抓住石洋胳膊。父親叫，你不能啊。

　　絲瓜臉慌了，丟下話，出事可別怪我。從窗戶跳出去。可能磕疼了，齜牙咧嘴地喊，把我的鞋扔出來。

　　父親拎著鞋跑出去。

　　石洋沒追。他半跪著，呼哧呼哧喘。他生絲瓜臉的氣，更生父親的氣。父親不是懷疑他生病，就是懷疑他中邪，反正沒個好。

　　過了一會兒，父親撅達撅達地進屋，手裏提著一根棍子，烏青的臉翻捲著，幾乎要裂開。你……你……父親舉起棍子。石洋迎視著

父親，沒躲。做孽呀，父親哭叫一聲，棍子落在炕沿上。一下，兩下……抽打速度越來越快，唠嚓一聲，棍子斷了。父親的臉也裂成一縷縷的，淚水順著溝壑滾下來。

石洋沒見父親這麼悲傷過，石洋坐牢，石洋逃婚，父親都沒像今天這樣。石洋的怒氣剎那間消逝得乾乾淨淨，垂下頭說，我沒中邪。

父親問，你沒中邪能把陰陽顛倒了？

石洋說，我喜歡黑夜。

父親說，你說個緣由。

石洋說，沒有。

父親說，沒緣由就是腦子混了。

石洋說，腦子混還能叫你爹？

父親說，我受不起呀，我叫你爹吧。

父親狠狠扇自己一巴掌。

石洋貓一樣躲出去。他怕父親再扇，那比扇他的臉還讓他難受。石洋無法說服父親，就算他說是巡守村子，父親還會追問，為啥？他怎麼說？說他害怕？說他睡不著？說他防備歹徒進村兒？沒一樣能說得清。

秘密只能他一個人揣著。

9

石洋聞見葵花的香氣，蜂蜜般甜絲絲的。不用說，何嫂家。腳沒站穩，牆裏便傳出何嫂的聲音，石洋嗎？石洋唔了一聲，還沒睡？何嫂說，等你呢。橫在院門的杆子已抽出來。石洋心底便爽爽的，鼻口的香氣越發濃郁。他跟在何嫂身後，稍有點兒晃，像剛喝了酒。

炕上的小桌上擺著四個盤子，盤子上扣著碗。我估摸你快來了，剛炒出來。何嫂邊說邊揭起碗。盤裏分別是花生米、尖椒肥腸、炒雞蛋、拌雞珍。石洋直犯怔，何嫂，你這是幹啥？何嫂說，請你喝酒

呀，你替我補牆頭，我得謝謝你。石洋怪不好意思，一點小活兒。何嫂說，活兒是不大，你能惦記著，我高興呢，坐下！石洋坐了。何嫂又道，客氣啥？把鞋脫了。別嫌我叫得晚，晚吃一會兒，夜裏不挨餓。石洋說哪能呢，順從地脫了鞋，盤腿坐在何嫂對面。

何嫂給石洋斟了，又給自己倒一杯，酒幾乎溢出杯沿，何嫂低頭嘬了一口。見石洋看她，她的臉頰飛起紅暈，別笑話我啊。石洋忙說，灑了可惜。何嫂說，這還是跟何魁學的，那楞貨心疼酒就像心疼自個兒的命。那年他和我回娘家拜年，半路一瓶酒摔地上灑了，他急猴猴地趴下就舔。還兇巴巴地瞪我，舔呀！還等上菜啊？！石洋被逗樂了，何嫂臉上又捲過一團紅暈，這楞貨，酒沒舔進多少，吐了一路沙子，真拿他沒辦法。何嫂歎口氣，他就這點兒喜好，也不知在外面喝上喝不上。她的頭仰起來，目光虛空搖擺，夢遊似的。石洋小心翼翼地勸，你別犯愁，愛酒的人到哪兒都不缺酒。何嫂哎呀一聲，自責，說是請你喝酒麼，怎麼嘮叨起何魁了？喝！

何嫂眼睛熱灼灼的，好像眼底攔了炭火。嫂子先敬你三杯⋯⋯別瞪眼，這三杯是有說頭的。第一杯，是嫂子謝你的。

石洋說，你客氣了。一飲而盡。

何嫂說，第二杯是代何魁敬你。何魁一走，我連個說話的人也沒有，村裏人都不待見我。你陪嫂子，何魁應該謝你。

石洋說，這杯我喝。

何嫂說，第三杯是替于曉敏敬你。

石洋手一抖，何嫂！

何嫂做了制止的動作，問，你在村裏一轉一夜，熬得兩眼紅巴巴的，為啥？

石洋覺得一股冷風竄過頭頂，整個身子頓時麻酥酥的。他幾乎要跳起來，只是沒抽動腿。難道何嫂知道他為什麼在夜裏遊蕩了？他驚恐地看著何嫂，等待從她嘴裏飛出答案。

何嫂一字一頓，是因為于曉敏。

石洋腦袋險些炸開，用假笑掩飾著自己的不安，嫂子又開玩笑。

何嫂說，我沒開玩笑。于曉敏遭了劫，受了驚嚇，你心裏難受。你還喜歡她，不能對她說啥，又不能對她做啥，只能巡夜保護她，嫂子沒說錯吧？

石洋暗暗鬆口氣，想自己真是過敏，何嫂不會知道他的秘密。何嫂這樣分析，也有一點點道理。當然，石洋不承認，他搖搖頭。

何嫂說，還不承認，臉紅了吧？不光我看出來了，我想于曉敏心裏也清楚。

石洋說，我沒這個意思。

何嫂追問，那是為啥？你倒是說說呀。

石洋微微抽搐一下，低下頭。他沒膽量說。

何嫂說，別人認為你犯魔症，嫂子不會，嫂子理解你……我就是一個魔症人麼。說著，嘿嘿笑了，隨後眼淚滾出來。

石洋的心頓時蓄滿哀傷，他衝動地說，我不全是為了她。

何嫂問，還會為誰？

石洋重重地說，你！

何嫂怔住，硬硬的目光在石洋臉上劃了劃，又劃了劃，忽然就笑了，嫂子沾了于曉敏的光，全村人都沾于曉敏的光，有你巡夜，睡覺踏實多了。你這麼重情義，嫂子替于曉敏敬你。

石洋苦苦一笑，沒再說什麼。他不敢再說什麼。一飲而盡。

何嫂叫，好！再敬一杯，你喝了我再說。

石洋又喝了。

何嫂語氣一轉，石洋，你這麼也不是法子啊。我等何魁，沒耽誤種地，沒耽誤收場，也沒耽誤賣貨，日子還得過。半月二十天也就罷了，時間長了靠誰養活？總不能靠你老爹吧？

石洋強調，地裏的活兒我也幹著呢。

何嫂說，那就好，不過，你這麼做怕是于曉敏吃不消啊。她剛受了驚嚇，現在又做難。都怨那些惡賊，公安咋就破不了案呢？

石洋脫口道，現在案子多，公安根本管不過來。隨即嚇自己一跳，怎麼把蕭大軍的話扯出來了？

何嫂說，我昨天碰見杭民警，他說有眉目了。

石洋夾菜的手抖了一下，真的？有什麼眉目？

何嫂目光有些異樣，杭民警哪會跟我細說，別看他不正眼看人，有兩把刷子呢，他說有眉目肯定心裏有數了。

石洋為掩飾自己剛才的失態，給何嫂夾兩筷子菜，別光照顧我，你也吃啊。

何嫂提議為公安乾一杯，石洋叫，好！馬上意識到聲音高得反常了。公安。破案。這些都像鐵銼，銼得石洋腦子都亂了。他瞄著何嫂，生怕何嫂瞧出什麼。何嫂似乎沒什麼懷疑。

何嫂總算轉移了話題。她的臉被酒燒得紅撲撲的，目光迷離、柔軟。石洋勸她別喝了，何嫂說隔半月二十天就醉一次，沒人陪就自己醉。何魁在家也是半月二十天醉一次，我沒少跟他生氣。現在，我也學會醉了。醉了的感覺好啊，好像在天上飄，想去哪兒去哪兒。何嫂確實醉了，舌頭有些轉不過彎兒。她喝得熱了，毫不避諱地脫下外套。裏面只穿一個背心，背心上一隻只飛舞的蝴蝶。她胳膊一動，便露出黑乎乎的腋毛。石洋不敢盯著蝴蝶看，仍然被蝴蝶晃得眼花繚亂。

何嫂再說什麼，石洋已聽不清了。何嫂的話不成句子。但石洋還是耐心聽著。他知道何嫂需要有人聽，就像他需要一個說話的。石洋身子前傾，面帶微笑，不是假裝，他願意聽，一個字也捨不得漏下。

何嫂還想端杯，沒夠著。她醉倒了。

石洋也暈，但頭腦還算清醒。他把酒瓶、盤碗收拾下去，將小桌撤掉，往何嫂腦袋下墊了枕頭。想想，又拉開褥子，把何嫂抱到褥子上。何嫂的胸一顫一顫，露出白白的肉。石洋舔舔舌頭，咽了口唾沫，在自己臉上摑了一掌，然後給何嫂蓋了被子，帶門出來。

夜色撞得石洋踉蹌一下，他晃晃，沒摔倒。他不怕摔倒。摔倒沒人看見，那就是沒倒。石洋為什麼巡夜？黑暗中，石洋是放鬆的。這

一點兒，之前他沒看清。剛才被何嫂驚出幾身冷汗，他弄明白了。他豈止是怕蕭大軍摸進村，他更怕的是全村人的眼睛。黑夜是護身的帳篷。

一聲蟲鳴，被他撥開；一聲狗吠，被他踢走。他像一條魚，在不規則的河流中自如遊蕩。

後來，他乾脆閉了眼，氣味引導著他，一步步溶入茫茫夜色。

10

石洋睡到上午，被父親搖醒。石洋受了驚怔似的，嗖地坐起來，怎麼了怎麼了？沒完全睜開的眼睛急惶惶地朝父親身後望去。這一望，眼睛頓時瞪大，父親身後竟然是劉拐子。也就是劉拐子。石洋籲了一口氣，心猶怦怦亂跳，彷彿一隻剛剛甩掉狼的兔子。

父親說，慌啥？劉醫生看你來了！劉拐子衝石洋笑笑，很短促。石洋發愣，難道父親要讓獸醫治他？父親一直折騰他。當然，他也折騰父親。石洋冷冷的目光敲打著劉拐子。劉拐子臉白白淨淨，像個學生娃。劉拐子似乎想躲開石洋的逼視，又沒地方躲，再次衝石洋笑笑。

父親說，你們談，我下地了。

石洋不知父親葫蘆裏裝的什麼藥，請了劉拐子來。劉拐子是不會看他的，他不就送于曉敏幾袋奶粉麼？劉拐子也決不是興師問罪，他的笑告訴了石洋。杭民警破不了的案子，劉拐子也沒膽量懷疑他。石洋不說話，想看看劉拐子做什麼。可劉拐子不做什麼，也不說話，就那麼站著。他的身體傾斜，站得十分吃力。這個樣子讓石洋難受。石洋說，你坐吧。

劉拐子坐了。

石洋問，沒去站裏？

劉拐子說，沒。

石洋問，不忙？

劉拐子說，不忙。

石洋不知再問什麼，倒是想問問于曉敏，卻開不了口。劉拐子也沉默著，彷彿他來就是接受石洋審問的，可他又分明有話要說。他的臉一會兒紅一會兒漲，腦門的血管漸漸凸起，彷彿便秘的人正奮力排便。他不像來治病。

石洋說，有什麼話你就說吧。

劉拐子抬起頭，謝謝你去看于曉敏。

石洋說，提這幹啥。心裏琢磨，劉拐子是不是于曉敏派來的。這一想不由發毛，若于曉敏知道是石洋勾結的盜賊，她怎麼看他？

劉拐子說，我不該報案……我也是一時糊塗，你別計較。

石洋大度地說，都是老皇曆了，也怪我。

劉拐子說，那是呢，那是呢。

石洋說，不提了，沒事你走吧。

劉拐子卻不走，白淨的臉扭了又扭，慢慢擠出幾個字，石洋兄弟，我求你了。

石洋的目光頓時變得尖細，錐子般扎向劉拐子。

劉拐子說，你別再巡夜了。

石洋愕然。我父親讓你勸我？

劉拐子搖頭，我自己來的。他們都說，你巡夜是為于曉敏……你這樣……我……受不了。他的眼睛暗淡下去，臉卻漲得又紫又大。

石洋聲音失常，這些鬼話你也信？我不是為哪個人巡夜，我為自己！你憑什麼？……別什麼都往自己頭上扯。我要睡覺了。躺倒，不再理劉拐子。

劉拐子卻不甘休，我求你了。顯然，他不信石洋的話。他說他有對不住石洋的地方，石洋怎麼著也行，就是別這麼難堪他。于曉敏有對不住石洋的地方，石洋也算他身上。她是他的女人麼，應該替她頂著。他還問石洋願不願意做買賣，他有個親戚是工商局的，他掙錢不多，幫石洋三千兩千也沒問題。石洋被他搞煩了，怒道，我爛也要爛

在村裏，這兒又不是你家祖墳，你憑什麼撞我？劉拐子說他沒那個意思，他真的沒那個意思。石洋的眼珠快瞪出來了，劉拐子才不甘心地離開。

石洋直挺挺地仰著，像翻了肚皮的魚。然後又平趴著，如曬乾的青蛙。耳朵是清靜了，心裏卻煩得不行。石洋沒想到不只父親在意他夜遊，劉拐子也在意。父親害怕，劉拐子更怕。父親怕他發瘋，劉拐子怕于曉敏飛到他懷裏。其實，石洋心裏也怕，他就是因為怕才這樣。石洋不會說出巡夜的理由，死也不說。這種時候他就特別恨蕭大軍，蕭大軍把他拖進了泥潭。但他不敢罵蕭大軍，他得替蕭大軍念好，替蕭大軍祝福。蕭大軍的幸運就是他的幸運，蕭大軍的跟頭就是他的跟頭。

一天黃昏，石洋碰見了于曉敏。不是他撞見的，是她來撞他。他在地裏幹完活，沒有急著離開，坐那兒看著夕陽發呆。只有在野外，只有一個人，他才能感覺到光亮的溫暖。他想用目光托住那個桔紅色的蛋，盼它永遠停在那兒。他願意永遠守著它。但他的目光太軟，那個蛋一點一點擠沒了，天邊流出長長一道水，他知道蛋破了。他揪了一根草，放在嘴裏嚼著，然後回頭。于曉敏站到他身後。石洋驚訝地張大嘴巴，喉嚨脹脹的，似乎什麼東西堵在那兒。他吃力地抻抻脖子，想把那個東西吐出來，但只吐出一個含混的字。于曉敏瘦了一大圈，彷彿一隻失了水分的蘿蔔。她神色裏含著淡淡的哀怨，水一樣，將石洋的身子淋濕了。她是不是猜出了什麼？石洋心頭一緊，下意識地欠欠屁股。她一直是躲他的呀，現在找上門了。石洋瞅著她，慢慢鎮靜下來。他埋怨自己不該這麼緊張，于曉敏不會知道。如果是過去，他早就撲上去了，現在不能，她是劉拐子女人。石洋想她肯定有事，他倒想看看，她有什麼事找他。

于曉敏的目光偏離了石洋，不知她在望什麼。很快，又罩住石洋。她說話了。她站著，他坐著，石洋感覺是劈下來的，儘管她的聲音很輕。

她說，我什麼都清楚。

石洋突然呆住。待他抬頭，只捕到一個飄蕩的影子。但她的氣息還在，她的聲音還在。我什麼都清楚，她說。她只說了一句話，她是來告訴他：我什麼都清楚。

石洋再次望去，田野上空空蕩蕩。石洋恍惚起來，她真的來過？他想起傳說中的狐仙，是不是自己腦子出了問題，他看到的是一隻狐仙？狐仙變了于曉敏逗引他？但他很快否定了。她的氣息和聲音不會假，是她──于曉敏。

石洋想，完了，她猜出來了，那件事是他幹的。其實，他應該想到的，他和她好了那麼多年，他想什麼，她最清楚。他想起一件事。那還是在工地，于曉敏彆彆扭扭告訴石洋，大頭不地道。大頭是工頭弟弟，腦袋像顆西瓜。石洋急了，追問他怎麼了。于曉敏說也沒咋的，就是說話下流。石洋讓于曉敏離他遠點兒。于曉敏委屈地說他管食堂，我能躲哪兒？過了幾天，于曉敏的髮卡丟了。于曉敏很喜歡那隻紅髮卡。石洋說丟就丟了，城裏人根本不興戴這玩藝。于曉敏伸出手，讓石洋拿出來。石洋吃驚地說，你怎麼跟我要？我能偷你的髮卡？于曉敏說，別裝，我知道是你。石洋嘿嘿笑著，掏出來。石洋覺得于曉敏戴了紅髮卡惹眼，這更使大頭有非分之想。如果他阻止于曉敏戴，顯得無能了點兒，所以悄悄藏了，沒想到她心裏明鏡似的。于曉敏過去有這本事，現在自然還有。石洋想，他不該給他送奶粉，這一下露出狐狸尾巴，讓她瞧出來了。可他很快產生了疑問，她若知道是他，為什麼不報案？想來想去，只有一種可能：她讓他虧欠她。她把兩人的關係顛倒過來了。想到背後有這麼一雙眼睛，石洋不寒而慄。

那一夜，石洋沒聞見葵花的香氣，也沒聞見玉米的香氣，他的鼻子好像塞了東西。他一次次在于曉敏門外轉，想再證實一下，她是不是真看穿了他。當然，他不敢跳進院，不敢砸了玻璃問她。他想得腦袋都疼了，最後迫使自己離開。如果是別的事，他可以跟何嫂說說，聽聽何嫂的意見，可這種事他不能開口。除了何嫂，又有誰可以說？

何嫂說他和她是村裏兩個魔症，實在是抬高了他。如果他是魔症就好了，可他不是，他是躲在黑夜裏的「探子」。他第一次覺得夜色不那麼牢靠了，像一摞搖搖晃晃的大棉包，隨時要塌下來。

石洋想到自首。與其等公安上門，還不如主動坦白，省得擔驚受怕，整天被滾水熬了似的。又想到那個後果，他能躲開全村人的目光，父親怎麼辦？石洋想，還是算了吧，萬一于曉敏只是信口說說呢？萬一蕭大軍永遠不栽呢？于曉敏猜歸猜，她又有什麼證據呢？

還是等等吧，看看于曉敏下一步怎麼做。

兩天後，依然是黃昏，于曉敏又出現在石洋面前。她選擇這個點兒，自然也想避開人。石洋揪了一把草，沒放在嘴裏，而是雙手撐著。他不知她會說什麼，質問他麼？石洋想，絕對不能承認。可他的心已經發虛，怕是開口就招架不住了。乾脆保持沉默，這是和她學的。他質問她時，她把臉封的像冰，連個縫隙都找不見。

于曉敏的目光依然哀怨如水，將石洋浸得水汪汪的。石洋不由抱緊膀子，看她一眼，又低下頭。

于曉敏什麼也沒說，把他淋夠，轉身就走。石洋稍一愣怔，跳起來就追。他受夠了。他憋不住了。他想要她把話說出來，說清楚。這是要咋的？逼他自殺嗎？

于曉敏飄得很快，一塊田過去了，又一塊田過去了。進入林帶的小路，石洋總算橫在她面前。不是他追上的，是她站住了。奇怪的是，她一點兒不累，而石洋氣都不勻了。

石洋盯著她的臉，于曉敏並不躲避。石洋一肚子的火突然熄滅，虛虛地說，你跑啥？

于曉敏說，我清楚。

石洋顫了顫，穩了穩才問，你清楚？

于曉敏說，我當然清楚。

石洋冷笑，那你告我去呀？

于曉敏的聲調異常傷感，你怎麼這樣呢？

石洋說，我就這樣了，死豬不怕開水燙！

于曉敏往前靠靠，石洋聞見了她的體香。她問，你還想咋樣？

石洋不想咋樣了，他已經躲進黑暗，還能咋樣？但于曉敏的話勾起他的怒火，他生硬地說，我想吃人。

好吧。于曉敏柔柔地歎口氣，我答應你。現在。就一次。她往兩旁瞅瞅，開始解扣子。

石洋的眼珠如同兩粒焊死的鐵球。

不過，于曉敏頓頓，你得答應我，別在夜裏亂撞了，我不需要你替我巡夜，你別用這個法子逼我，你就是守塌天……也不可能了。我不能對不住拐子，就一次。淚水打濕她的面頰。

石洋驀地明白過來。虛驚一場，她並不清楚他幹了什麼，哈哈……石洋的臉突然抽緊，我是替自己守夜！他把話惡狠狠捧給她，大步離開。

11

石洋繼續在夜裏巡遊。父親攔不住他。于曉敏阻止不了他。石洋懼怕白天，撲進黑暗，他才像個人。他白天要麼不出門，出門就躲到地裏。隔幾日，石洋就到何嫂那兒喝一頓酒，聽何嫂說她和何魁。面對魔症的何嫂，石洋是放鬆的，可有時何嫂不經意的一句話，或者一個動作，會鋼釘般突然射向他腦海深處，讓他驚懼萬分。他沒因這個原因遠離何嫂，她身上有引力，他情願被她吸引。

石洋沒想到的是，巡夜成了他的正式職業。那天，武村長上門，說村裏想找個治安員，主要負責夜間治安，村裏給補助。武村長說這是鎮裏嘗試的做法，他思來想去石洋最合適。

石洋有了正式名分，父親不再愁眉不展、唉聲歎氣了。但石洋沒感到輕鬆，心思反而更重了。不過是老鼠披上貓皮，他還是他。一旦露餡……石洋不敢往下想。所以，他還是躲人，尤其躲著于曉敏。黃

昏時刻的相見沒再發生，石洋對那天的粗暴挺後悔。她準備把身子給他，不定下多大的決心呢，他讓她難堪了。可他當時實在控制不住，他受不了羞辱。難道他只是想和她睡覺麼？他惦念的並不是她的身子。惱怒平息，他沒少責備自己。他已沒有資格斥責她。沒有了。

一天夜裏，石洋還真守到幾個賊。他先在何嫂那兒喝酒，那天何嫂神色激奮，說她夢到何魁了，他還是過去那個樣子，她想撲進他懷裏。但她往前一步，他就後退一步，始終和她保持距離。她問他怎麼啦，他張著嘴卻發不出聲。何嫂急醒了。何嫂的目光像蘸了蜂蜜，透著粘粘稠稠的香氣，這楞貨，到底想起我了。她又埋怨自己，不該那麼急，要不醒不了的。石洋安慰她，他還會來的。何嫂讓石洋幫她猜何魁說的是什麼。何嫂樂一陣，歎息一陣，但何魁到底說了什麼，兩人瞎猜一頓。石洋耽擱久了點兒，何嫂醉倒他才離開。

撲進夜裏，石洋就嗅到了異常。街道飄蕩著陌生的氣味，他抽抽鼻子，是柴油味。淡淡的，他還是辨出來了。他打個激靈，順著氣味尋過去。走了一段，他聽到有細微的聲音。在村子西北角，他看到幾個人影。石洋大喝一聲，手電筒的光柱刺過去。那幾個人正揭武村長家羊圈頂，顯然要偷羊。幾個賊慌了，麻利地跳上車——是三輪車，本地俗稱狼油子。石洋邊喊邊追，他那麼希望三輪車停下來，他不能把他們咋的，他們完全可以揍他一頓。幾個人對付一個人嘛。他想挨一頓揍，受點兒傷。他太想了。三輪車遠去，石洋狠狠地罵著髒話。

羊圈頂已被揭開半拉，石洋晚到半小時，盜賊就得手了。武村長很高興，說這件事證實了巡夜的重要，只要他當一天村長，就讓石洋幹下去。幾天後，武村長請杭民警吃飯，叫石洋也去。聽說和杭民警一起吃飯，石洋心裏不由敲起鼓。他想起杭民警錐子樣的目光，怕自己的胸被穿透。他想回絕，又怕這樣引起杭民警懷疑，就隨武村長去了。路上，石洋心不在焉，好幾次說錯了話。

進門，石洋絆了一下，他朝前跳跳，沒摔倒，臉迅速漲紅。杭民警正和村長女人說話，見狀笑了一下，粗黑的臉上伸出幾道皺

紋。石洋忙向杭民警打招呼。杭民警目光逼人，好久沒見你了。石洋笑笑，藉以掩飾自己的緊張。杭民警的目光雖然尖硬，但今天不是斜著出來的。武村長說，沒見你是好事啊。杭民警不愛聽了，我是閻王？武村長笑說，你想哪去了，沒你們，這世道還叫世道？待見歸待見，卻不想和你們打交道，你上門准有事。杭民警道，這話倒是在理。武村長讓石洋挨著杭民警，石洋說什麼也不。杭民警說，坐嘛，我還吃了你？杭民警這樣說，石洋只得挨他坐了。武村長說，說實話，起先讓各村找治安員，我不大樂意，現在看來，我腦子舊了。杭民警問了那天夜裏的情形，石洋一一答了。杭民警眯了眼，目光卻不失銳利，石洋幾次游離開，又被杭民警叮回去。石洋說得不那麼順溜，尤其描述那幾個人的模樣，舌頭好像箍了鐵皮。杭民警沒說什麼，石洋不知杭民警想啥。是想這起案子，還是從石洋臉上看出了什麼？石洋不敢看杭民警，目光移到武村長臉上。武村長說，杭民警，要說你也夠盡職了，忙得沒白天沒黑夜，咋賊越來越多，越來越膽大呢？杭民警沒好腔調，你問我，我問誰去？武村長說，管他呢，咱先喝酒。

　　喝到半途，石洋漸漸放鬆下來。杭民警手底案子多，于曉敏劉祥家的案子，他怕是早就忘了。杭民警喝酒開始有點兒拿捏，小口小口地抿，兩杯下來他就放開了，一乾到底。武村長敬他喝，石洋敬也喝。酒後的杭民警雖然臉皮透著威嚴，眼睛卻少了平時的神氣兒。喝到後來，他竟然抓住石洋的手，叫石洋老弟。石洋驚了一下，很快鎮靜下來。杭民警說，老弟呀，我心裏也苦呀。我幹了二十多年員警，全是在鄉下，好不容易熬個所長，沒幹三年就把我撤了。我沒幹啥呀，不就踢小偷幾腳麼？那是個慣偷，進出派出所夠二十回了，我能不氣？能放過他？沒想那小子不經踢，我把他褲裏的玩藝踢壞了。媽的，栽一個小偷手裏，我不甘心呢。我想翻身，到營盤沒日沒夜地幹，可運氣不好，啥事都讓我碰上，你們村那兩案子一直懸著呢——破不了我翻不了身。老弟呀，拜託你留神，幫我找點兒線索，我咽不下這口氣！

石洋嗯嗯著，背上直飛冷汗。沒想到杭民警也揣著苦水，沒想到杭民警並未忘記那兩案子，更沒想到杭民警指望這兩案子翻身，他還不得用上牛勁破案？好幾次，石洋幾乎要招了，他有點兒撐不住。可杭民警說的快，石洋插不上嘴。終於有了說話機會，石洋卻改了主意。他不能。怕那句話自作主張跑出來，他緊緊捏著拳頭，咬著牙。

杭民警強調，留神啊。

武村長囑咐，記住啊。

石洋的耳朵被夾裂了，似乎有血冒出來，他拼命點頭。

石洋離開武村長家，他得去巡夜了。從這一天開始，石洋鼻子沒過去那麼靈了，甚至出了差錯。明明是于曉敏家，他聞到的是葵花味，明明何嫂家，聞到的卻是玉米味。石洋不知怎麼回事，一遍遍嗅，還是那樣。

那天，石洋在何嫂門口嗅了半天，終是沒嗅出葵花味。他快快轉身，往另一方向走。何嫂喊住他，責備，到門口了還要走？非得我請你？石洋這才想起，有一陣子沒到何嫂家喝酒了。連何嫂，他也怕見了。

桌上三雙筷子。石洋一怔，問，還有誰？何嫂道，何魁。石洋發愣，何嫂說，今兒是何魁離家的日子，整整七年了。七年。兩千五百多天。石洋在心裏算了一下。何嫂等了七年！一個女人等丈夫七年，並且還要等下去，不是傻子又是什麼？可石洋知道何嫂不是傻子，世上沒她這樣的傻子。

何嫂說，走那天，我摔了一隻碗，我說兆頭不好，讓他改天走，沒想到那楞貨蠻有詞，說這叫歲歲平安。我說好，等你回來我再摔一隻。這一等等了七年。何嫂眉宇間隱著淡淡的憂傷。石洋不知怎麼安慰她，也許何嫂根本不需要安慰。何嫂說，我想摔一隻，他在外面，更得歲歲平安，石洋，給我做證啊，沒人看見不算數的。何嫂的手高高舉起，碗從手中滑落，濺出清脆的響聲。何嫂的憂傷被聲響驅散，彷彿她給何魁戴上了平安符。她活潑地說，咱倆喝，讓楞貨饞著吧。

但石洋卻輕鬆不起來，拋出一直窩在心中的疑問，你真的認為他會回來？何嫂生氣了，你這是什麼話？是不是你也認為他不回來了？石洋嚅嚅道……我不是……我覺得你等得太苦了，啥時候是個頭兒啊。何嫂搖頭，我不覺得苦，我要等他，等是一個結果，不等又是一個結果。不管他什麼時候回來，還是老婆孩子熱炕頭。何嫂目光炯炯有神，彷彿散著佛光。石洋驚異於何嫂的執著，更感動於何嫂的執著。舉杯，為了你的等，乾！

　　何嫂醉倒，石洋離開。他不用擔心她出事，何嫂不管醉成啥樣，第二天依然會趕著驢車上鎮。石洋反覆琢磨何嫂那句話。等是一個結果，不等又是一個結果。他曾惱恨于曉敏沒有像何嫂等何魁一樣等他。現在，他意識到，錯的是他。如果他等一等，就可能要回工錢；如果他等一等，會有錢給于曉敏買項鏈；如果他等一等，于曉敏會給他一個答案；如果他等一等，村民不會再用那種眼神兒看他。可他沒等，他錯過了。現在，不得不等了。可等待他的又是什麼？他不敢想。何嫂的等待是燦爛的向日葵，香氣四溢，他的等待是深埋土中的蚯蚓，不見天日。

　　秋後，武村長的女兒考上大學，武村長擺酒請客。石洋挨何嫂坐下，說好好喝幾盅。何嫂警告，不許灌我啊，喝醉回不了家。石洋說，我背你。何嫂說，誰讓你背？背我小心娶不上媳婦。石洋說，娶不上，我就——石洋沒有說下去，他突然看見杭民警。何嫂問，怎麼了？石洋嗯啊一聲，身子不由抖了。

　　武村長和杭民警說話，然後兩人的目光同時望過來。

　　石洋意識到了什麼。這一天終於來了。彷彿他等的就是這個結果。這麼一想，他竟大大鬆了口氣，好像卸掉了脖子上的重物。他不再驚慌。他等到了，也是杭民警等到了。石洋不再想什麼，唯一的願望是杭民警別當何嫂的面銬他。石洋站起來，朝杭民警走去。隔了兩張桌子，石洋走得漫長而吃力。一步，兩步……終於站到杭民警面前。

語言文學類　PG0465

飛翔的女人
——胡學文中篇小說選

作　　者/胡學文
主　　編/蔡登山
責任編輯/林千惠
圖文排版/鄭佳雯
封面設計/蕭玉蘋

發 行 人/宋政坤
法律顧問/毛國樑　律師
印製出版/秀威資訊科技股份有限公司
　　　　114台北市內湖區瑞光路76巷65號1樓
　　　　電話：+886-2-2796-3638　傳真：+886-2-2796-1377
　　　　http://www.showwe.com.tw
劃撥帳號/19563868　戶名：秀威資訊科技股份有限公司
　　　　讀者服務信箱：service@showwe.com.tw
展售門市/國家書店（松江門市）
　　　　104台北市中山區松江路209號1樓
　　　　電話：+886-2-2518-0207　傳真：+886-2-2518-0778
網路訂購/秀威網路書店：http://www.bodbooks.tw
　　　　國家網路書店：http://www.govbooks.com.tw
圖書經銷/紅螞蟻圖書有限公司
　　　　114台北市內湖區舊宗路二段121巷28、32號4樓
　　　　電話：+886-2-2795-3656　傳真：+886-2-2795-4100

2010年12月BOD一版
定價：310元
版權所有　翻印必究
本書如有缺頁、破損或裝訂錯誤，請寄回更換

Copyright©2010 by Showwe Information Co., Ltd.
Printed in Taiwan
All Rights Reserved

國家圖書館出版品預行編目

飛翔的女人：胡學文中篇小說選 / 胡學文著.
-- 一版. -- 臺北市：秀威資訊科技, 2010.12
面； 公分. -- (語言文學類 ; PG0465)
BOD版
ISBN 978-986-221-632-3(平裝)

857.63   99019394

讀者回函卡

感謝您購買本書，為提升服務品質，請填妥以下資料，將讀者回函卡直接寄回或傳真本公司，收到您的寶貴意見後，我們會收藏記錄及檢討，謝謝！如您需要了解本公司最新出版書目、購書優惠或企劃活動，歡迎您上網查詢或下載相關資料：http:// www.showwe.com.tw

您購買的書名：＿＿＿＿＿＿＿＿＿＿＿＿＿＿＿＿＿＿＿＿

出生日期：＿＿＿＿＿年＿＿＿＿＿月＿＿＿＿日

學歷：□高中 (含) 以下　　□大專　　□研究所 (含) 以上

職業：□製造業　□金融業　□資訊業　□軍警　□傳播業　□自由業
　　　□服務業　□公務員　□教職　　□學生　□家管　□其它＿＿＿

購書地點：□網路書店　□實體書店　□書展　□郵購　□贈閱　□其他

您從何得知本書的消息？

　□網路書店　□實體書店　□網路搜尋　□電子報　□書訊　□雜誌
　□傳播媒體　□親友推薦　□網站推薦　□部落格　□其他＿＿＿＿＿

您對本書的評價：(請填代號　1.非常滿意　2.滿意　3.尚可　4.再改進)

　封面設計＿＿＿　版面編排＿＿＿　內容＿＿＿　文／譯筆＿＿＿　價格＿＿＿

讀完書後您覺得：

　□很有收穫　□有收穫　□收穫不多　□沒收穫

對我們的建議：＿＿＿＿＿＿＿＿＿＿＿＿＿＿＿＿＿＿＿＿＿

＿＿＿＿＿＿＿＿＿＿＿＿＿＿＿＿＿＿＿＿＿＿＿＿＿＿＿＿＿

＿＿＿＿＿＿＿＿＿＿＿＿＿＿＿＿＿＿＿＿＿＿＿＿＿＿＿＿＿

＿＿＿＿＿＿＿＿＿＿＿＿＿＿＿＿＿＿＿＿＿＿＿＿＿＿＿＿＿

11466

台北市內湖區瑞光路 76 巷 65 號 1 樓

秀威資訊科技股份有限公司　　　收

BOD 數位出版事業部

··

（請沿線對折寄回，謝謝！）

姓　　名：＿＿＿＿＿＿＿＿＿　年齡：＿＿＿＿　性別：□女　□男

郵遞區號：□□□□□

地　　址：＿＿＿＿＿＿＿＿＿＿＿＿＿＿＿＿＿＿＿＿＿＿＿

聯絡電話：(日) ＿＿＿＿＿＿＿＿＿＿　(夜) ＿＿＿＿＿＿＿＿＿＿

E-mail：＿＿＿＿＿＿＿＿＿＿＿＿＿＿＿＿＿＿＿＿＿＿＿＿＿